科伦·麦凯恩作品系列

Colum McCann
ZOLI

佐利姑娘

〔爱尔兰〕科伦·麦凯恩——著
杨　眉——译

人民文学出版社
PEOPLE'S LITERATURE PUBLISHING HOUSE

著作权合同登记号　图字 01-2022-4386

Colum McCann
Zoli
Copyright © 2006 by Colum McCann
All rights reserved.

图书在版编目（ＣＩＰ）数据

佐利姑娘 /（爱尔兰）科伦·麦凯恩著；杨眉译. -- 北京：人民文学出版社，2023
（科伦·麦凯恩作品系列）
ISBN 978-7-02-017816-2

Ⅰ.①佐… Ⅱ.①科… ②杨… Ⅲ.①长篇小说－爱尔兰－现代Ⅳ.① I562.45

中国国家版本馆 CIP 数据核字 (2023) 第 034217 号

责任编辑	朱卫净　潘爱娟　邰莉莉
封面设计	钱　珺

出版发行	人民文学出版社
社　　址	北京市朝内大街 166 号
邮　　编	100705

印　　刷	山东临沂新华印刷物流集团有限责任公司
经　　销	全国新华书店等

字　　数	187 千字
开　　本	889 毫米 ×1194 毫米　1/32
印　　张	9
版　　次	2023 年 3 月北京第 1 版
印　　次	2023 年 3 月第 1 次印刷

书　　号	978-7-02-017816-2
定　　价	55.00 元

如有印装质量问题，请与本社图书销售中心调换。电话：010-65233595

献给
艾莉森、伊莎贝拉、约翰·迈克尔和克里斯蒂安

沉默，你死。说话，你也死。那么说出来再死吧。

——塔哈尔·贾乌特

但是在这个世纪，当无限的只是恶和冷漠，我们担不起多余的疑问；相反，我们需要用任何确定性所触及之物来自我保护。我知道你们记得……

——约翰·伯格
《而我们的面孔，我的心，如照片之瞬息》

天黑之前归来是离去的艺术。

——温德尔·贝里 [①]
《诗集》

[①] 塔哈尔·贾乌特（1954—1993），阿尔及利亚记者、作家。约翰·伯格（1926—2017），英国艺术批评家、作家。温德尔·贝里（1934— ），美国诗人。

目录

1 斯洛伐克
二〇〇三年

11 捷克斯洛伐克
一九三〇年代至一九四九年

51 英国——捷克斯洛伐克
一九三〇年代至一九五九年

107 捷克斯洛伐克——匈牙利——奥地利
一九五九年至一九六〇年

163 斯洛伐克
二〇〇三年

175 意大利北部，孔佩吉奥
二〇〇一年

231 巴黎
二〇〇三年

270 科伦·麦凯恩对话弗兰克·麦考特

斯洛伐克
二〇〇三年

他沿着狭窄的河床驱车向前，一片腐坏的风景渐渐浮现：河湾处，一只只水桶底朝天，杂草丛里有一辆散架的童车，汽油桶裂出一条枯了的铁锈舌，一具冰箱的残骸躺在刺灌木中。

一条狗瘦骨嶙峋、瘢痕累累，跑到车前嗅来嗅去。随后，一群孩子一哄而上，拥到车窗跟前。他一边扮出冷漠的样子，一边用肘部吧嗒扣上锁。有个男孩灵巧地蹿上引擎罩，几乎没什么动静——他一把抓住刮雨器，顺势躺下去。欢呼声里另外两个小孩握住了保险杠，光着脚丫在后面滑行。十几岁的女孩子们穿着低腰的牛仔裤，也在一旁小跑。其中一个指着笑着，但是突然僵住不动了。那个男孩滑下引擎罩，滑行的孩子也松开保险杠，一刹那间，河水就冲到他的眼前，深褐色，激流翻滚，真是突如其来。他猛地一扭方向盘。刺灌木刮擦着车窗。草丛在轮下嘎吱嘎吱响。汽车开回泥路，孩子们又闹哄哄地跑过来。

远处河岸上，用碱液洗床单的两个老妇停下活儿，站起身来。她们摇摇头，微微一笑，又向洗衣石俯下身去。

又一个逼仄角落的急转弯，他开向一排稠密的树木，经过肥草丛里生菜篓子的残骨断片，而在那边，穿过一座摇摇欲坠的小桥，就是吉普赛人灰蒙蒙的居住地了。这地方被放逐在河心孤岛上，仿佛河水改了主意，从两边流走了。简陋的居所。无窗的棚舍。管道参差，木板也不匹配。烟囱里冒出薄烟。每家屋顶上都压着卫星接收天线的凹盘，拼凑着废弃的瓦楞铁。远远望去，一件蓝上衣在一棵树的枝叶间随风飘舞。

他把车开进草丛，停下来，拉好手闸，一时间装作在储物箱里找东西，翻来覆去地找，尽管里面什么也没有，他只想借此喘口气罢了。孩子们挤在车窗前。他推开车门，只听到从河流对岸，一打收音机的嘈杂声倾泻而出，交织着斯洛伐克、美国和捷克的歌儿。

孩子们立即伸出手，又是摸他的袖子、敲打他的胸，又是拍他的上衣口袋，就像他一下子长出十几只手。"走开！"他喊着，狠狠扇开他们。一个男孩在前面的保险杠上蹦来跳去，整部车子跟着节奏上下晃悠。"行了！"他吼道，"闹够了吧！"那些穿深色皮夹克的十几岁孩子耸耸肩。女孩们敞着衬衫，退后一步咯咯直笑。她们牙齿雪白，瞳孔里的银色跃动。个头最高、身穿健美衫的男孩走上来。"我叫罗博。"男孩挺起胸说。他和男孩握握手，把男孩拉到一边，耳语了一句。

他竭力避开男孩身上湿羊毛和黑烟丝的刺鼻气味。不一会儿达成了交易：五十克朗，把他带到长者那里，并负责汽车安全。

于是罗博大声警告其他孩子，用手背捆开在后保险杠上踮脚的那个。他们纷纷朝桥那头走去。更多的孩子从河边聚过来，有的赤身裸体，有的裹着尿布，一个女孩穿着破破烂烂的粉衣裳，脚蹬人字拖鞋，就像是同一个女孩从各处冒出来，只不过每次换了鞋。她们都长得漂亮，炭黑色的眼睛，乱蓬蓬的头发。

他看见小家伙们过桥时像鹭鸟排成古怪的一行，脚掌重重踩上硬桥板，脚趾抬高，身体放轻。金属薄板在他们的重压下颤抖不止。他在一片胶合板上跟跑了片刻，摇晃着，摸索一个支撑物，却什么也没摸着。孩子们捂嘴窃笑——他想他是走这一条路的人中顶蠢的一个了。他感觉到身上那些东西的分量：两个瓶子、笔记本、铅笔、香烟、傻瓜相机，还有一个微型录音机，全藏在衣服深处。他扯紧上衣，跳过桥上最后一个洞，噗噜踏进对岸的软泥里头，离棚屋只有二十码远了。他抬起头，深吸一口气，而千根弦像是一瞬间拨响了，他的心脏怦怦猛跳，真不该一个人到这儿来，一个斯洛伐克记者，四十四岁，悠然发福，已娶妻生子，就要步入吉普赛人的营地了。朝前蹚过水坑，他想自己真是傻透了，竟然穿着软皮鞋，逃起来也不利索。

靠近棚屋，他瞅见一些心事重重的男人倚着门框。女人们站着，双手叠在腹部。他试图与他们对视，可他们的目光越过他，投向渺远处。他觉得奇怪：他们怎么不询问？也许他们把他当成了警察、社会服务人员、假释审查官或者其他什么政府公派的蠢货。

罗博领他深入迷宫似的泥泞路时，他感到了一股力量，但稍纵即逝。

门框用作桌子。帘子是麻袋布。空的丘丘①瓶扎成编钟。脚底下尽是碎木头、盛粥罐、糖棒子和玻璃碎片。一只动物的尸骨烂在泥里。他瞥见屋顶挂着吊床，婴儿睡在上面，四周苍蝇乱飞。他伸手找相机，却被孩子的大部队卷走。敞开的门很快关上。电灯泡纷纷熄灭。他注意到墙上的挂毯，还有那些耶稣像、列宁像、抹大拉的马利亚和圣犹大像，放在空隔板上层，被一丁点儿红蜡烛照亮。音乐从四面八方涌来，听不到手风琴、竖琴、

---

① 原文为 čuču，一种酒。

小提琴，只有弥漫每个棚屋的电视或收音机的最高音量，不断砸向屋外。

罗博伸过头，对着他的耳边喊："从这儿走，大叔，跟上我。"他暗自吃惊：这孩子肤色多暗，多么陌生，简直遥不可及。

绕过一处尖角，他被领到最大的棚屋前。屋顶上的卫星天线盘崭新。他敲敲胶合板门。每敲一下门转开一点。里面聚了八九个人，也许十个。他们抬起头，像一伙渡鸦议会的议员。其中有几个人点点头，但手没停下来，他知道这游戏玩的是冷漠——他以前在这个国家的别处玩过，比如布拉迪斯拉发的公寓房，普雷绍夫的聚居区，莱塔诺夫采的贫民窟。

他觉察到对面的角落里，两个女人眼睛圆睁着打量他。一只手在他背上杵了一下。"我在这儿等你，先生。"罗博话音一落，门在他身后嘎吱掩上。

他四下看看，地板一尘不染，碗橱秩序井然，天花板的钉子上悬着一件衬衫，白晃晃的。

"屋子不错嘛。"话一出口他就明白那听起来多蠢。他红了脸，又挺直了身子。角落里坐着个宽肩膀的壮汉，下巴结实，前一晚恶劣的睡眠把一头灰发搅得乱七八糟。他走上去，柔声告知自己是个记者，为了写篇报道来这里，想和哪个长者谈谈。

"我们就是长者。"那人说。

"好吧。"他说着拍拍夹克。他在口袋里乱摸一通，撕开一盒万宝路。他自认拙笨，事先也没打开封口。死寂中其他人盯着他。他的手发抖，汗滴从额头滚落。拆掉香烟的塑料膜，剥开锡箔纸，推出的三支香烟像窥视的公猫。

"只是想聊聊。"他说。

那人拿了一支烟，等他给点上后，斜吹出一缕烟。

"聊什么？"

"旧日子。"

"昨天可长远了。"那人笑道，笑声在屋子里泛起涟漪，开始有点迟疑，随着女人们的加入而越发洪亮，分散了紧张的气氛。肩上忽地被拍了一下，他咧嘴笑开了，那人以先低后高的口音说起话来，声音又快又悦耳，丁零作响。有些词像是罗姆语，他从中听出男人名叫博斯霍尔。他伸出手，从博斯霍尔身边把香烟撂在桌上，男人们漫不经心地拿起来。女人们也走近了，其中一个娇艳得惊人。她俯身点火，他避开不看她酥胸处的轻颤。博斯霍尔指指牌说："我们耍这个弄点吃的，再喝点小酒。"他又抽一口烟："不过，我们还算不上酒徒。"

他听出博斯霍尔的弦外之音，解开纽扣，往后一甩衬衫的硬前胸，亮出松垂的胸膛，得奖似的移出第一瓶。博斯霍尔拎起瓶子，在手中翻转，赞许地点点头，又向哄笑声飞吐出一连串罗姆语。

他看着那姑娘的手伸进碗橱。她放下银搭扣的桃花心木盒，打开，里面是一套匹配的瓷杯。她把杯子摆在桌上，拧开酒瓶。他留意到唯独给自己的瓷杯没有缺口。

博斯霍尔向后斜倚，客气了一句："祝健康。"

碰杯后博斯霍尔倾过身来窃语："唉，朋友，我们也赌钱，打牌也图个钱。"

他眼都没眨一下，爽快地甩出二百克朗。

博斯霍尔把钱塞进裤兜，微笑着，朝天花板喷一口烟。"谢谢你，朋友。"

扑克牌撇到一边，他们正儿八经喝起酒来。他诧异博斯霍尔挨得这么近，膝盖相碰，黝黑的手搭上他的衣袖，而他也在琢磨着如何探测他们的秘密——他们的斯洛伐克语甚至都有些费解，一种乡土话——但很快第二瓶又摆在桌上。他做得缓急有度，好像瓶子一直在那儿。酒兴渐酣，他们纷纷提起刁钻的市长、腐败的官员、津贴和救济金、科利亚上周怎么被锄头伤了，还有禁止他们进酒馆的事——"该死的，竟然五十米内都不允许"——他们知道记者就想听这些。他寻思着，吉普赛人也掌握了访谈剪辑，就像他应该震惊一样，那些烂熟的词一股脑儿倒出来——种族主义，种族融合，学校教育，罗姆人权，种族歧视——全是狗屎，不过他瞧出了一点眉目，瓶子见底，他们更健谈了，七嘴八舌叫嚷起来，这会儿话题转到一辆被警察没收的摩托车。

"什么东西丢了都赖我们，"博斯霍尔倾过身子说，他的眼睛微微充血，还有点泛黄，"总是我们，对不？我们还有些自尊吧。"

他点点头，在椅子上扭动，往沉默的死角里翻找，又四下递上烟，一弹熄了火柴。

"摩托成了罗姆马儿啦？"

这问题让他得意了片刻不到，博斯霍尔就重复他的话，还学了两遍，引得最小的姑娘咯咯直乐，男人们也拍着大腿笑。

"屁话。朋友，我们连马笼头都没了。"

哄笑声又起，他却咬紧话题不放，言之凿凿地说马自古与罗姆人密不可分。"你们知道，比如尊严、传统、遗产这类？"

博斯霍尔的椅子在地板上嘎嘎响，他向前凑过身来。"我说过了，朋友，我们没有马了。"

"时代不同了吗？"

"共产党的时候好些，"博斯霍尔一边说，一边向门口弹烟灰，

"那才叫风光。"

听到这话他心中一阵激荡,进展顺利,往前稍微地倾个身,博斯霍尔就由他掌控了,记者们精通此术。

"对呀,共产党那年月我们有工作,有房子,有口饭吃,"博斯霍尔说道,"他们也没这么虐待我们,没有,朋友,我要是扯谎让我的黑心别跳了。"

"真的?"

博斯霍尔点点头,从破旧的钱包掏出一张照片,上面是很久以前乡村路上的库帕尼亚①,男人们仪态洒脱,女人们穿着长裙。大篷车顶上,有锤子和镰刀图案的红旗迎风飘展。"这是我舅舅约瑟夫。"

他接过照片,放正了瞧,暗自呼告耶稣,懊悔没有早点按下录音键,因为现在已进入正题,他寻思着怎么把手伸入口袋又不引起注意,红光会穿透上衣吧?还有真正的问题该何时发问?他想说他来这里打听佐利。你们知道佐利吧?她就在这一带出生,一个吉普赛人,诗人,歌手,还是共产党员,以前和竖琴师巡游,她被放逐了。你们听过她的名字、她的音乐吧?我们唱,为着枯草泛甜,你们有没有见过她?还会提起她吗?从残片,从裂隙,我完成着必须。她被诅咒了吗?有没有得到宽恕?她是否留下一点踪影?歪曲的手指,永远不会,令我曲直不分。你们的父辈讲她的故事吗?母亲唱她的歌吗?可曾允许她回来?

可是,他刚提到她的名字——向前欠身说:"你们听说过佐

---

① 原文为罗姆语 kumpanija,指由罗姆人组成的一起生活、漫游的群体,组织较松散,并非总是家族成员。

利·诺沃特娜吧?"——空气就凝滞了,酒杯不动了,香烟僵在嘴边,寂静盘旋而下。

博斯霍尔扭头看门道,他说:"没有,我不知道这名字,明白吧,肥脖子,就是我知道,我们也不会谈这个。"

捷克斯洛伐克
一九三〇年代至一九四九年

有些年轻人的事只有年轻人才懂，而我记忆里最清晰的莫过于坐在大篷车后面，一身红衣，凝视着向后飞逝的路。

我六岁了。头发剪得很短。自己用一把刀乱剪的。我对你直截了当地说这些，没有别的方式可讲——我母亲走了，父亲、哥哥、姐妹还有堂表兄弟姐妹也走了。赫林卡卫兵把他们赶到冰上。岸边笼起一圈火，枪口指着，以防他们逃跑。篷车被驱逐到湖中心，那时天渐渐暖和了。冰层开裂，车轮沉没，竖琴还有更多的车马紧随其后。女儿呀，我没有亲眼目睹，却在心里听得到，虽然后来响起恢宏的音乐，虽然那流蜜的乐声承载我们的民族被唤起、受尊重的一段时光，我还是时不时回头，听着，等着我死去的家人跟上来。

只有我和外公逃走了——我们从湖水那边向外跑，整整跑了三天。我们回到了一片沉寂之中。他捂住我的嘴巴。马儿扬蹄，篷车战栗。灰烬绕着湖水。外公跳到地上。等着，他说。他不是一个容你争辩的人。他认为地方不错好人居多，可是他们设在这个地方上的规则邪恶，人们也随之变坏。

他没有等一滴泪洒下，也没有去捡碎冰里漂浮的帽子、围巾、盒子，而是走向我，他的头发在肩上乱作一团，他说，快点，佐利，别出声。

我们拉下窗帘，用毛巾裹住尖刀，消去叮当声。他把镜子包在一件衬衫里。所有的碗碟缠上布片。我们走的路很窄，路中间一道绿茵，路边两条泥泞的辙迹。春天来了，所以冰裂了。树上嫩芽初发。鸟儿啭鸣，太阳亮如锡片。我闭上眼抵挡阳光。我还等着母亲出现，还有父亲、哥哥、两个姐妹、所有的堂表兄弟姐妹，可是外公把我拽紧，回头张望着说，听着，孩子，赫林卡们还在周围，千万别作声。

我见过赫林卡，他们的皮靴在膝盖下打皱，警棍拍着大腿，斜挎一把来复枪，后颈一层赘肉。

外公驱赶红，直到深夜，然后拉我们进了小树林。头上的星辰像兽的爪印。我坐在角落里前后摇晃，用一把锋利无比的刀削掉头发。我把辫子藏在枕下。外公瞅见我，扇了我两耳光，他说，你捣什么鬼？他取了我的一条辫子装进兜里，低声说我母亲小时候也这么干过，这样做不好，违背我们的习俗。

我们醒来后，外公脸颊上划出一道道黑印。他出去，猛地把脸扎进溪水，给红喂了些融雪，我们又出发了。

我们每天都在行路，从第一缕曙光到最后一缕夕光。我们穿过一座村庄，那里四张脸的钟楼指示三个不同的时辰。商店开着，市场鼎沸。进入广场时，外公的肩膀已僵硬。

几个赫林卡聚在教堂台阶周围，笑呵呵地抽烟。听到马蹄的橐橐声，他们不吭声了。一辆装甲车从钟楼后面开过来。安静，外公吩咐。他鞭打红的后腱，我们一溜烟跑了，离开教堂进入乡野，越来越远。

法西斯毒蛇，他说。

我们敲打每一扇门找吃的，夜色渐沉，我们走上一条荆棘丛生的小巷。一座石头房子掩映在挺拔的树木之中。窗台上一只猫紧盯着。外公和一个农夫商量着修三角墙来换一点汤和钱。农夫说，先去修墙吧。外公说，我不能让孩子饿成这样，瞧她，我们要点钱买吃的。农夫说，给你钱你立马跑了，耍吉普赛那一套。外公咽下话，隔了一会儿又说，你给孩子点吃的我就修墙。

农夫从屋里出来，端了一小碗罗宋汤给我们。我们从断柄杯子的同一边喝这一丁点汤。

有时候，泉水也得学着吞尿，外公说。

我们在农夫屋后的杂草地过了一夜。农夫有台收音机，我们依稀听得见，却没有关于屠杀的报道。我紧偎着外公，问他为什么家人没有从冰上冲出去，他说我父亲不够强壮不足以躲过法西斯，我母亲强壮，可那是另一种力量，我哥哥肯定会设法跑，可是很可能给打了回去。他转头看别处：上帝，或者无论谁对你小妹妹的灵魂发发慈悲吧。

天已漆黑，外公一边狠嗑着烟草，一边说，冰裂是个警告，孩子。赫林卡用火围了湖，等着天暖和起来。真幸运他们没发现咱们。

他把刀片擦过拇指。我问水有多深，冰变薄时发生了什么，可外公说别再问了，他们会成为幽灵，他们不想被打扰。兴许他们能游走，我说，就从冰下面。他看看我，叹了口气。我问是不是那些马儿也成了幽灵，他说，丫头，别问了。可是后来，夜深的时候，他在我旁边躺下，喃喃说他不愿去想第一道冰裂的情形，那些马的嘶叫、车轮的嘎吱、士兵呼出的气，统统不愿去想。他拧一下我的脸，讲了另外一个故事，关于钉子、铁匠铺、被强力的手臂推入原位的一片天空，他总结说好东西会在漫漫岁月的深处炼成。

早上农夫出了屋对我们说，滚吧。

外公拍拍红的臀，让它拉蒸汽腾腾的一大团摆在农夫门口，可它没响应。我们又上路，不过那成了他偏爱的老话儿，每回到了什么他厌恶的地方，就听见这没完没了的玩笑：快，马儿，拉屎。

外公细微的举手投足我都记着。他周身精致妥帖。他有三件衬衫，他不觉得一个男人应该拥有更多。开领折在黑夹克的翻领上面。两撇浓密的虬髭，山羊胡子颇长。他的鼻子瘦削，断过好多次。他把马克思像章别在帽子上，但是我们进村前他总是摘下帽子，把它塞进裤带，于是那儿鼓出一块。像章只会惹麻烦，他说，我们吃尽那种苦头了。他喜欢抽极细的卷烟，夹在右手的无名指和小指之间。葡萄叶染绿了他的手指，烟草味在空气里回旋。

就外公自己所知，他三十九岁了。我出生时外婆已经离世。外公在夹克口袋里装着一张她的照片，因为频繁地拿进拿出已模糊了一半。他们生了很多孩子，可是除了一人都已入葬。最后一个以外族人①的身份活着，就是说也死了。没人说起他，连名字都不提。从我幼年起外公就叫我佐利，男孩名，他的长子就叫佐利。有时，当人家唤我玛丽恩卡，我都不会扭头答应。他说提起名字，最要紧的是取名的人，让别人说的见鬼见大水去吧。

咱们有满箩筐名字，他说，一直都有，我们就是这样。

我们一路驱策，外公和我，我们把巧克力厂、轮胎厂、高山流水全都甩在后面。我们给山取名叫哆嗦山，那当然是喀尔巴阡山脉。他穿闪亮的齐膝靴，脚踝处堆着褶裥，而右靴后头的线缝裂开

---

① 原文为罗姆语 gadžikano，形容词词形，阳性名词为"gadžo"，指非罗姆人。

了。我喜欢从篷车后面探身看，那裂口好像在说话，一开一合，不过，有时一长段路上它沉默寡言。

女儿，我那时还小，还不懂为什么家人被赶到冰上。

前一年春天，我记得有一天大清早醒来了，我、哥哥还有大姐。父母亲还没醒，宝宝安格拉也睡着。我朝悬在顶上的摇篮①偷看，只见她的小胸膛起伏着。我们蹑手蹑脚出去，下了三层阶梯。太阳还低。田野绿白交映。大多数孩子已经玩开了。我们一共二十个，可能再多些，闹得沸天。父亲走到门边，向我们砸拖鞋。闭嘴！他吼着。

我们不响了，接着朝田野那边走，在工厂跟前，翻过轮胎搭的低墙。弹力轻微。我的鞋也是橡皮底，着地时吱吱叫。我们放眼望田野里蒙霜的草。

我们的游戏就是看谁能找到最长的冰袖子。最绿的叶片顶好，因为又高又直，没有被重负压垮。缓缓地，我们穿越田野，踩过泥糊糊的田埂，搜索着。我听到哥哥喊他找到一个，可能是最大的冰袖，伸得进指头、手臂，甚至你的腿。大家你推我挤，尖叫哄笑，趁冰还没融化，摊在手上丈量着。

我爱冰霜的触感，我待在长草丛中，注视着。游戏的诀窍是握紧叶片的根部，然后顺势诱冰入手——太慢了冰会碎，太快了会掉下去。最完美的袖子取出时几乎毫发未损，向下看得见晶莹闪烁的一段。我把它凑到嘴边，向里吹气。从另一头我触到自己的气息，接着冰在舌尖上化了。

---

① 原文为 zelfya，一种悬挂的摇篮。

我待在田野里，直到太阳升上树梢，其他孩子都走了。影子拉长，一刹那又弹了回去。太阳跃上树顶，转眼一切开始消融。我的袜子湿透了。我往回飞奔，越过田野，颠跳的橡皮墙，向着柏树林边的篷车。火已点燃，父亲手拢着第一缕烟。其他人吃过饭后又跑向巧克力厂。母亲从锅里砰砰刮出最后一点麦糊，一面说，佐利，我们还估摸着外族人把你带走了，你到底去哪儿了？父亲说，过来，小家伙。他捏住我的耳朵，狠狠一拉，从口袋里掏了块面包给我。他问，冰怎么样？好吃，我说。不冷吗？他说着乐了。我答道，冷啊，又冷又香。

外公曾说过，你给我瞧一个不快活的罗姆娃娃，我就给你看一个外族矮子。

我们一路向前，外公和我。我仍旧整天向后眺望，等我死去的家人追上来，尽管明知道他们不会了。

我们吃森林里的东西：煮熟的叶子，火里爆开的松果，野蒜叶，还有他前一晚套住的小动物。我们不能吃野鸟，古老的法令不允许，可我们吃穴兔野兔和刺猬。遇到好客的人家，我们用屋里的龙头灌满水壶，或者从山间一泻而下的融雪、田野的弃井里取水。有时我们落脚在哪个罗姆人的铁皮棚屋或者地下陋室里。他们很友好，但我们不会住下来，我们继续向前，没有工夫停留，外公说我们生来就属于天空而不是屋顶。

一到晚上，外公静坐读书——他是我认识的人中唯一会读会写会算的。他有一本宝贝书，我不知道书名，实际上也不关心，这本书听起来离奇荒唐，满是高谈宏论，一点不像他讲的故事。他说好书需要知音，而这书火速催我入眠——他总是从那几页读起，纸被翻得破旧，左下角甚至有一片烟草的灼痕。这是他唯一的书，他在上面缝了另一个带烫金字母的褐色皮封面，从教理问答手册上取下来的，来糊弄那些质疑的人。很多年后我才知道那是《资本论》——想一想仍然让我发抖，不过，乔诺罗娅，其实我并不确定他可曾从字里行间有所领悟，这书让他茫然，就像最终搅得其他人一头雾水。

为什么妈妈不识字？我问他。

不为什么。

可是为什么？

因为不想挨巴掌，他说，一边去，别问傻话了。

过了一会儿他把我揽到臂弯里，我偎依着他的长发。他说这是传统，历来如此，只有长者识字，有一天我会明白的。传统意味着遵守习俗，他说，可有时也意味着形成新习俗。他打发我去睡觉，给我披好毯子。

重重山影里我们向东缓行，这时他许诺说，我乖的话他会教我读写，不过我必须保守秘密，谁也不知道最好，省得不信书的人大惊小怪。

他解开衬衫的胸部口袋，眼镜就藏在那里。眼镜裂了，用零碎的铁丝胶带裹着。一条软树枝系住镜梁。见他戴上我笑了。

他不是从 A、B、C 教起，而是从 Z，尽管我的另一个名字叫玛丽恩卡。

我们睡在天空下，气候晴朗，夜晚轻柔圆融，当然要除去我们思念落在身后的亲人的时光。他们几乎没留下缅怀之物，可是有一首母亲唱的老歌：不要和面包师一起进餐，他的烤炉黑森森，烤炉敞开着，敞开着。有时我给外公唱，他坐在低台阶上倾听。他合上眼，一边抽烟一边跟着哼曲，有一天他冷不丁打断我，问道，你唱了什么，佐利？我退后一步。你唱了什么，孩子？于是我重复：不要和赫林卡一起进餐，他的烤炉黑森森，烤炉敞开着，敞开着。你改词了，他说。我站在那儿，颤抖着。继续唱，你瞧着吧。我又唱，他拍起手，他的唇齿间赫林卡一词轰隆隆打转。他重唱一遍，接着说：宝贝儿，也这么改改屠夫。于是我如法炮制。不要和赫林卡一起切肉，他的刀锋利，深入骨髓，深入骨髓。他说，再改蹄铁工的。不要和赫林卡一起钉蹄铁，他长长的指甲，使你跛了腿，使你跛了腿。我还太小，不明白自己所做的事，但几年后，当我们搞清楚赫林卡和纳粹用焚炉、钉子和刀干了什么，对我而言这歌的意义就不同了。

　　实际上，当我隔着岁月打量自己，当我回首这一切，我只是另一个衣服上缀着圆点的小姑娘，她脚下那乡间小道的每个转弯对我都显得异样。

　　一次有辆汽车经过，一个穿着考究褐色外套的男子提出给我们拍照。外公扭过头：又不是马戏团，先生。那人拿出几枚赫勒币。外公说，还不如几粒石头打打水漂。那人又从钱包里掏出一张挺括的钞票，扯紧了，使它像鼓皮一样响动。外公耸耸肩：好吧，怎么不早这么说？我被迫呆立在阶梯上，手牵着喇叭裙。那人把头钻到黑布下，好像一只有冠的鸟。灯一闪我跳起来。他照了六次。外公说，好了，先生，足够了。

　　我们的车子在树下一路橐橐，他一言不发，可到了下一个村子，他给我买了根红白相间的薄荷棒糖。他朝红的后腔一扬鞭，嘱咐道，永远别白给他们什么，听见了吗，佐利？

我们到波普拉德时，他们把我记录入册，因为所有的罗姆儿童五岁之前都要接受检查，而我已经七岁了。那是一座雄伟的白色建筑，外面竖着雕像，灰台阶引向庞大的木门。里面有旋转阶梯，而我们被打发到了后院矮墩墩的小棚子里。

办事员久久地检查着外公的证件，把他从头打量到脚，从头发到靴子，然后问道，这是你的孩子？

我女儿的女儿，他答道。

她高得离谱了，知道吧？

只听皮靴嘎吱一声，我瞅见外公一激灵挺起身。

办事员带我到一间办公室，把外公关在外面，用指头前后转我的脸。右眼弱视，她说。她按下我的脑袋，检查头发里有没有虱子，然后问我青斑怎么回事。什么青斑？我问。我的头发长开了，外公在刘海上缝了枚硬币，就是它敲着我的额头。她往外拽硬币，指头戳我的脑门。钱挂在头发里真可笑，她说，你们这些人为什么老干这事？

我盯着她脖子上挂的银摆。她把冰冷的圆金属块扣上我的胸，透过管子听。她往我的喉咙打手电光，又推我贴紧了墙，嘴里嘟囔着什么。她端详我，说我这个年纪个头太猛了。我的确高，即使算七岁，不过这会儿我不得不回到五岁。

办事员说，五岁，瞎掰。

她量我的鼻子，双眼的间距，甚至手的长度，一一写了下来。她捏着我的拇指在蘸墨的软垫片上前后旋摩，又拽住我其他的手指让它们压紧纸面。我喜欢自己的指头留下的小图案，就像沿河的靴印。她问了我一大堆问题，我在哪儿出生，假如我上学，我的真名叫什么，我父母在哪里，他们怎么没和我在一起。我告诉她父母掉到冰下面了，可我没提赫林卡卫兵。她问，你的兄弟姐妹呢？我说，一起掉下去了。她扬扬眉毛，投来的目光严峻，我脱口而出，我哥哥安东想法子往外冲。从哪儿？她问。我瞧着指头。从哪儿，尊贵的小姐？从森林边的湖水里。森林里有谁？她问。狼群，我说。上天啊，她说，那些狼什么嘴脸？我不吱声了，她却叹道，哦，小可怜，随即凑过手指，轻抚我的脸颊。

她带我到外公等候的地方。她匆匆环顾四周，向他探过身来，悄悄说控告的事。外公直往后退，倒抽了一口冷气。

办事员又回头看了看。你想提出控告吗？她又问。

控告什么？

我保证会传给恰当的人。

我不知道你在说什么，外公说。

小女孩告诉我了，她低语道。

告诉你什么？

你不用担心，她说。

外公飞快地瞄了我一眼，开始扯一通莫名其妙的话，什么一群狼和饿肚子的人、在森林里留下痕迹的车轮和树上纷飞的鸟。完全不知所云，甚至他自己也不知道自己说了什么。

办事员注视着他。我再问最后一次，你想不想提出控告？

外公又扯开了风筝长线似的胡言乱语。

办事员叹口气，嗓音又变得响亮而严厉。我受够了你们这些人，她说，你们今天求助，明天又光是喋喋不休地废话。

她猛地一拍桌上的铃。另一个职员从后面的办公室出来。他袖子上戴着黑橡皮筋。他一看见我们就仰头。天哪，他咕哝着。他沿木台面把文件一推，压根没瞧。

好了，她必须每三个月来登记一次。

其他小孩呢？外公问。

所有吉普赛小孩都这样。

那么其他小孩呢？

哦，他们？他说，不用，问这干什么？

外公喉咙里一阵咕噜，接着打三个叉签了那些文件。出来时我问他为什么不用他教我的字母写，可他转头死盯着我。台阶下了一半时他揪住我的耳朵说，永远不要告诉他们那事，永远不。听见没？

他几乎揪得我凌空了。

他们会把事情搞得坏上加坏，他说，接下来把我们也推下去。你明白吗，孩子？永远不。

疼痛向我袭来。我们到了最后一级台阶。我打量自己的手。指纹墨把它们染得漆黑。我吮吸手指，可他一巴掌拍开。

懂礼貌的女孩肠胃都干干净净，他说，别把墨水吞到肚子里。

篷车向卵石路一侧倾斜。我走上去攥住红的缰绳，在它身上摩擦。蹭着它搏动的颈，我的耳根滚烫。外公爬上去，坐了半晌，凝视着那座建筑。最后他说了句，到这儿来，宝贝儿。他一只手拉我上车，让我坐在他身旁的木板上。他哑然良久，才向一边啐口唾沫，手臂拢住我的肩，对我说他写三个叉的原因之一，就是不想让他们拿规则愚弄他。

他抓过缰绳，正要甩打红的后腚，却回头一看，悄声说，快，马儿，拉屎。就像点破了天意，红翘起尾巴，在雄伟的白建筑外投下两摊热蓬蓬的重物，我们大笑着离去，从来没这么爆笑过。到了路尽头，我们回头望见一个男人铲起粪团，脸皱得通红。我们简直乐翻了，一直笑到那建筑溜出视线。我们又踏上乡间小路，繁花满树，蠓虫沸腾，蓝蜻蜓在飞，你要是把这种蜻蜓捉进罐子，它的翅膀会给玻璃染上粼粼的碎光。

外公重新戴上帽子，用虬须缠绕手指，对着小路洪亮地重复：快，马儿，拉屎。

我们跟随迹象——一根打结的如愿骨指示向左，一条断了的嫩枝则是在岔口右转，碰见白布我们就在友好的农家饮马，再装满我们的水壶。

到了夏末，樱桃树沉甸甸地垂下枝条。我们过了一条清澈的河流，深入森林，繁茂的紫杉、西克莫槭、绿橡树丝毫不透露我们的行踪。挺拔的草丛里长着野兰花和蒲公英。外公把我带到了十四个篷车聚集的林中空地，它们也是瓦拉几亚①罗姆人的，车身的色彩缤纷和精雕细刻让我透不过气来。湿软的草丛周围涌出水。锡杯倒放在多瘤的木杆上。有个女孩端一杯水向我们走来。水入喉凉飕飕的。我看见外公大跨步穿过营地，双臂搂住了他多年未见的亲弟弟。他喊我过来见我的表兄妹，还有表兄妹的堂表兄弟姐妹们。很快我们被围拢了，而我一眨眼被捞进了往昔重现般的新生活。

他们中的一些人背着竖琴从波兰漫游过来。我没见过这么高的竖琴，雕得精美，弦用的是肠线。它们有我两倍高。甚至我踮起脚也触不到弦的顶端。琴身涂着清漆，刻上车轮、鸟、狮身鹰首兽。弹拨声响彻林间。美妙绝伦。弹琴的女人们留着长长的指甲。她们

---

① 原文为 Vlax，瓦拉几亚罗姆语，包含最初在巴尔干半岛演化而成的那些罗姆语方言。此处指讲这类方言的人。

每晚都染指甲，用搜得到的各种颜色，从动物、红的河石还有一些浅蓝的鸟蛋中煮取。色彩拿野草制的小刷子涂上。埃利什卡，一个头发黑如指纹的波兰女人，拥有一把很精致的瓷漆刷——她在克拉科夫一个剧场后台发现的。她说刷子属于一个广播上能听到的著名女演员。有埃利什卡还要广播干吗？她叫道。

她揽着我的胳膊，拉我走过营地。你有双小魔鬼的眼睛，她说。

她笑着抱我在空中打转，染指甲的时候叫我坐到她身边。她说话又快又清脆。埃利什卡爱上了一个叫瓦申科的小伙子，他们不久就要结婚了。她说要教我一首老歌让我在婚礼上唱。她那些都是我熟知的挽歌，可她又教了我一首新的。我将杯子斟满，杯中不再空荡，我将用美酒斟满，来自你掌心的空杯。我学得很快，绕着营地唱个不停，瓦申科说，劳驾你闭嘴，你快把我逼疯了。我又唱了一节，瓦申科给了我一记耳光。埃利什卡对我附耳说没关系，不用担心，别在意那些男人，好歌吻了他们的嘴，还是等于对牛弹琴。到这儿来，她说，我给你梳辫子，像你母亲那样梳。你怎么知道我母亲怎么给我梳头？我问。保密，她说。我哭起来，于是她说，哦，你母亲因为好多事出名，顶响亮的，要数大歌唱家的名声了。

她俯向我的耳边唱，歌儿愈来愈深广，接着她用手托起我的脸，亲了亲我的额头。可惜呀，你的眼睛，埃利什卡说，要不你就和她一样美了。

我有牢记词句的天赋，因此被留下来听歌直到深夜。有时歌儿轮换、萦回又流转。女人们若是因丘丘酒而摇晃，就记不得前一夜唱到哪儿了。她们问我，佐利，我唱什么了？我会说，他们折断了，他们折断了我褐色的细胳膊，现在我的父亲他泪如雨下。或者我会说，我有两个丈夫，一个饮酒有度，一个烂醉，而我爱他们不差分毫。或者我唱，我不想阴影落到你的影子上，你的影子对我足够幽暗。她们笑眯眯地听我唱出这些词句，又告诉我说，我跟母亲长得一样。深夜入睡时我想着她。我在心里描画她的样子，她的牙齿洁白无瑕，只是下面的一颗掉了。

现在说这些真奇怪，可这些是我记忆犹新的时刻，乔诺罗娅，这是我的童年，我力图以当初看到、感受到的样子讲给你听，那时还没人躲着我，一切还向我敞开，毫无羁绊，童年的大多数时光都很快乐。大战还没开始，尽管纳粹追捕我们，对我们发泄他们的仇恨——在他们看来我们不过是野兽——我们尽可能远远避开他们，坚持我们的方式，在可能之地创作音乐。在那些岁月里这已足够了。

在新营地有一个小女孩和我一般大，八岁了。孔卡有一头红发，雀斑搭成鹊桥越过鼻梁。她母亲在她的头发里缝了一串珍珠。她穿绣银丝的衣裳，天生一副最动听的嗓子，所以她也被唤来在深夜唱。飘歌帐篷的门帘为我们向后拉。我们站在桶上好让大家看见。外公把帽子往后一推，点燃一支烟。在我们面前，大家簇成半圈。女人们以厉雷骤雨般的节奏拨着竖琴，有一两次她们的指甲在弦间向后弯折，而她们仍然弹奏不止。

我的嗓音没有孔卡那么甜蜜，可外公说这没什么，要紧的是准确的词，把词拉拉长，或者压压紧，再用我的肺部呼吸装扮起来。他说我和孔卡唱歌时，我们就是罐子里的水和空气，一起煮沸了。

晚间，我们试图在火边入睡，可那些最棒的故事把睡意打发得老远，当听到一个着实精彩的故事，我们的腿都走不动了。她父亲赶我们，叫我们回床上去，说我们惊醒了亡灵。外公抱走我，给我盖上鸭绒被，母亲曾在上面用棉白杨里抽制的线绣了一把竖琴。

一天晚上，外公带回家一条印着头像的毯子，他把毯子挂上墙面，底下是盛满刀具的抽屉。画中的男子灰胡须，高额头，奇怪地凝目。这是弗拉基米尔·列宁，他说，千万别告诉谁，你听着，特别是过来的那些士兵。那个星期他又买了另一条毯子——这次是圣母像。他把圣母像卷起来用细绳扎紧，再挂到列宁上头，要是哪个陌生人进入篷车，他就用刀割断绳子，于是圣母急匆匆盖住列宁。外公觉得滑稽，有时剪绳子闹着玩儿，他若是喝醉了就对着他们的脸儿倾谈，称他们为最伟大的同床伙伴。如果营地里传来轰隆声，他忙不迭切断绳子，把皮制封面的书塞进上衣背后隐蔽的口袋。接着交叉双臂站到门外，沉下脸来。

他宁可斑疹伤寒上门，而不是一个士兵。

他们要是强行搜查，就会不闻不问从他身边迈过，皮靴狠狠踏着地板，但是他们从未发现列宁或那本书。他们把这地方撕烂，还互相投掷茶杯。我们从外头听到粉碎声，可又能怎么办？我们只能等他们出来，下了台阶，他们的靴子在膝盖处锃亮，脚尖那儿却磨损了。

他们走后，我们收拾这烂摊子，外公又把圣母卷起来，让列宁再一次抬眼凝望。

有一天外公去了波普拉德市场，又过了四天才回来。他给人修墙，换了一台无线电收音机。他大张旗鼓地炫耀，把它拿到营地，在火边放下，音乐蹦跶出来。瓦申科的父亲凑过来看。他蛮喜欢那种音乐，大家也随后聚了一圈，瞎摆弄上面的旋钮。可是到了早上，一群长者过来说不乐意孩子们听外人说的话。只是个收音机，外公说。对，他们说，可是言论不正派。外公拉着瓦申科父亲的胳膊沿河走去，后来他们想出了法子：他只听音乐，不听别的节目。外公把收音机带到我们的篷车，声音调小，还是什么都听。知情是我的责任，他说着顺玻璃面板调转小小的黄色指示盘，华沙、基辅、维也纳、布拉格，还有他的最爱，莫斯科，不过调不出那里的动静。

一天我听见他砰地一扔，收音机木制后背着地：这该死的东西居然要电池，谁想得出来？

几天后他肩上扛着整整一袋电池回来，衣服上撒满灰斑。他告诉我们外族人现在都想用水泥砌墙，他憎恶那东西——以前他筑墙全用石头和空气——可是要买电池只能这么做，他就这么做了。

没多久大家喜欢上了收音机。我们主要听音乐，可时不时政府的声音闯进来。在篷车里，外公逮着什么听什么，各种语言一概不漏。他会讲五种：罗姆语、斯洛伐克语、捷克语、乌戈尔语和一点波兰语——不过埃利什卡说他该忘掉那些赤化的胡扯，他讲哪国语听起来都一个味儿，来生他应该当路灯柱上挂的喇叭。外公说喇叭都是法西斯，你等着瞧，你这黑发的巫婆，等那些好人，共产党，最终掌了权。她朝他嚷说听不见他说什么，他唠叨的时候她准保睡着了。外公也喊，你到底瞎说啥，女人？我想埃利什卡可能要撩起点裙子羞辱他，可她没有，只是转身走了。她尝到了他利舌的回击，他甩出跟她的小瓷漆刷有关的粗话，挑明了她可以刷一刷的某处。大家顿时开始说笑逗乐，过后又都忘了。

不过，因为他带的那本书，他卷进重拳嘭嘭伴奏的争吵中。他和长者们围坐火边，费力和他们谈革命，但他们说罗姆人和此类事情无关。小提琴手彼得点点头,瓦申科也是,可孔卡的父亲高声反驳他。

你们听过这种胡诌没有!马克思是工人的话,怎么从来不劳动?他怎么光是写劳动方面的书?你说说看,他光想冲火炉里面撒尿吧?

外公一捻手指,站起来喊道,不支持我们的,就是阻挡我们的。

他和孔卡的父亲大步流星跨过锅碗瓢盆,动手打起来。

早上他们喝过咖啡,新一轮争论又开始了。

看来你不打算回答我的问题,孔卡的父亲说,马克思要是那么爱穷人,他怎么有时间写书?

外公带我去了河边。他拨一下帽子,领我走过倒在地上的圆木,我们在岸边晃悠时他握住我的手。听着,佐利,他说,河在这儿,不属于任何人,可一些人说河是他们的,他们都说河归他们所有,连我们中的一些人也这么说,可我们都没份。瞧那儿,看到那下面水怎么流个不歇?河从来不为谁停一停。几寸以下,丫头,他们占有的东西没影了,我们占有的东西也没影了,你得记住这个,要不他们会拿言辞作弄你。

第二天他领我来到校舍。

我听说过学校,但不想上学,可他拉着我从挑出的绿屋顶下走进去。我想逃跑可他一把捉住我的肘。里面,一排排整齐的课桌。绿和蓝交织的诡异画片挂在墙上——我那时还不认得地图。外公和老师谈话,告诉她我六岁了。老师竖起眉头说,你确定?外公说他怎么会不确定?老师的手微颤。外公向前倾身,定眼看着老师。她的脸色煞白。带她来吧,先生,她说道,我乐意照管她。

我被引到角落最小的孩子们中间，他们挂着鼻涕，有一个甚至裹尿布。我一坐上小凳子大点的孩子就吃吃笑，可我逼视他们，直到他们安静下来。

那天晚上，当雨的鼓点从树叶激荡而下，唱歌的帐篷里狠狠打了起来。待着别动，埃利什卡吩咐。可我想唱歌，我说。你要是不想找麻烦，就待在这儿，她说。我在鸭绒被下缩成一团。尖叫与呵斥传来。一会儿偃旗息鼓了，音乐声起，我听见孔卡的声音飘飘忽忽从雨下穿过。他们折断了，他们折断了我褐色的细胳膊。她唱错了词，被搅得乱套了，我想跑过湿草丛告诉她，可我听到更紧的喊声和树枝的鞭打，于是我捂紧了被子不作声。外公走进来，帽檐在滴水。他好像没察觉颊上、眼旁的那个伤口。他坐在窗边，抽一点葡萄藤，向外看着。

无论如何，他说，这是我的选择。

他亲亲我的额头道声晚安，打开了收音机——里面正演奏波尔卡。

早晨我被最老的女人逮住了，因为她胸上的伤疤，我们叫她大麦刀。她扇了我九下。我走到栅栏那里，脸上灼痛。她用衣夹向后扎住头发，追着我嚷嚷：你要学的是怎么嫁给屠夫的狗，等着瞧吧你，记住我的话，你要嫁给屠夫最凶的狗。

雨从学校的斜屋顶滴落，顺着窗玻璃流。老师一股碱液味。她的颈子鹅白色，她用肘擦黑板上的粉灰。我的膝盖把课桌台子撞个不停。我穿着镶白点和褶边的蓝裙。教室那头，大点的外族男孩能透过牙齿的豁口悄悄啐唾沫。很快我头发的一边被唾沫浸透了，可我没有转头。我想他们盼着我喊叫，可我偏不。他们朝我低吟一首古诗：玛丽恩卡用马儿换了狗，她就着馊面疙瘩①嚼狗肉。我不言语，只是盯着前方。我恨粉笔刮擦黑板的声音，吱吱叫得我打寒战。他们嘲笑我，嘲笑我的说话方式，可老师不敢相信我已经掌握了字母表，而一两周后，她给了我一本讲王子变狮子的书。

大孩子们对着我的后背吼叫，朝我扔鸟蛋。我捡起蛋壳装进衣兜。我把书夹在学校附近的树篱中，用叶子盖好。回到营地，我掏出满满一把蛋壳。女人们乐坏了，甚至大麦刀也是，她说兴许学校不那么糟糕，她忙着去涂蓝她的指甲，她还涂脚趾甲——这是斯洛伐克这边和波兰那边的一个区别，我们不涂脚，从不在脚趾上戴指环。

有一天我忘了下雨这回事，树篱里藏的书毁掉了，书页都粘在一块。我一打开就扯碎了。老师说我应该当心点儿，可她还是再给了我一本，这次用油布包了起来。

她执意要我每天早上去她家洗澡，她家就在学校附近，可是我每天和孔卡在河里洗。我跟她讲吉普赛女孩在流水而不是浴盆里洗澡，她笑笑说，唉，你们这些人。她摆弄我的衣裳，甚至送了我几件，据她说是新的。衣服用棕色的纸裹住，我认得出那是穿过的——我瞧见她书桌一角的纸卷和麻线绳。

她用力拨我的头发，寻找虱子，然后给我的辫子梳石蜡，还写了封长信给外公：先生，玛丽恩卡需要恰当地注意卫生。特别考虑到她的情况，她的数学和造句合乎标准，但是保持最高标准的卫生是必要的。请确保采取恰当的步骤。您的，布罗尼斯拉娃·波德罗娃。

---

① 原文为 haluški，罗姆人的传统食品。

外公用一片葡萄叶卷了纸条，把它当烟吸了。她胡说八道，比得过工厂茅房，他说。

这之后我有一阵子没上学。大家欣喜不已，尤其是大麦刀，她还自编了一首歌，说什么黑女孩去绿校舍转眼变白，而末了回家路上又转了黑。我觉得这歌傻透了，其他人几乎都有同感。每回大麦刀沉溺于杯中物，就唱个不休。

仍有传闻说外公会受到惩罚，因为他不但送我上学，有时还光天化日下看他的书。不过，惩罚一直没来。瓦申科的叔叔支持他，说有个孩子上学也不错，这样可以了解外面的动态，不要担心，现在该拧成一股绳，有一天我们会用这个为我们服务，等着瞧吧。

彼得这个老人长相英俊，一副温和的神色，他拉小提琴的时候外公也站在飘歌的大帆布帐篷中间，为他击掌伴奏，看起来一切都将安然无事。

老师送给我更多的书。孔卡爱那些野兽图画，我们偷偷溜出去，让美洲豹、海豚、老虎升入繁星，与獾、马车、母鸡和车轮为邻——我那时根本不知道，别人给星斗取了不同的名字，比如大熊座、猎户座、昴星团。还有好多星星等我去看。一点点地，星星侧过身去，继而跌入地平线以下。

我打小就喜欢铅笔在指间的触感。在篷车的那些日子，当外公把牌摊在桌上，我默坐一旁。红一瘸一拐蹚过外面的泥泞。一天早上，外公挨着我坐在菱形窗边，一边向外看，一边说他觉得那匹马害了病。那马儿他骑过很多次，他说他恐怕骑不了多久了。理应如此，他说，没什么的，他总归听得清声音，他要做的就是竖起耳朵，这就够了。

红消失在河边的树林中。我们听着它的鬃毛抖动，它的嘶叫，它胁部溅起的水声。伴着灌木弯折，树干喀嚓作响，它又踩着淤泥回来了。我们把它套好。沿路而下时我待在篷车里。我坐着，削尖我的铅笔，而外面马蹄踏泥的声音，也被我塑成一片寂静：嗒拉克，嗒拉克。

灰草地绵延而过。一块块耕田幽暗。路上一颠簸，竖琴就发出游丝的细声。晚上我们从马车跳下，推开任何碰见的门。每个人为煤油钱掏一枚硬币，接下来孔卡的叔叔讲一些引人入胜的罗姆故事。故事常常延续到夜深，枝节蔓生地冒出什么十二条腿的马啦龙啦恶魔啦处女啦残忍的贵族啦，还有外族的马蹄铁匠怎么用浇铸的扣子之类骗我们。

女儿，我对你说：那些夜晚即使天寒也暖洋洋的，我深深怀念它们，也许，的确是因为后来的经历，它们才越发温暖。

我们的库帕尼亚转移到班斯卡-比斯特里察的一座小镇附近，我们得到许可，驻扎在一个被我们叫做黄农夫的汉子的田地里。那农夫有双硕大的黄靴子，一直攀到他的腰部。他穿着靴子到处重步走，有时穿这副行头去河边钓鱼。扬科四岁了，有一天在河岸上发现他藏在黄靴子里，小脑袋探出上沿。他整个人几乎都被收了进去，只瞥见他在咧嘴笑，从此我们叫他靴子。

这是在黄农夫田里度过的平静时光，而我们开始一点点听说国内正横行的恐怖。德国人没有像在捷克那样取得统治权，可外公说也差不离了，赫林卡酷似盖世太保，除了徽章不同。战争与我们不期而遇。新的法律被制定出来。只允许我们一天中在城市和村镇逗留两小时，从正午到两点，有时这一时段也不行。其他时候罗姆男人、女人一概不准在公众场合出现。有时最洁净的女人都被指控散播传染病而入了狱。一个男人要是在公车或者火车上给捉住了,他会被打得爬也不会。他要是在街上游荡,会被逮捕,送到劳改营伐木。我们像当初学着辨认动物的声音一样,熟习军车的动静——吉普、坦克、帆布遮盖的卡车车队,我们摸得清快要拐出来的是哪一种。然而我们仍然自觉幸运——许多捷克同胞拥到南边来,讲述在蜿蜒的路上被赶来赶去的可怕经历。现在大家都围坐火边聆听外公讲话。他从收音机获知时事,连孔卡的父亲都陪他去那个准许进入的磨粉厂干活,来换些电池。

外公再没有时间筑墙了,他说如今不管什么都用工厂里的水泥粘起来,可假如他再筑一堵墙,他就用自己的方式干,按他的说法就是,施巧计把墙筑好。

晚上他又把收音机调到波尔卡,避开战争的消息。他说那个张伯伦成了出气筒。外公坐在篷车顶上酒盏不停,直到顶着繁星昏昏入睡。旋钮嘶嘶一转,我抛掉波尔卡,听到一个男人用波兰语报道新闻,接着用斯洛伐克语报道的也是同样的消息。当然没有罗姆语的广播,半小时也没有,听不见报道我们这些人的新闻。

要他们的新闻干吗?外公说,咱们身边满是新闻。猪可不需要戴上金鼻环才知道在哪儿卧,对吧?

孔卡的母亲去波普拉德时,在水果市场人行道附近的小街巷里迷路了。大家都在找她,她却被赫林卡拦住了。他们把她带到书店后头,推倒在桌上。他们嘲笑她的长指甲:哎呀这么好看。其中一个说他爱死这些指甲了,他想摘一个回家,兴许他老婆乐意见识一下这么绝的艺术品。他们按住她的肩。她只能看见头上一块黑咕隆咚的天花板,接着房间里天旋地转起来。一人抓紧她的手臂。一人拿着钳子。指甲一个接一个脱落,最后剩了一根小指头他们没动——据他们说，这样她犯吉普赛痒痒的时候可以自行方便。

他们把指甲串进小链子，挂上她的脖子，再把她推入书店外的街道，她一下子倒了。士兵们从书店出来，送她去了医院，因为，据他们说，她擦伤膝盖了。他们对护士说，好好照看这女人的膝盖，收拾她的膝盖至关重要。他们一个劲地张罗什么膝盖。护士们把孔卡的母亲从地上抬起。她的手在滴血。

她们要给她疗伤，可她尽快离开了。我们没人愿意留在医院的疾病和死亡之间，那可不是什么好地方。孔卡的父亲载她回去，她躺在车后哭泣。她的手膨大，厚厚的白绷带很快变成褐色，她怎么煮洗都退不掉。她不离开篷车。每天解开绷带，在混着酸模叶的水里洗手，然后在手指的残缺处涂上树液和黄春菊。她端详自己的手，好像那不是她的肢体。孔卡说她母亲并不是疼得恸哭，而是哭自己再不能弹竖琴了。她试着用残指触弦，手又开始流血，只能作罢——猫头鹰止于桑林，往日再不复返。

书店烧掉了。外公和孔卡的父亲回来时一身汽油味。为此摆了筵席。帐篷迎风起皱，外公高唱《国际歌》——我不是第一次听到，可这次埃利什卡都加入了。她还编了一首——<u>有些石头扔得好，有些屋顶烧得绝</u>——外公听了也颇为赞许，我记得最后一段唱的是荆棘在赫林卡的心脏里扎根繁殖。

我们已陷入深渊。给车轴抹好油，我们准备告别波兰的兄弟姐妹，不过埃利什卡和我们同行。她嫁给了瓦申科。临别之际，我们在帐篷里围成一圈，外公说了一个消息：据一项新的法规，我们要为每样乐器申请许可证，因此不得不和竖琴分开一些时日了。男人们用黄衣夫林子里的槭树制成大木箱，在里头藏好竖琴。他们掘出一些大坑，将竖琴掩埋入土。他们在地上铺些刺灌木，从土里移些植物，以防有人发现。孔卡和我奔到埋葬之地，她发明了一个游戏：她在地上乱蹦乱跳，而我们装作音乐钻出了土壤，就在那时一首歌在我的脑海成形，它唱着脚下琴弦的颤动。直到今天我还记得每个词，竖琴听着头顶的草丛生长，草丛倾听两米下的声息。

当天晚上我们从黄农夫那里走了，穿过暴风雨在林荫路上跋涉。车轮卡在泥潭里。把车推出来，我们弓着腿才能走得稳些。我们向如愿骨、草束和别的东西探路。孔卡的表哥鲍克罗和我同岁，他在我身旁走。我想他已经对我动了欲念。他在篷车后打理他的黑发，好半天不离开镜子。一队坦克开过，最后一辆停下来搜查，他们上台阶也没蹭干净靴子。我和孔卡躲进鸭绒被，可进来的赫林卡猛地掀开被子，用靴子戳我们的衣服，又啐口唾沫。这是对罗姆女孩最大的侮辱。他们一走，我们就骂他们猪、蜥蜴、蛇。他们脏，是渣滓中的渣滓。

继续向前走，马蹄沉闷的橐橐声固定了步调。鲍克罗对我喃喃说不管发生什么事，他会保护我，可外公盯紧我们，再说对鲍克罗，我没有像对其他男孩那样肚子里发颤。

晚上，外公松开红，跨到辕杆之间，徒手撑起套车。他微微调转车子，这时我把小石块垫在轮下，而清晨一到，我们又出发了。

广播里的消息遍及这个又一次被称为斯洛伐克的地方——此地在波希米亚、摩拉维亚、德国、匈牙利、波兰和俄罗斯之间身份模糊，一天晚上外公起身说不久的将来这些地方都会成为罗姆斯坦或者苏联，可另一个人说大概会成为美国，那里一个很蓝的女士为我们举着火把，而且人人生来平等。我们在这个国家漫游，一周换一个地方，然而有人，往往是靴子的父亲，回到森林与竖琴相伴。晚上他睡在一旁，过后发誓道，一些不安的幽灵夜里来弹琴。

我很快成了大姑娘，不得不烧掉那些破烂的红衣了。那事发生在白杨林中。孔卡知道怎么回事，她已经遇到过了。她递一条布让我洁净自己。我现在走动起来小心翼翼，男人擦过我的裙子可能染上污浊。她说不要紧的，不过可别跟哪个男孩去树篱后面，他们会占便宜的。我们一起把卵石缝在褶边里，让衣裳垂下来。九天后外公说我现在该叫他斯坦尼斯劳斯了；他可不想当一个成年女人的外公。我脸红了，我知道过不了多久我就要和一个丈夫走在椴树花丛下。

斯坦尼斯劳斯，我应道，快，马儿，拉屎。

我头一次当着他的面这么说，他搂过我的肩，把我拉到怀里笑起来。

鲍克罗送我一条银链子，我没戴在脖子上，却塞到兜里，用手指绕着。第二天他过来后在我手里放一块心形姜饼。我确信我们要结婚了，恳求斯坦尼斯劳斯挡开婚事，可他扭头不瞧我，说他有别的事要操心，接着蹚过泥浆去和彼得搭话。

外公朝我指点，一旁彼得颔首。我低下头，路上不吐露心迹。那些老歌萦绕我，取一条新途，急转，回荡。

我们继续向东，在赫龙河岸，一个烂泥轰响的早晨，红死了。找见时它躺在地上，仅一只眼睁着。外公用绳子捆起它，把它运到制胶场。一路拖过，血汨汨地流。我永远忘不了那声音。它被曳上车。身体嘭咚作响，那只眼还睁着。外公带回来一瓶上好的梅子白兰地，递给我一些，可我不要，转头不看。他说，这种事总会碰到的，丫头。我说不对。他拽住我的辫子说道，听见没，丫头，会碰到的，你又不是小孩子。他放开我，大踏步走进灌木丛。

几年后，乔诺罗娅，那时因为从歌儿中采撷的诗句，我生活中的波澜大多发生在布拉迪斯拉发城，就在印刷厂，我请斯特兰斯基和英国人斯旺不要把我的第一本薄诗集用胶粘起来，而是用线装订。我觉得胶有可能来自同一个工场。他们感到莫名其妙，如今我也不明白为何希望他们理解。红的骨胶沿书脊游动，贴身于对它如此陌生的物体，这念头我难以忍受。谁想把自己的马放在页缝间，支撑自己的书？

我那时在写，什么纸都用，甚至瓶上的标签。我把它们浸在水里，拿出来晒干，再填满墨迹。旧报纸。肉铺的褐色包肉纸。我把上面的血渍晒得失色。我的写作还是个秘密。对大多数人我装作不识字，可那时候我寻思，这没什么要紧吧？我自语道，写作如同唱歌，不多也不少。我的笔忙个不停，几乎只剩铅笔头了。

流水里洗衣。石头的南面晾晒。让他们猜四次，回回猜错。盛夏里攥一把雪。做面疙瘩拌热的甜黄油。喝冷牛奶清洁你的肠胃。醒着时当心：你的呼吸告诉他们你睡得多香。别把外套挂上门钩。别理宵禁令。听车轮知晓天气。别变成他们需要的傻瓜。改你的名字。把鞋丢掉。练习怀疑。在疾病跟前穿油布。崇拜幽暗。顶风侧身。让故事变奏其乐无穷。佯装不知。小心赫林卡，屠杀总是在深夜。

你可以眼见耳闻那些事——在很久之后的今天——怎么挖坑，地怎么颤抖，贝尔森上空怎么飞鸟绝迹，我们的捷克同胞、波兰姐妹、匈牙利兄弟遭遇了什么，我们在斯洛伐克如何幸免，尽管他们打我们折磨我们监禁我们夺走我们的音乐，他们如何押我们去劳改营，去霍多宁、莱季、佩季奇，他们如何实施严酷的宵禁，甚至宵禁之中增设宵禁,在街上怎么朝我们啐唾沫。你会听说缝在臂上的标识,字母Z将我们的胳膊劈成两半,那红白相间的袖章,劳改营四周喂肥的狗,齐克隆B[①]将死人头发染成怎样的褐色,带刺的铁丝网怎样飘飞着人皮小旗,还有我们的头发织成的拖鞋。你会听到这一切,还有更多。降临于一人就是降临于我们所有的人,可是,对我,没什么比得上那件事的历历在目,就在那天,我的外公,斯坦尼斯劳斯,在布拉迪斯拉发灰蒙蒙的小街上被一个高大的金发士兵拦住了。

我们跳上运煤的列车,一路穿过特尔纳瓦,经过那条湖,到了空气浊重、水洼腥臭的大城市。外公带着六支家制的牙刷,准备到一座据传有拉客妓女的房子里推销:那些日子只能这样子零星赚点钱。

一晃已十三岁,我对远方的生活更好奇了。眼前是怎样的景象呀——横穿街道的晾衣绳上的衬衫,地上花哨的包装纸,高耸的大教堂,向窗外瞪眼的骨瘦如柴的猫。外公嘱咐我紧贴着他走——因为高涨的抵抗运动,更多的德国人来增援赫林卡,就在周围活动,最好躲开他们。四处风闻我们一旦稍有闪失,他们会如何整治我们。可我还是落在后面。他唤我:快,瘦骆驼,跟上来。我疾步向前挽住他的臂。走过街街巷巷的千折百回,我们来到一条窄巷,一路上坡,靠近城堡。我停了片刻,看一个小孩玩纸风筝。外公转过一个拐角。我撵上时,他立在小亭子跟前,僵成一段木头。我问,外公,怎么啦?别说话,他吩咐。他睁圆了眼睛,开始微微颤抖。一个德国士兵向我们走过来。他长着那些人常有的金发。我们没有

[①] 一种剧毒气体,曾被纳粹用于屠杀犹太人。

违反宵禁，于是我对外公说，走吧，没事的。

士兵穿一身挺括的灰军装。他还没发现我们，可外公管不住眼睛，密切注视那个人的举止——罗姆人无论在哪儿都嗅得出另一个罗姆人。

外公拉紧我的肘。我转过头，恰在这时德国兵瞧见我们了，他的脸垮下来，像雪从黑枝跌落。他本可以继续走他的路，可他把来复枪猛拽到胸前，扳起击铁，走上来时丝毫不顾我哀求的目光。他盯着外公，从他的口袋捏起一支支牙刷，然后又慢条斯理地放回去。一条狗腾跳过来，士兵给了它一脚。

你要说什么话？士兵问。

你想要我说什么？

士兵捅他的胸膛，猛力下外公向后踉跄。

按命令我们得赞美蒂索，之后如有必要，咔嚓举手呼希特勒万岁。外公轻松吐出第一句赞辞。在嘴里被磨过那么多次，它已像"你好"那样顺溜了。好，士兵说完静候着。外公的喉结攒动。他缩紧腮帮子，向德国兵凑过去，用罗姆语悄声说，可你是我们的人，你染了头发，如此而已。德国兵清楚他在说什么，但他用枪托击向外公的颊。我听到颌骨格格响，外公倒在地上。他站起身，摇摇头说，上帝保佑你母亲的出生地。

他又一次被打倒在地。

第三次，他再爬起来，靴子碰击，说希特勒万岁。

再来，士兵命令，这次脚跟敲得好点，同时敬礼。

连着八次。外公的夹克口袋里，牙刷血淋淋的。

最后士兵点点头，用标准的罗姆语说，大叔，你和你女儿没死，算你识相。现在走吧，不要回头。

外公把头耷拉在我的肩上,竭力清洁他的翻领。扶着我的肘,他说,别看我的脸。

他慢吞吞在陡坡的滑石上挪步。到了妓女的门口,他俯身在一片水洼里洗牙刷。一只苍蝇落上他的长发环绕的那点秃顶。他仰头说了一句老话,以筋疲力尽的新方式:嗯,看样子马不拉屎,真倒霉。

结婚那年我十四岁。彼得和我在树下平静地手挽手。斯坦尼斯劳斯给我挑的人。我别无选择。他老得赛过磐石,行走迟迟,入睡迅速,可他是受大家欢迎的小提琴手。他宽肩膀,依然一头浓发。孔卡说得对,他可以把小提琴竖起来拉,弓弦上还抹着松香,我们被逗得直乐,而清晨检查床单时我哭了。女人们都来问我,埃利什卡叽喳个不停,不过许久以来彼得那粗糙的手对我并没有丧失魔力,再说,我想让外公高兴,这是罗姆人的传统。

我不管你怎么反对,他对我说,既然你结婚了,从现在起只准你叫我斯坦尼斯劳斯,明白了?

我目送斯坦尼斯劳斯走到灌木边,坐上一把粗制的椅子。夹克口袋里塞着果酒瓶,他呼呼入睡了,醒过来时他的衬衫溅满了酒的血色。我叫什么?他问。我取笑他。不大像名字吧,他说。我解开他的衬衣,另换了一件。他又睡着了。彼得走过来,给他端正身子。

远处,篷车那里,婚礼的音乐响起。大家喊我们,我的和彼得的名字异样地缀结在耳中。

那天的其他时辰仍在心底闪着光泽,可是说真的,女儿,我记忆中最清晰的并非自己的婚礼,而是我的知心朋友孔卡的婚礼,那才是战争时期最耀眼的场面。她年轻的丈夫费奥多尔家中殷实。他一路走着,似乎轻轻笑出声。婚礼的消息远播。宵禁被藐视,我们的人赶来了,有的坐卡车,有的步行,有的骑马,他们已调好乐器,还从地下掘出竖琴,擦干净,调弦,抹松香。他缠着银币做的腰带。大多数人光顾特尔纳瓦的一家裁缝店,那里工作的小伙子喜欢我们——他冒险给我们做衣服,不曾开出什么天价,不像其他裁缝,一心想把我们拒之门外。

斯坦尼斯劳斯选了一条薄领带,他把马克思像章别在一端里头,好让它随舞步蹦跳。他穿着浅蓝的丝绒上衣。我的裙子有三层,上面一层是丝绸的——比一个月前我结婚时穿得还好。

孔卡的婚礼上,彼得一直让我坐在他的右边,我不离寸步,除了起身唱歌,我最爱的那首讲的是一个醉汉深信自己有七个老婆其实只有一个,不过一周七天里他每晚叫她新名字。曲调诙谐,我丈夫一听骄傲地站起身给我伴奏,帽子和西装背心齐备。他的肩卡住小提琴,一手拿弓,一手抓牢琴颈,喜悦抚平了他的额头。

孔卡光彩照人,她在我们的注视下走过悬挂的新扫帚。几辆小汽车沿树篱排列,车灯亮着。椴树花的冰肌玉骨簌簌飞旋而下,扑香了土地。头顶的月亮是切去一半的苹果,白蒙蒙的。宰的是最肥美的动物,最长的桌子拼在一起,上面摆满火腿、牛臀肉、猪耳、刺猬。天哪,多大的宴席。陶罐里溢满李子酒、伏特加、葡萄酒。从挖空的土豆里那么多蜡烛辉映,穿梭的飞虫都忙不过来。孔卡和费奥多尔相对而立。几滴烈酒洒在他俩的手心,他们从对方的手中啜饮,接着一块方巾系住他们的腕。随后他们把钥匙抛入河床,就这样成了夫妻。孔卡解开方巾,用它扎了头发。羽毛毯子铺在地上。我们围坐在星空下,为了月下钱生钱,给桶底扔了几枚硬币。赫林卡没来,农夫们也没扛着草叉接近,那晚的祥和超过了想象,大家几乎只字不提嫁妆、怀疑、罪。

男人们把脏手藏在背后,怕污了孔卡的婚衣,甚至约拉娜的小沃沃吉,生得那么奇特,也舞动起来。我觉得那晚应该持续更长而不是三个晚上。我们被幸福蒙了眼。

那是我第一次夜醉——自己婚礼上可不准喝酒。我对丈夫呢喃,给你的弓弦上松香去,彼得,于是我俩走入夜色,就是如此发生的,虽然我明白,贪恋幸福就是与幸福隔绝,但那情景仍让我微笑。

有时我也向往触摸一张更柔滑的脸,或者没有褶皱的颈,然而心满意足地枕着彼得的臂弯,我丝毫不觉得羞耻。他睡时穿着网眼背心。在他身边,我开始觉得自己突然也老了。眨眼之间,乔诺罗娅,我过了一生。那些小伙子瞅着我,调侃说我莫要给彼得买青香蕉。他们的眼神都和献殷勤的鲍克罗一样,可我避开他们的注视。

斯坦尼斯劳斯选了彼得,因为他知道这样我可以继续握笔,甚至战后也行。难得有谁会允许老婆写字。我早已超越了嗒拉克,嗒拉克的阶段,可我用斯洛伐克语写。罗姆语在我的脑海里漂亮,放在纸上却不那么如鱼得水。我不曾在彼得面前读写,让他受些奚落有什么好?可我遇上了书,这些静处时的良友。记得很长时间里只有一本《温内图的故事,系列一》①,一个我忘了名字的德国人写的。这本属于简易读物。而我把它带到树林里读得烂熟于心。里头讲阿帕切人和枪手,男孩子的书。好不容易我得到了另

---

① 德国作家卡尔·麦(1842—1912)的探险小说。

一本,《恰赫季采城堡的女伯爵》①,我很喜欢——因为翻过多次,书散架了。

盐矿的工人送给斯坦尼斯劳斯一本恩格斯的书。那可是危险品,他把书页缝进上衣。我读过主子和仆人的寓言,看不出有什么深意,倒是另外的声音,克兰科和施滕斯的,让我真心喜欢。一天斯坦尼斯劳斯找来一本斯洛伐克语的《圣经》,他称之为革命者的手册,细想之下这说法很耐咀嚼,因为《圣经》里藏着切实的思想。

而我,只有歌曲支撑我,使我脚踏实地。

新的法令落在我们头上,比以前更苛刻。不再准许我们旅行。我们潜回特尔纳瓦,隐蔽在八公里外的森林里。巧克力厂在制造兵器。烟雾从头顶掠过。一些定居的罗姆人离开小镇与我们会合,她们的丈夫被吊死在灯柱上以示报复:十个村民顶他们一个人的命。市长把最贱的命给了法西斯,而他们谁能贱过吉普赛和犹太人?一个钢柱上吊八个人,留给鸟啄食。之后很多年,没有哪个男女再走那条街,名字留着:伛偻灯柱地。

孔卡脖子上一片青肿,费奥多尔去山里作战的前一晚对她动了拳。她一副失魂落魄的样子,游来荡去,仿佛树之间晾着的被单。她唱着:爱我就饮这暗色的酒。

瓦申科加入了游击队,他们在山里闹出动静。斯坦尼斯劳斯也想去,可他老了,力不从心。尽管如此,他还是庇护那些逃过来的人:捷克的战士、劳改营来的难民,甚至两个迷失在此的神父。据说山里有美国兵。我们藏起篷车,但它们两次都被侦察到,吃了德

---

① 讲述匈牙利女伯爵伊丽莎白·巴托里的故事。

国空军飞机的子弹。我们进去修补碎木,从打破的果酱罐里捡玻璃。我们在泥滩砌棚子,用风干的土砖①撑起屋顶,在四周的树上穿插芦苇来躲开纳粹的视线。我们在地里找见了冻伤的土豆。彼得拿勺子剜空每个土豆的一头,在里面装满罐里的羊油。他把布条或绳子搓细,让它直立在羊油里,等它硬化。没多久我们的避难所亮起烛光。饿了我们吃土豆,咽下油脂和灼烧味。我们杀了一头鹿,它肚里怀着一只幼鹿。

天气变坏。有时棚子淹水,仅有的一点东西也被卷走,随后我们又修修补补。我们被泥滩禁锢,活得像定居者。

瓦申科从山上回来,听他唱《国际歌》我们并不意外。外公和他沿河走去,回来时勾肩搭背。瓦申科又出发了,揣着两条银腰带去买军火。我们唱的歌越来越红,怎么能怨我们呢——外公多年前就这么预测。唯有变革看起来正确,唯一可能带来变革的事物是好的,正确的,赤色的,法西斯铁蹄下,我们的苦难太旷日持久了。更多的定居罗姆人与我们汇集,大家一起住在林中。过去,我们和定居者频频对阵,他们认为我们目中无人,我们认为他们喝家具上光剂,把生命交给了霍夫曼溶液②,而此时争吵平息了。我们煮雪取水,穿林猎食。我们杀了一只獾,把脂肪卖给村里一家药店。我们还有点自尊,绝不会沦落到吃马的地步,可那些定居者抓到什么吞什么,我们移开视线,由他们去了。

广播传来消息:俄军在推进,还有美军、英军。我们本可能跟随任意哪支。一天早晨我醒来时,法西斯最后的飞机正破空而来。

---

① 原文为罗姆语 valki,指非烧制的土砖。
② 霍夫曼溶液,可用作嗜用毒品。当时斯洛伐克东部一部分定居的罗姆人买不起烈酒,以霍夫曼溶液代酒,导致上瘾。

在河岸，我们望着自己的篷车最后一次被子弹扫射。

我们进去修补，看见了外公。他孤身在那里读书。敞开的书搁在他的胸口。我在他身边躺下，为他高声朗读了最后四十页，接着我给他的眼睛放上硬币，我们把他抬走。靴子已长高，从战场回来的他感叹外公瘦成了一把骨头。我把马克思的书放进外公的棺中，毯子底下还有葡萄叶卷的香烟，给他在未知的世界里抽。我不断吃惊：他用渔线缝起了靴子开口处。我想脱下靴子保存起来，然而为了他暖和着上路，我们几乎烧掉了他的所有。火光冲天，周围的土地蒙上水汽。一些烧焦的树在林中直立，像地里的黑骨头。我和彼得睡去，脚对着灰烬。三天没有歌声，点亮的蜡烛在河上漂流。六周后，我们明白他永远去了，而我仍穿着丧服。

有些事会要了你的命。

一天，我一个人来到湖边，纵身跳了进去。水绷紧我的皮肤，我和水流融为一体。连着几小时，我竭力潜得更深，直向着中心，也许我可以碰到那坠落的。我伸长手臂，越深，我越冷，耳朵上的压力仿佛喑哑的话语。我睁眼，双目灼烫。时间流走，我在水下愈加挣扎，可忽然肺再不能支持，我感到躯体失重的速度。我钻出了水面。头发粘在肩上，我觉出项链漂走了。我又入水，这次更久。我料定自己将淹死。他们还在那儿，我感觉到了——我的母亲，我的父亲，我的哥哥，我的姐妹——可谁能点燃湖水？岸上，我抱膝而坐，两天之后回到森林，和长舒了一口气的彼得一起，料理了外公最后一点遗物。黄火星飞溅。我的指头贴上地面，留下指纹。快，马儿，拉屎。

那是我的重生，永远如此。

女儿，我不再担心给你讲述这些事，它们原本就是这么发生的。

小姑娘的时候，我就期盼太多。

战争结束时，我快十六了。俄国人解放了我们。那些红军进来，轰轰烈烈。瓦申科和游击队员一下山，鲜花铺满脚下的路。人们游行庆祝。商店的木遮板敞开了。我们到城里演奏音乐赚钱。我们住在河对岸的一块场地。清晨去火车站，彼得在那里拉琴。我和孔卡唱：脚不利索别怨靴子。大群人围来，钱扔进一顶帽子。有些俄国人甚至为我们伴舞，又是击掌，又是蹬腿。傍晚数过钱，我和孔卡在火车站转悠。我们喜爱机车的嘎嘎，门的咪溜，不息的脉动，各种声音合奏的大喧嚣。真不寻常。街上水泄不通。床单悬在窗口，俄国的镰刀画在上面。赫林卡的军衣被焚烧，帽子被踩踏。人们围捕以前的卫兵，把他吊起来。这次灯柱直挺。

外族人拽住我们的臂弯说，来唱一曲，吉普赛，过来唱啊。给我们讲讲森林，他们又说。我从不觉得森林有什么特殊，那儿和别处一样，本来树木就活像人，有诸多的理由落脚。

而我们还是唱起老歌，外族人给我们脚下抛硬币，我们被欢乐的潮水卷起了。从法西斯分子手中收回的房子的庭院里，正觥筹交错，喇叭奔流出音乐。我们聚在扩音器下，听最新的消息。教堂成了食品供应站，有时准许我们排在队伍前面，这可是前所未有的待遇，奇迹一般。我们领到了身份证、罐装肉、白面粉，还有一坛坛炼乳。我们烧掉老袖章。街角一座房子的廊柱下，市场兴旺起来。士兵管我们叫公民，递给我们香烟牌。还有电影看，投影在大教堂的砖墙上——那些浮出墙的脸大极了，乔诺罗娅。对法西斯我们形同乌有，现在我们的名字却被唤起。

伞兵的货运飞机从城市上空投传单：崭新的未来开始了。

在乡村，传单纷落在树上，篱墙上，沿着小路飘。一些掉在河面，顺流而下。我带了几张念给长者们听：吉普赛血统的公民，我们同舟共济吧。农夫不再称我们为祸害。他们呼我们真正的名字。我们听罗姆音乐的广播节目，我们自己的竖琴吉他小提琴。我们唱起新歌，孔卡和我，许多人沿路赶来听。摄像师们开小汽车和吉普车过来，支起了电影摄影机。我们挥舞红旗，俯瞰未来之路。

自始至终我怀着希望。有所期待是罗姆人的老习惯。可能我从未将其丢失。

多年后，我穿着新鞋，一件叶子图案的黑色花边衬衫，走上大理石台阶，经过民族剧院刻凹槽的圆柱，就在那里我听着马丁·斯特兰斯基高吟我写的歌。女儿呀，第一回听闻的东西让人摸不着头脑，但你倾耳的样子倒像这是你最后一回听。剧场屏住呼吸。虽说是诗人，斯特兰斯基拙于音乐，可后来观众起身欢呼，聚光灯转向我。我躲开，呓着一缕发梢，直到斯特兰斯基用手指托起我的下巴，喝彩声雷动，那些诗人、委员、工人都挥着节目单。英国人斯旺站在舞台侧面，探头看我，瞧那绿眼睛，那浅色头发。

我被领到里头的庭院，只见大木桌上摆着名目繁多的葡萄酒、伏特加、水果、一碗碗奶酪。后浪推前浪的讲话。

致敬，有文化的无产阶级！

获得书写能力是革命性的权利！

各位公民，一定要听我们的罗姆兄弟心灵最深处的声音！

我被引向人群，那么多人朝我拥来，纷纷伸手，我听到自己的裙子窸窸窣窣，真的，一片轰响中，我只听清了布料摩擦，直到步入长街的阒寂。女儿，那是我记忆中最幸福的时光之一。我身后，从剧院里传来人声喧喧，他们站在我们一边，以前哪里听说过。凉风习习,我漫步其中。水洼上一片光灿,街灯下夜鸟掠飞。我伫立于寂静,似乎生命的春天已扑面而来。

我是一个诗人。

我写下了一些事。

英国——捷克斯洛伐克
一九三〇年代至一九五九年

我躺卧的房间很小，但是窗子送来一块亲密的天空。白天的蔚蓝没什么异样，可就像第一次，那些明净的夜晚凸显出世界的永动之轮：金星从窗前挑逗地一眨眼擦过。屋顶，尖碎的鸟声节拍零乱，从下面的街道上，我的摩托发动机的滴答声似乎正逼近耳朵。路的碰撞声还在我的体内：最后一个街角，摩托从我身下飞走了。柏油碎石激起火星，奇怪的图景。我滑了一段，猛撞在矮石墙上。在医院他们缺少打石膏的绷带——用夹板固定了我的腿，就送我回家了。

我已放弃寻找，可是难以想象她走了，我再也见不到她了，再也捕捉不到她的声音，她那嗓音的质地。

就在出事前，靠近皮耶什佳尼，一阵二月的寒风掠走我的围巾。它缠在军用靶场带刺铁丝栏上，落地之前扑棱了片刻。那围巾是数年前佐利给我的，可我想不出怎么把它拿回来，要是爬过栅栏，谁知道有什么后果。围巾来回拂动，像几乎一切东西，近在眼前，我却够不到。

三十四岁——一块粉碎的膝盖骨，一堆外套，桌上一叠没完成的译稿。从过道传来地板的嘎吱声，多米诺骨牌的簌簌声。我听到拖把浸入漂白剂，钥匙在门里扭，下班回来的男女独自絮语。老天，比起这么多满嘴含糊万福玛利亚的人，我强不到哪里——小时候我多恨告解室，那些阴着脸的利物浦神父溜到格栅后，宽恕我，神父，我犯了罪，我多少个十年没去忏悔了？

有一次我父亲说，你不能单从一个人最恶劣的行为探测他的心，可是假如真的如此，也就证明了你不能撇开那个行为来判断这个人：我干的坏事发生在一个冰冷的冬日下午，戈德罗瓦街的印刷厂里，我站在佐利·诺沃特娜旁边，顶着机器的轰鸣背叛了她。既然此前此后我没犯过比这更严重或者轻点的罪，我不得不承认我留给世界的很可能只是这次孤立的事件，如今它与我瞬息不离。

我们中一部分人还没有说出他们的经历，或者拒绝讲述，接着我们成了他们：我们蜷缩在记忆深处，直到再也无法承受那硬壳或惊动——也许我如此而终，也许，我要说出来，赶在遗忘之前，趁它还没有像其余的一切那样变了面目。

记忆回旋着运动，然而仍无法确凿地踏上出发地。我母亲是爱尔兰人，一个护士，父亲是斯洛伐克来的码头工人。妈妈出生在多尼戈尔的一个海滨小村。疼痛难免，运命不仁，人的巧智都应着力于沏一壶好茶，这三部曲盘踞于心，老让她斜着身子。我父亲在这个世纪初移民英国，他改姓为斯旺，可是灵魂如初；后来他描述自己是共产党员，和平主义者，无派别的天主教徒。

从码头回来，他总是在面包上按黑指印，为了我能饮水思源。

幼年起我就着迷于父亲家乡的动静。我们坐在煤棚的板条箱上搜索广播台。身后的巷道里，伙伴们在踢足球。父亲花几个小时捕捉从布拉迪斯拉发、科希策、布拉格传来的长波节目，足球的撞墙声不时入耳。只有摸不透的天气首肯了，收音机才接到远处的杂音——我俩一俯身脑袋相碰。他记录后给我翻译。晚上，我用他的母语祈祷。

第二次世界大战爆发时,他去了捷克斯洛伐克山区参加游击队,这举动看起来顺理成章——他说想当急救卫生员,要抬担架,还说战争无用,上帝民主,他会惦记着快点回来。他留给我他的手表和一本斯洛伐克语的恩格斯著作。多年后我发现他成了爆破专家,他的特长就是炸桥。电报的两行字捎来他在伏击中牺牲的消息。母亲委靡不振。她带我去多尼戈尔住了一周,可不管何故那已不是她记忆中的地方了。"没人还生活在成长之地。"她去世前不久对我说。

我成了受国家监护的人,在伍尔顿的耶稣会度过了最后两年中学生活,穿着灰色 V 领套衫在橄榄球场边上溜达。

成长留给我的回忆:红砖房,枯瘠的坑里采的粗石,街角如削的阳光,码头边的起重机,廉价糖果,鸥鸟,告解室,从自行车座上扫去白霜。当我把头伸出火车窗外和利物浦告别,听到的并不是小提琴。我逃脱了战争——几分运气加上年轻,还有点托怯懦的福。我南下到了伦敦,因一笔奖学金学了两年斯洛伐克语。我和马克思主义者交往,在海德公园临时演讲台上口沫横飞,台下没什么反应。我写的东西零星发表,而多数时光我坐在小窗半开的遮帘后面,望过去是一堵铅黑的墙,阿华田广告落色的一边。

我匆匆爱了一阵年轻貌美的图书管理员凯特琳,她来自加的夫。她站在梯子上时被我撞着了,真的,她正在放一本葛兰西①的书。可是我们的政治见解不合,她写了一张纸条说她的生活相较革

---

① 葛兰西(1891—1937),意大利政治理论家和活动家,意大利共产党创始人和领导人之一。

命而言过于沉闷，就此把我打发了。

在我的公寓，一架子书构成了天际线。我写长信给老爹祖国的小说家剧作家，他们很少回。我料定那些信在伦敦接受审查，而时不时一个答复落在门毡上，我把信带到邻近的茶室，在油渍和陈糕饼之间打开。

那些回复总是简短利落，直奔主题，我把它们撂进烟灰缸，拿烟头烧掉。可是到了一九四八年，在一阵疾风骤雨的通信之后，我动身去捷克斯洛伐克，给著名诗人马丁·斯特兰斯基主持的文学期刊当翻译，他写信说他那边需要人手——他还问，在我的包里捎几瓶苏格兰威士忌行不行。

在维也纳，苏联士兵驻扎在小木棚里，用一条电阻丝的电暖器取暖。卫兵们品着红茶审问我。我被传到一个又一个木棚，这才登上一列火车。到了捷克斯洛伐克边境，几个残余的法西斯卫兵把我殴打一通，乱翻我的箱子，劫走那几瓶酒，再把我扔进临时牢房。我的手被捆，他们用报纸卷起的棍子敲我的脚掌。我被控篡改文件，可是两周后门开了，起初只是个影子的马丁·斯特兰斯基走进来。他唤我的名字，扶起我，把袖子蘸进一桶冷水，给我清洁伤口。出乎意料，他又矮又壮，正在谢顶。

"你带酒了？"他问。

年轻时，他和我父亲在一个非法社会主义青年团体结为朋友，如今他又兜回原地；他在政变中发挥作用，颇得新掌权的共产党赏识。他拍拍我的背，胳膊搭上来，领我走过铁皮屋顶的窝棚，其余要填写的文件他已经帮我处理好了。那两个打我掳酒的卫兵戴手铐坐在一辆敞篷卡车后头。一个低头盯着平板，另一个骨碌转着充血的眼睛。

"噢,别担心他们,同志,"斯特兰斯基说,"他们不要紧的。"

他一路抓紧我的胳膊,走向一列军用火车。白炽的头灯灼眼,一面崭新的捷克斯洛伐克旗飘在车顶。我们坐下,尖鸣和蒸汽中我顿觉飘浮而起。火车嘎嚓启程,我又瞥了一眼被铐着的卫兵。

斯特兰斯基笑着拍我的膝盖。"没什么大不了的,"他说,"就是锁上一两天,帮他们解一解宿醉,过后就没事了。"

列车向前颠簸,我们朝着布拉迪斯拉发前进,经过莽莽森林、一片片玉米地。标塔。烟囱。平交道口的红白标志。

出了中央车站,我们顺着电车轨道,从小山坡往下向着老城走。我似乎回到中世纪,建筑苍劲清瘦,颇有古趣,不过墙上尽是革命招贴画,喇叭输送着紧锣密鼓的音乐。因那顿揍我还有点跛,可我在细雨中一路颠跳,抢眼地提了个纸板衣箱。它一张开,斯特兰斯基嘿嘿笑了——衬衫式长睡衣滑出来,长袖子拖在卵石路面上。

"睡衣?"他笑道,"给你两周政治再教育。"

他啪地勾住我的肩。在一家有拱顶的啤酒店,满当当的醉汉和满墙的陶器之中,我们为革命碰杯,也为——按斯特兰斯基所说——新元老们的健康,他说着向窗外的街道望去。

一九五〇年冬,我病了好一阵子。到了出院的日子,大夫登记后,也没确诊,让我回家休养。

我住在老城区的一套工人寓所中。一楼是公用厨房,老鼠的狂欢所。悬挂的湿衣服沿走廊高低起伏——工作服,外套,酸液啃过的衬衫。楼梯在我的脚下实实在在地摇晃。我上到四楼自己的斗室,一堆雪伏在木地板上。看门人忘记修窗了——一周前一阵头晕我撞向了窗玻璃——刺骨的风刮进来。我把寝具搬到暖和点的角落，散热器的提升阀在那里嘶嘶响。戴着手套裹着大衣，我蜷在阀门跟前睡着了。大清早，我咳醒了。又一夜大雪漫漫，地板上压着乱雪。散热器管道周围，木板湿漉漉的。我最心爱的，我的书，一排排放在书架上，那么多，把墙纸都淹没了。三项翻译等着我——西奥多·德莱塞和杰克·林赛作品的一些章节，邓肯·哈拉斯①的一篇文章——可一想到埋头其中，我就压不住惶恐。

我买了一双二手靴子，上面有一个俄罗斯鞋匠的标记，尽管靴子漏水，我还是喜欢，它似乎有一番来历。我走上寒冷的大街，跨过排水沟和卵石，经过营房和检查站。

斯特兰斯基在厂里搭起一个小房间，印刷的空当他常坐在那里阅读。房间没天花板。抬头即是厂房的高屋顶，一只只鸽子从檐下振翅。我倒身在角落的绿军床上，被机器的噪音摇入梦乡。不知道睡了多久，忽地又醒了，迷迷糊糊，弄不清身处何地。

"我的天，快穿袜子。"斯特兰斯基在门口叫道。

一个女人站在他身后，年轻高挑，有些局促不安。她二十岁出头，不美，或者说不是传统意义上的美，却是那类让你屏息的女人。她紧张地端立在门口，好像她是满满一碗水，小心翼翼才不会溢出。她的皮肤发暗，有我见过的最黑的眼眸。她穿着深色的男式大衣，底下的宽裙缀三层褶边；看起来她把两三条裙子缝在了一起，褶边相叠。她的头发用方巾拢在后面，两条大辫子垂在脸颊边。没戴耳环、镯子，也没有叮当响的项链。我从铺盖里爬起身，

---

① 西奥多·德莱塞 (1871—1945)，美国小说家。杰克·林赛 (1900—1990)，英国作家。邓肯·哈拉斯 (1925—2002)，英国政治活动家。

穿上湿袜子。

"你的风度哪去了,青年学者?"斯特兰斯基说着从我身边挤过,"认识一下佐利·诺沃特娜。"

我朝她伸出手,她却没接。在斯特兰斯基示意下她才进了门,走到桌边,斯特兰斯基已从夹克里掏出一只瓶子。

"同志。"她点头说。

斯特兰斯基在音乐家联合会外面与佐利偶遇,经一个长者通融,他获许和佐利谈她的歌。吉普赛人很隐秘,可是斯特兰斯基总有能耐敲开心扉。他会讲一点罗姆语,熟悉他们的习俗,打交道也懂得分寸,因此属于他们信赖的少数人。再说,他们还欠他几份情——民族起义时,他在山里指挥一团的吉普赛兵,据林林总总的说法,他靠几瓶青霉素救了其中一些人。

回忆那天下午,就是退回到我们都信仰的一切:革命,平等,诗歌。我们围坐桌边,不觉中几小时溜走了。佐利微微低头,一直没碰眼前的玻璃杯。她一口气吐出几段老歌。斯洛伐克语,却透着点野性。她不习惯大声朗诵,只是哼唱。她的风格是静静地一层一层叠加,渐渐地,歌变得忧伤而激越,倾诉那些凄凉和背信,诗节反复不休,像漫天的落叶一层层铺地。等唱完了,她手绞在一起,盯视前方。

"好啊。"斯特兰斯基叩着桌子说。

她仰头,这时一片鸟羽从屋顶坠下,打着哑默的旋儿落向地板。看到鸽子绕着房梁飞,她莞尔一笑;一些鸟染着黑墨。

"它们出去吗?"

"拉屎的时候。"斯特兰斯基说。她直笑,不知为何捡起羽毛,放在大衣兜里。

我那时并不知道,之前只有几个吉普赛作家散落在欧洲和俄罗斯,而且没有一个被体制认可。那是一种口述文化,他们没有书,也没有写下的故事,他们不相信凝固的词。而佐利小时候,外公教她读写,这在她的民族里异乎寻常。

斯特兰斯基主办《信条》杂志,他总是致力于飞越雷池:他发表那些年轻勇猛的社会党剧作家、默默无闻的知识分子以及任何隐约阐发自己看法的人的作品,因此而闻名。我在那儿翻译他四处搜罗来的外国人的稿子:墨西哥诗人,古巴共产党,威尔士工会会员的小册子,所有斯特兰斯基视为同道的人。很多斯洛伐克知识分子北上布拉格,斯特兰斯基却打算留在布拉迪斯拉发,他说这里会是革命的心脏之地。他自己用斯洛伐克语写作,一反小语种无用的主张。如今,见到佐利,他觉得邂逅了无可挑剔的无产阶级诗人。

他又拍手又捻指。"对,就是这个,就是这个。"他向后靠上椅子,搓着额头上岛屿一样的一小撮头发。

佐利继续即兴唱——他为了记录让她重复某个段落,而诗节变幻不定。在我看来她的歌词藏着简单老式的音调,其他人已忘记它们或者不知用法:树,池塘,森林,灰烬,橡树,火。斯特兰斯基的手搁在腿上,握着一杯伏特加。他的膝盖一颠一颠的,等他起身走到窗口,外衣上看得见暗渍。将近黄昏,幽暗在地上蔓延,斯特兰斯基递上一支铅笔。佐利战战兢兢地接过来,笔端抵着牙齿,逗留在那儿,仿佛笔在刻画她。

"来吧,"斯特兰斯基说,"写下来就行。"

"我真的不是在纸上想出来的。"她说。

"随便写写最后一节,写吧。"

斯特兰斯基用指关节敲敲桌边。佐利在纽扣上缠线头。她的唇咬得发白。垂下眼睛,她开始写。笔迹东倒西歪,她不怎么明白分行、大写字母用法,甚至拼字法,可是斯特兰斯基抓住纸,抢到胸口。

"不坏,一点都不坏,我要让他们瞧瞧。"

佐利把椅子推后,向斯特兰斯基微微一欠身,又向我郑重道别。她的方巾滑在颈上,我留意到她头发笔直的分缝清清爽爽,乌发间的皮肤那么暗,那么干净。她扎好方巾,双眼闪过莹白。向门口几步,不一会儿她到了残阳中的街道。树下,几个年轻男子在马车上等她。她的鼻子贴向马颈,又沿马背摩着前额。

"好啊,好啊。"斯特兰斯基叹道。

马车消失在街角。我觉得调音叉在胸口振响了。

第二天,斯特兰斯基和我受邀观看布拉迪斯拉发郊外为记者们表演的飞行特技:三架崭亮的新一代"猎鹰"——高科技喷气式飞机——正在展示。机头向西。布拉迪斯拉发上空仍然是禁飞区,飞行员不得不用大卡车把飞机运到机场,卡车陷入泥浆,只好拿绳拖过来。斯特兰斯基得写一篇与斯洛伐克出生的战斗机飞行员有关的文章。他蹑足绕着机械转,听一个将军为我们一板一眼地讲解着陆航线、远距离雷达和弹射座椅。

讲座之后,一个空军部队的年轻女人迈大步来到飞机跟前。斯特兰斯基用肘捅我:她的重心呈现一种凝滞,貌似沉着却不是,那更像走钢丝艺人身上的紧张。她的金发剪得很短,身材苗条,楚楚动人。他跟着她爬上座舱,闲聊调情,过了一会儿有人唤她回去。记者和要人们细察着她下飞机时袅娜的身姿。她站定后伸手扶斯特兰斯基下来。"等等。"他说罢吻吻她的手,介绍我是他任性的儿子,可她脸一红,摇曳生姿地远去了,只回望了一眼——看的不是斯特兰斯基也不是我,而是困在草里的军用飞机。

"嘿哟,苏维埃新女性。"斯特兰斯基压着嗓子说。

我们走过机场,穿过卡车凿出的深泥辙。到了边界斯特兰斯基停下来,擦裤脚翻边上的泥,接着又用两鞋相蹭。突然,像对着遭践踏的草,他唤道:"佐利。"

他卷起裤腿,跨过轮胎印。"来吧。"他说。

过了特尔纳瓦,向着山区,沿一条尘土飞扬的路,再经过孤零零一片萌生林。我胶在他身后,他忽然刹车,摩托滑着停下,他指向那些泄露踪迹的断枝。

"就在这附近了。"他说。

佳娃摩托的发动机毕剥一声,我跃到地上。烟从远树间升起,一串叫喊骤然传来。我们把摩托推到空地之中,雕纹细密的篷车在那里围成半圈。光从一棵棵高松刺入,剪出长长的阴影。年轻男子站在火边。一个用钳子拧着斧头,另一个在压风箱。一帮孩子一窝蜂拥上来。他们爬到摩托上,光脚触到热排气管时尖声急叫。一个跳上我的背拍打着,又猛揪我的头发。

"别吭气,"斯特兰斯基说,"他们好奇而已。"

人群增多。男人穿衬衫,裤子褴褛。女人满身首饰,衣裳缀着长褶边。怀里抱婴儿的小孩们出现了。有些婴儿手腕上系着红缎带。

"表面上缤纷多彩,"斯特兰斯基悄声说,"内里可够朴实的,等着看吧。"

瓦申科,一个长发斑白的中年人,拨开人群迈步过来。他分开腿站在我们面前，双手搭上臀部。他和斯特兰斯基拥抱，随后转身审视我。盯了很久。木柴烟和沃土的气味。

"他是谁？"

斯特兰斯基拍拍我的肩。"他长得像斯洛伐克人，说话也像，不过最糟的时候他是英国人。"

瓦申科眯眼凑过来，用指头戳我的肩。他的眼白有点烟灰色。

"一个老朋友，"斯特兰斯基对我说，这时瓦申科去分开跟前的人群，"他欠我一两份情。"

人群后面，靠近依次相邻的雕木篷车，佐利和四个艳装的女人站在一起。她穿着军大衣，钓鱼用的长靴往下卷到小腿肚，腰带是柳树皮做的。她手中的衣架上别着一片土豆。她瞥我们一眼，大步走向一辆篷车，关上背后的门。

窗帘一刹那打开，又弹回来。

饭备好了，一只肉丸、面疙瘩和薄饼。"刺猬可口吧？"斯特兰斯基问。我吐了出来。瓦申科盯着我。看上去这是美味。我从尘土里把它捡起。"好吃啊。"我又叉了一块肉，啧啧称赞。瓦申科直起身，美滋滋一笑，神色亲近了。男人们聚来拍我的后背，为我斟满酒杯，又往盘里加食物。我喝着一瓶果酒吞下刺猬肉，招呼着要和其他人分享这一瓶，可他们闪避开了。

"别问，"斯特兰斯基说，"他们不动你的残酒。"

"为什么？"

"记着沉默是金吧，儿子，这样才能让你活着。"

斯特兰斯基坐到火边，开始唱他在山里学的古老歌谣。风吹着，激起灰烬。吉普赛男子点头，肃然聆听，接着取来小提琴和巨大的竖琴。夜幕被撕开了。一个小孩攀上我的肩，用她的光脚擦亮了斯特兰斯基头上的不毛之地。两瓶酒过后,我觉得不必畏首畏尾了——我敞开衬衫领子,对斯特兰斯基低语:"管他什么,来者不拒。"

傍晚时分,好几帮吉普赛人从乡间过来。他们挤进白色的大帐篷,一排蜡烛映亮了临时舞台。长凳是伏地的原木。歌手开始唱那些闹腾的民谣、赌博歌、婚宴曲、情歌、挽歌。佐利走进来,穿着花纹迭出的喇叭袖长连衣裙。小珠子缝在衣前,黑灰色的项链绕着修长的颈。起初她在歌手中并不特殊。她的身体笔直,头几乎纹丝不动,只有肩膀、胳膊和手起伏。到了后来,当夜裹上醉意,周围已黑沉沉一片,佐利这才开始独唱。不用竖琴,不用小提琴。天然。忧伤。一首老歌,绵绵流转,浸着乡愁。火光在她的脸上婆娑,她双目紧闭,眼睑上可见青色的脉络,一丝微笑浮在嘴角。不止是她的声音,她所唱的也令我们忐忑。她自己编的歌,故事里有地名,捷克、波兰、斯洛伐克,还有日期时间。霍多宁。莱季。布尔诺。一九四三。黑暗军团。烟囱。雕刻的门柱。藏骸所。枯骨田。

"我讲过吧,儿子。"斯特兰斯基说。

佐利的歌声一落,帐篷里鸦雀无声,只听见外面透过树丛的微风沙沙,古老而洗尽铅华。她走向一个形容枯槁的老头——那副模样的人通常一身破衣,在某个蜗舍里咕哝终日。他穿着音乐家们钟情的胸兜,背后没布的那类。他朝她张开手臂,露出赤裸的皮。她轻柔地亲亲他的额头,挨着他坐下,他正抽烟斗。

"她丈夫。"斯特兰斯基小声说。

我又坐到木头上。

"注意,斯旺,你的嘴又张大了。"

佐利斜倚着老人。看上去他曾经高大魁梧，他仍旧恪守着那么大的空间，不过明显生着病。深夜，他从小提琴诱出一串我闻所未闻的声音——迅疾、狂野、尖锐。大家给他很长一阵喝彩，随后佐利搀着他走出帐篷。她没有回来，可是夜晚又欢腾而起，喧嚣而意兴盎然。我的衬衫敞到肚皮，头脑出现了空白。有人扔来一瓶梅子白兰地——我拧开盖大口畅饮。

大清早，斯特兰斯基和我跌跌撞撞走向摩托。车座、信号灯、把手都没了。斯特兰斯基嘎嘎笑着说，他可不是头一回骑不可靠的捷克机械了。我们爬上去，把夹克摁紧了当坐垫，一路赶回布拉迪斯发。城市近了，拱门与过梁装点的砖制建筑物耸立着。一行行鸽子在高高的檐口上打瞌睡。花环下的日期在石头里追忆。那是座古城，有点匈牙利和德国的气息，那天却是焕然一新的苏联味。几队工人在桥上忙碌，他们之后，高楼、工厂正崛地而起。

斯特兰斯基的妻子在单元楼的庭院中等我们。他亲过她，蹦跳着上楼，即刻进去抄录那些磁带。他把录音机放在她刚完成的漫画上。她取出画抻抻平。

"匈牙利名字，"埃莱娜听着说道，"佐尔坦。她从哪块儿得来的？"

"谁知道，歌很特别，是吧？"

"可能叫别人写的。"

"我不觉得。"

斯特兰斯基又按下播放键。

"好天真，"埃莱娜说，"你母亲哭，你父亲拉小提琴。不过有种颤栗，对吧？跟我说，她漂亮吗？"

"比不漂亮要强些。"他说。

埃莱娜拿卷起的报纸砸砸她丈夫的指头。她站起来，头发上插满彩色铅笔，径直去睡了。斯特兰斯基眨着眼，应声说随后就到，可他在桌边睡着了，就趴在录歌的纸页上。

接下来的一周我又碰见佐利，她站在音乐家联合会的台阶上，伸出双臂，张开手指。

一群吉普赛人聚在联合会门口。刚出台一项法令，所有的音乐家都得有许可证，申请者必须会填表，而除了佐利，这些吉普赛人都没这能力。他们背着小提琴、中提琴、双簧管、吉他，甚至是一把大竖琴。瓦申科穿着黑夹克，自行车的红反光罩成了袖口链扣。他一挥胳膊，手腕就绽放阳光。看样子他正在佐利的帮助下拼命安抚人群。一小队宪兵站在街道另一头，用警棒拍着大腿。片刻之后喇叭伸出联合会的窗台，众人静下来。瓦申科先用罗姆语讲——好像他霎时间在他们脚下铺好了毯子。他叫大家保持肃静，接着用斯洛伐克语说如今是新的历史时期，我们都举着红旗走出漫长的遗忘。他会和联合会的领导们商谈。耐心点，他说，大家都会有许可证。他指着佐利说她会帮他们填好表格。她头一低下，人群开始欢呼。街头的宪兵收起警棒，音乐家联合会的官员们也出来站上台阶。一个小男孩从我身边推搡而过，笑嘻嘻的。他胸前悬着斯特兰斯基摩托上的黄色信号灯。

我一心想朝她挤过去，可是她俯身对丈夫窃窃私语。

我挪步离开了，穿过走马灯似的人群，经过他们沿路停靠的马车。她下巴微微一斜的样子，还有她脖子根的两块胎记，已刻在我心底了。

在国家图书馆，置身于积尘和乱糟糟的书堆，我试着啃读那些一鳞半爪的文献。看来吉普赛人也像其他民族一样四分五裂，拥有自己内部的小欧洲，然而历来人口普查都将他们草草归为一类。大多数人已定居在斯洛伐克各地的棚户区内。他们之间的好斗劲儿不亚于和外人对阵。佐利和她的群体属于贵族，不知"贵族"这个词是否恰当；他们仍旧驾着华丽的篷车漫游。没有跳舞的熊，不乞讨，也不算命，不过他们的确在头发上挂金币，还保持着一些鲜活的旧俗。礼规。私密的乳名。如尼文符号。在斯洛伐克他们有成千上万。常把他们和四散的一帮帮锡匠和盗马贼混为一谈，可是部分人，像佐利的库帕尼亚，一行七八十个人，几乎全靠音乐谋生。对他们的描述充斥着外来语汇——没有照片，仅一些素描。

我合了书走上街道，头顶旗帜飘拂，椋鸟在树上聒噪。从敞着的窗子传来萨克斯管的低声呜咽。那阵子仍是生机盎然——街上人潮涌动，还没人坐等秘密警察的敲门声。

我发现斯特兰斯基的身影在一家啤酒店晃动。"过来，青年学者。"他隔着桌子喊。他叫我坐下，给我买了一杯。我开怀痛饮：老一辈高昂的理想主义。他断定旗下招来一个吉普赛诗人将是他和《信条》的轰动之举，而吉普赛人，响当当的革命群体，如果导之有方，他们会把归为己有的文字磨成利器。"瞧，"他说，"在其他随便哪里他们都是周末的笑料。一帮贼。骗子。想象一下，要是我们能把他们扶持起来。有文化的无产阶级。人们读吉普赛文学。我们——你、我、她——我们可以写下那些歌，创造出全新的艺术形式。想象一下，斯旺。没人做过这个。这姑娘完美极了，你知道她有多完美吧？"

他向前一探身，玻璃杯抖动。

"别的人都往他们头上屙屎。烧死他们。捉弄他们。给他们打烙印。资本家、法西斯，还有你们的老牌帝国。机会来了，我们可以扭转现状，吸收他们。我们将是最先重视他们的人。我们使生活更好，我们使生活更公正，这可是最老的故事啦。"

"她是歌手。"我说。

"她是诗人，"他应道，"知道为什么吗？"他举起杯子，一面戳我的胸口。"因为她在召唤下变成诗人。她是来自尘土的声音。"

"你醉了。"我说。

他把一台崭新的磁带录音机、一套备用卷盘、八盘磁带和四节电池摆到桌上。"我要你录她的歌，学者。唤醒她。"

"我？"

"怎么搞的，该死的腌鸡蛋在那儿呢。哎呀，斯旺，你有脑子没有？"

我明白他要我干什么——展望令我激动起来了，又猝然感到窒息。

他从卷盘旋出一点磁带。"别跟埃莱娜讲我把最后一点积蓄用到这上头了。"他把磁带绕好，按下录音键。"保加利亚制造，希望它好使。"

他试一试，他的声音荡回来：保加利亚制造，希望它好使。

简直是注定的，我们踏入寻常一刻，再无法拔身出来。我举杯答应下这差事。用我的血签字我都愿意。

小帆布背包揽了这些装备。我把包一背，骑着斯特兰斯基的佳娃奔赴乡间。树丛下，我熄了发动机等着。库帕尼亚走掉了。草里一只烧焦的轮胎。枝条上一些碎布。我试着追随辙迹和倒伏的草，却是徒劳。

我行过特尔纳瓦，朝那些低山开去。沿山坡，一片片葡萄园向着山谷方向。我把车斜转到角落,在来复枪口前趔趄了几步才站住。那最高的士兵得意地笑,其他人也凑到他旁边。我告诉他们,我是一个翻译,一个研究罗姆人古文化的社会学家。"啥啥人?"他们问。"吉普赛人。"他们哄笑起来。

一个中士俯过身。"那边有一些,和树上的猴子在一块。"我手忙脚乱地弄好撑脚架,递给他我的证件。一会儿之后,他发过无线电回来,啪的一声立正。"同志,走吧。"他说道。看起来斯特兰斯基的名字还有些分量。士兵们指给我某处灌木丛林地。我在车座被偷的位置配了个垫子。士兵们狂笑一团。我慢慢转弯,死死瞪他们一下,这才扬尘而去。

山间陆续传来奇崛而嘹亮的声音。佐利的库帕尼亚载着大竖琴,有六七英尺高,随着土路上的隆起,你有时老远就能听到竖琴的动静,仿佛前方的阵阵哀鸣。

我遇上她时,她正懒洋洋地倚在一块田的绿门上,胳膊绵软地垂下来。她穿着那件军大衣,一只脚蹬着小土堆,一前一后缓缓地荡着。一条辫子空中晃,另一条被她拿牙咬着。门上烂糟糟画了个标记,警告闲人莫入,违者法办。发觉我走近了,她匆忙从那个孩子气的姿势抬起身,而我才意识到她倚门读着一本书。"噢。"她说着藏起松散的书页。

她走在前头,喊着让我一两小时后再赶上来,她好通知其他人,他们需要时间准备。我料定当晚见不着她了,谁知碰上他们时欢迎宴已备好了。他们拍拍我的背,让我坐在上首。

佐利穿着起花纹的黄连衣裙,上身许多小镜子闪闪烁烁。她用河石抹红了脸颊。

"我们为你准备好了。"她说。

英国人，他们这样叫我，好像我只有这一个特征。女人们一听我的口音咯咯笑，还用手指卷我的头发。孩子们紧挨着我坐——近得骇人——有那么一会儿我以为他们在搜劫我的口袋，可我错了，他们另有一套空间概念而已。渐渐地我也主动粘他们了。佐利似乎有些踌躇不前——后来我才觉出她故意拉开距离保护自己。有一次她对我说，我的绿眼睛盯过来很突兀，我想从中异样的东西可能被解读出来：好奇、困惑、欲望。

我开始一周拜访一两次。瓦申科允许我睡在篷车后头，和他九个孩子中的五个并排。只剩一小撮被单供我捏紧。木头上的节疤在天花板上纷纷张眼。从利物浦出发，一恍躺在这张床上，就在二十四岁生日这天，翻个身只看见五个小脑袋的蓬发。我尝试把寝具拿到外面，可说实话，漆黑让我不适，头顶着星辰我也不会安之若素，于是我睡在床沿，衣服都没脱。那些早晨我用火柴烘一枚硬币，把这热盘儿贴在瓦申科的窗上，霜花中一个窥孔出现了。孩子们拿我打趣——我没老婆，肤色白，怪兮兮，我走起来好玩，闻起来冲鼻，还骑一辆伤残的摩托车。最小的那几个拽我的耳朵，给我套一件马甲，戴他爸的老古董黑色霍姆堡毡帽。我走进雾气弥漫的田野。草丛里蓄着的曙光又湿又冷。孩子们跑过来，求我和他们玩手推车，我站在原地发窘。我问佐利有没有别的地方可睡。"没有，"她说，"怎么会有？"她抿嘴一笑，低头说我完全可以去二十公里外的旅馆，只是女服务员恐怕不会唱罗姆歌。

作为歌手她的生活可以是另一番样子，不用洗衣做饭，不用照看孩子，可她没有孤立自己，她做不到，她爱这原汁原味的生活，她熟悉它，被它驱动。她在河里洗衣，把大小地毯槌打干净。接着她在自行车辐条上插好纸牌，一边在泥地里骑着打转，一边呼唤孩子们。她管每个人叫乔诺罗①，她的小月亮。"来呀，乔诺罗娅。"她召唤着。他们在她后面奔跑，吹着梣树枝做的口哨。他们一起在轮胎厂后头的墙上玩游戏，他们称之为蹦蹦墙。每有婴儿出生，她就给一棵小树套一只轮胎，有一天树会穿上贴身衣服。

佐利在她的民族中出了名，不管那些人是定居还是流浪。她拨动了他们身上古老而敏感的弦。他们赶二十公里的路，只为听她唱歌。我并没有幻想融入其中，然而当我在她身边坐着，我们背靠车轮，在彼得或孩子们打断之前，吟唱声跌宕的片刻的确存在着异样的安宁。我切焦黄的面包时不要气冲冲盯着我，不要气冲冲盯着我要知道我没胃口。起初她说写作只是消遣——那些歌最紧要，老歌谣已流传了数十年，她仅仅给音乐塑形，为的是传给他人。指尖的新词让她惊讶，当簇新的歌萌发，她认定它们存在过，从某个远古之地走向她。佐利万万想象不出吉普赛人之外有谁要听她唱，她的歌词上广播或者印在书上的念头一开始吓着她了。

表演之前，她和孔卡坐在篷车的阶梯上调准嗓子。她们只想将一株草夹在两人之间。孔卡头发火红，蓝眼睛，戴着硬币、玻璃珠、陶片穿成的项链。她的丈夫费奥多尔狠狠逼视我。他压根不愿意他的妻子被人录音。我打着忙乱的幌子，其实等的是佐利的嗓音，她自己的东西，她创作的清新的歌。

一个春天的午后，邻近一片幽林，佐利走到湖边祭奠她的父母和哥哥姐妹，她让蜡烛在水面浮动。三个赫林卡卫兵最终以谋杀罪被指控，被判了无期徒刑。吉普赛人没有庆祝——他们好像尝不出复仇的乐趣——不过整个库帕尼亚都陪佐利来到湖边，他们退后让

---

① 原文为罗姆语čhonorro。

她默哀,她唱起一首老歌,讲的是灌进烟囱的风最后一刹那折回,永未惊动灰烬。

我在湖边踩着芦苇,乱摸一通电池后揿下开关:她让语言舒展着,穿梭着。和其他人一样,我被她的声音俘获。

斯特兰斯基记录磁带时我坐在一旁。"好极了。"他说着在她的一行诗上画了一笔。他确信佐利的诗从源头来,不过仍想给它定点规矩。

她孤身进城来,手心的火车票潮乎乎的。她紧张地绕起从方巾落下的头发。斯特兰斯基为她大声读诗,她走到窗口,剥去玻璃上的一点黑胶布。"后一段不对劲。"她说。

"最后一节?"

"是。速度。"

斯特兰斯基咧嘴笑。"节奏吗?"

他调整了三次她才耸耸肩说:"差不多了吧。"斯特兰斯基排好字铅。她咬着唇,把印好的纸贴到胸口。

我感到自己的心脏在廉价白衬衫下怦怦猛跳。

一周后她过来说长者们同意我们出版——在他们眼里这表示对斯特兰斯基战时善行的感恩,而我们深信它的意义不止于此,我们培养一个先锋,这样的诗亘古未有,我们保护他们的世界,为之赋形,而外面的世界也绕着他们变化。

"真是难以置信。"当斯特兰斯基把我们领进老城的一家书店,佐利感叹道。她沿着一排排书架转悠,手滑过书脊。"好像墙都没了。"有一会儿她站在我旁边,指头心不在焉地顺着我的小臂游动,忽然低头看见,赶忙把手移开。她转身走到书架那头,说她觉得词语像群马驰骋。听起来生涩幼稚,后来斯特兰斯基对我讲她大概没进过几家书店。她转了几小时后坐下来读一本马雅可夫斯基。她甚至没想到可以拥有这本书。我给她买了,她又一碰我的胳膊,等到了外面,她把书藏到第三层裙子的口袋里。

斯特兰斯基目光灼灼地盯着我们,又对我悄语:"儿子,她有丈夫。"

我们乘火车去乡间。别的乘客打量我们:我的工作服,佐利坐下时揽到旁边的一堆彩裙。我们一起读马雅可夫斯基,膝盖差一点相碰。我知道这是个俗艳的欲望,可我的确非常渴望看她头发披散的样子。她不可能那样,已婚女人习惯遮起头发,不过我在心里勾画开了,她那时的神采,松开的头发怎样倏然滑落,我的手指怎样承起隐隐的重压。

在车站她奔向彼得,他正等在马车上,膝盖扣着一顶瘪帽。他有几分迷惑,而她上去耳语。他放声一笑,甩甩缰绳走了。

我那时远瞅着自己像个外人,干着换一个人才会干的事——等他们回来。站长耸肩,一脸暗笑。钟楼敲响了。我苦等三个小时,才肩扛帆布包走上通向营地的漫漫小道。天擦黑我到了营地,脚在滴血。男人们围火等着,这时欢呼起来。一罐烈酒推给我。彼得跟我握手。"你像是吃耳光了。"他说。

佐利编了一曲,唱一个漂泊的英国人等火车的汽笛嘶鸣,一旁彼得在哄笑声中拉起小提琴。

我也跟着咧嘴,暗想给彼得一拳,把他砸进泥里。

他在营地逛来逛去,气喘吁吁的。他似乎将疾病压在腋下,可一坐下疾病就在全身流窜。过了一阵,他没有离开篷车的气力了。佐利唱歌之后裹着夜色回来,坐在他床边,等他入睡,等他的咳嗽平息。

"英国姑娘多大年纪结婚?"有个晚上她问我。她在篷车的台梯上,茫茫然地扭着连衣裙的褶边。

"十八,十九,有的要到二十五岁。"

"噢,"她接口说,"很老了,不是吗?"

事实上我并不知道。有几年里我视自己为捷克斯洛伐克人,可回想起来,在这里我的英国味太重,爱尔兰味又重得使我成不了十足的英国人,而想当爱尔兰人又一身斯洛伐克味。翻译总是模糊定义。在利物浦的煤棚和父亲听广播时,我梦想自己在他的故土。这不是我的想象之地——无尽的山脉,奔腾的河流——但是已经不重要了,我变成了另一个人,对她的浮想联翩将我环抱。她想出的每个词都令我震动——她叫我斯蒂芬而不是斯捷潘①,她喜欢牙齿抵唇的奇异读法。她有时咯咯笑我言行中的英国特征,而我根本没瞧出什么英国味。我从市场给她买了支自来水笔,找来一些书给她读,送她的墨水常被孔卡拿去染裙子。我尽力学了些罗姆语。她触我的胳膊,对我留意。我知道。我们之间的距离正被一点点穿越。

九月初,一场细雪飘落,就在彼得死了六个月之后。我从营地出来游荡。河口沙洲上留着狼的爪印。它们的足迹沿岸指向最后一道弯,隐没在稀疏的林子里。她站在河边,听雪从枝上沙沙落地。我跟上她,捂她的眼睛。我的手指掠过她的颈,拇指探进肩窝。嘴巴飞快擦过她的颊。她躲开了。我念她的名字。她扯下红方巾时猛吸一口气。服丧时她几乎剪了个光头。这违反习俗。她转身沿河岸走。我跟着,又去捂她的眼睛。她踮起脚,雪嘎吱轻响。我将下巴

---

① 斯蒂芬和斯捷潘分别是英语和斯洛伐克语读法。

搭上她的肩，感受着来自她背部的压力。我的手划她的腰际，她又吸气，方巾裹着我的拳头。她扭身拉住我的衬衫领口，溜进我肩膀的阴影中，一边把小云团似的腹部贴上我的臀，停在那儿。我们倒在地上，可她翻身离开了。她说，从小没见过树的底面，从下面看叶子多么古怪。

我们没做爱，但她说雪地里笨蛋也瞧得出底细。她来回跺了一阵脚，眼泪汪汪地走了。彼得那合不紧的打火机盖子随她的步履发出丁当声。我僵坐了五小时，心惊胆战，可是她又过来了，三弯九折的脚印遮了去向，急切得形体生辉，而当我们压向冰凉的树皮，一切都被我抛到九霄云外。我依稀听到狼折回了。她颈上的胎记，左乳上一个玲珑的浅窝儿，锁骨的弧度。我的手指沿她的躯体向下滑，牙齿摘掉她小指上的戒指。过去的几个月我饱受幻想之苦，想想真让我心悸，我竟在河岸，而不是在梦想佐利以打发乡愁的昏沉沉的小巷，或者印刷室、走廊，紧靠着机器。

佐利相信一眼生命之泉通向地心，它来回环流，可是主要从童年之井涌起。她以粗粝的土音讲着这些，她跟外公旅行的岁月，他们一同经过的路，寂静。她说话时将方巾拉过鼻梁，盖着她的脸。她觉得自己的皮肤太暗，太黑，太吉普赛，没法好看，还觉得弱视更让她显丑，而在我眼里，那些天的月亮擦着土壤旋转。我料定终有一天我们会被捉住，人们会察觉，孩子们会看到我们，或者孔卡会发现，或者是费奥多尔、瓦申科。我们很警觉，明白融雪终会淹没河湾，不过这无关紧要了。

一个夜晚她听见猫头鹰的啼叫，顿时吓呆了，她遮住眼睛，幽幽地说她外公的灵魂回来了，为她感到羞耻。"我们不能这样。"她说完走了，僵冷的叶子在脚下喀嚓响。

返城的火车异常古旧，镶板深褐色，风格格甩打着破车窗。

"他们要把你的蛋蛋挂到你的脖子上打个结，就像蒜头一样。"斯特兰斯基说。

"我们没做什么。再说，她谁也不告诉。"

"好天真的白痴。她也是。"

"这事到此为止了。"

"我警告你，别碰她。小心他们给你罩上裹尸布。她是个吉普赛女人。她属于吉普赛男人。"

"就因为这个咱们印她的诗？"

他拽起衣领，埋头干活去了。走出印刷厂，远离斯特兰斯基和他的顽念，在街灯下乱转一通，简直让我松了口气。他很少再管我叫儿子了，可那几个月我昂首阔步——我的肺溢满佐利的气息，她充实了我。一九五三年秋天我们出版了她的第一部小本诗集，四面八方的欢迎之声来自年轻诗人、学院人士，甚至官员们。她希望书用线装，而不是胶装，我猜不出缘由，好像与她养过的一匹马有关。

小事一桩，工作的前景是更长的接连不断的诗歌系列。在公寓外的街边，我坐在翻转过来的水桶上，喜滋滋地，看着太阳从老建筑之中升起。

某个地方藏着一张我们三人的照片——斯特兰斯基、佐利和我——摄于多瑙河畔的文化公园，一个阴霾的下午。水面微起涟漪。佐利穿着蓬松的长裙，一件磨损了的前胸敞开的短外套。我的衬衫亮白，巴斯克贝雷帽斜着。斯特兰斯基则是靛蓝的衬衫黑领带，那会儿他的头发快掉光了。他的肚子稍微隆起，佐利称之为他的水壶。我一只脚踩着码头边的系船柱。佐利和我一般高,而斯特兰斯基安顿在我俩之间。我紧搂着他的肩膀。背景里一艘货船驶过,船身的标语醒目:一切权力属于工人委员会!

今天我还能踱到照片跟前,顺着边际流连,再沉湎其中,和她拍照的激动又清晰地传递过来。

"请不要看我。"当聚光灯把她锁住,她偶尔这样轻嚷着,而在有些人看来佐利有点恋上了麦克风。

一次,她被带到普列维扎一个村庄的文化礼堂,那里背向一片广阔的庭院。形形色色的吉普赛人挤满了院子,已等了几小时。朗诵被安排在楼上的房间,天花板装着突饰,一排排座位井然有序。本地人鱼贯而入,吉普赛人随即起身鞠躬,将座位让给那些村民,自己在房间后面找了个地方。官员们坐在前排,当地的警察家属紧随其后。我不太明白怎么回事。似乎官员们接到命令,需要露个脸儿,来表示对接纳吉普赛人政策的支持。房间里人头攒动,不一会儿仅仅两三个吉普赛长者留了下来——我本想他们会打斗,或者动起口角,谁知他们自愿腾出位置,走到庭院去了。"得意的事情嘛。"斯特兰斯基说。他们惊讶于外族还有人来听他们的人表演。"斯旺,终了时他们就只是礼貌了。"我转过弯来——开始没料到这么简单,还当是精心策划的仪式的一部分。

佐利请求把朗诵移到大一点的厅里,可组织者说不可能,于是她低头开始了。她仍旧不习惯拔高嗓子,然而那晚她这样做了;她吟着初冬之际的零雨,系在电话线杆上的群马,陡然间这首新出炉的抒情诗歪歪扭扭起来,而她怎么也扳不回正轨。她结巴着想要解释,又索性甩身走了,还一把拽掉一只新耳环。

后来她打开底层的窗户,把一盘盘食物递给在庭院里等候她的人。斯特兰斯基和我再找着她时,她在大厅幽蓝的阴影里抽烟斗,烟雾啄得一只眼眯缝着,手指在哆嗦。传言当地那家酒吧突发了骚乱。

"我想回家。"她说。她头倚着墙,我觉得自己默契于她的忧伤。家,自然是最悠久的念头了。对她来说家意味着静默。我试探着拉她的胳膊,可她躲开了。

之后的四天佐利没了踪影,后来我才知道她乘马车跑遍了那些定居区,她为他们唱,而不是朗诵,这正是他们要的——他们想听她的声音,那声音里的秘密,他们独一的私有物。

我和斯特兰斯基印了一份海报:旧口号配的新风仪,上面有一张与佐利相似的脸,画的,而不是照片,稍稍理想化了,弱视换成了职业妇女的炯炯凝视,穿的是束腰灰外衣。吉普赛血统的公民,我们同舟共济吧。她第一眼看见就喜欢那口号,它从飞越乡村的货运飞机撒落,登上小路,沿晒谷场翻着跟头,又跌在枝丫间。她的脸张贴在乡村的每座标塔,每根电话线杆上。很快她的磁带在电台播放,权力机构的走廊聚谈里也冒出她的名字。她是捷克斯洛伐克的新女性,从边缘被推出来,借以显示社会主义制度下我们前进的步伐。没人像她那样彰明了变迁历程。她被邀请到文化部、民族剧院、加尔顿、社会主义研究院、斯大林格勒酒店的电影放映室,还有文学讨论会,而逢此斯特兰斯基会起身向麦克风吼她的名字。她讲五种语言,流利程度不同,斯特兰斯基开始叫她吉普赛知识分子。她的脸浮过阴云,可她没让他闭嘴,这种新颖迎合了她的几分心思。

长者们渐渐注意到外界的变化——许可证更好拿了,宪兵不再追着他们要证件,当地的屠夫不像以往那么白眼相看了。吉普赛人还被请去创建音乐家联合会下他们自己的分会。瓦申科简直不敢相信,他,恰恰是他,竟然在一家小酒店被款待,而数年前那里连后门都不准他进。有时他走进加尔顿酒店,就为听行李工叫他同志。他踱出来,噼里啪啦拿帽子砸着膝盖。

一天晚上,在民族剧院的化妆室,佐利转过头,对斯特兰斯基说她没法大声朗诵,她没心情了。她的后背在皮椅上印下一团濡湿。他们走到舞台侧面,从帷幕边扫视了一番——剧场挤得严严实实。一只观剧镜突闪一下。枝形吊灯转暗。斯特兰斯基先冲观众读了她的一首诗营造氛围,随后佐利也登台了。聚光灯下她貌似放松了。人群在交头接耳。她的唇凑近麦克风,一阵尖利的噪声。她挪到一旁朗读,不用话筒。当人群欢呼,在剧院后方得了两排座位的吉普赛人轰隆隆地鼓掌。后来的招待会上,人们起立向她致意。我瞧见瓦申科挨着桌子,口袋里的面包和奶酪鼓鼓的。

在这样的夜晚,我就是背景音乐;佐利遥不可及,一个心照不宣的协定梗在我们之间,和她的那些道别又匆忙又命中注定,而胸中的钝痛到早上醒来时消失了。我的镜中一角粘着她的照片。

每回我们在斯洛伐克民族起义广场的树下行走,总有一两个人认出她。在那些文学咖啡馆,诗人们扭头注目。政治家们巴不得和她一起亮相。我们在五一游行,拳头高举。我们参加社会主义剧院的会议。河那边,桥之外,我们望着起重机挥臂,一座座摩天大楼在空中攀爬。在最简单的事物中我们发现优美:哼德沃夏克的清道夫,墙上刻着的日期,夹克后背的裂缝,报纸上的一句口号。她加入了斯洛伐克作家联合会,不久之后,在一首刊登于《红色权利报》①的诗中，她写道，她捏住了自己的歌千丝万缕的起端。

我给她念我断断续续翻译的斯坦贝克。"我想上大学。"她说着用书脊敲敲膝盖。我隐约知道这个注定会失败。我嗫嚅着。她静静地坐在窗台边，从浊黑的玻璃上抠出一线光。随后那星期我换来了一张申请表——好不容易弄到的。一个冰冷的清晨，我偷偷塞给她那张表，接下来就音信全无，几周后倒是见着了——它堵着她的篷车木板上的裂缝，冷空气可以绕道了。

她说："哦，我改变主意了。"

然而她的前途仍鼓动着我。有可能别人会发觉，会认为她受了玷污，marime②，被损毁了。整整几周我们都不敢碰碰衣袖，怕被人瞧见，但这消不掉我们之间的磁力。在印刷厂没旁人时我俩坐在一起，背靠着斯特兰斯基支在二楼的折叠床，一边是齐尔孔牌切纸机。她轻触我肋骨上的苍白，手指在我的头发里摩挲而过。至于我们的身体在何处停下来，后果又在何处露出端倪，我们全无头绪。

到了街上，我们分头走了。

自然了，一些吉普赛长者怨声啧啧——佐利对他们来说太外族化了，她的党员证，她的文学道路，她去电影院、列宁博物馆、植物园，还有一次别人赠她交响乐演出的包厢座位票，她带孔卡去了，把后者惹哭了。

他们说，她正绞尽脑汁地过离地几尺的生活。她随身带书仍被视为不守本分：某些观念牢不可破。和库帕尼亚一起时，她把书页缝进上衣的衬里，或者深埋进连衣裙口袋。她的心爱物之一是聂鲁

---

① 当时捷克斯洛伐克共产党的机关报。
② 罗姆语，指不洁的、遭玷污的。

达的一本早期诗集，斯洛伐克语译本，她从一家二手店淘来的。她就这样子溜达，情歌贴着屁股，而我整首整首地背诗，等我碰巧与她独处时，就可以向她低吟了。她的另一些口袋装着克拉斯科、洛尔卡、惠特曼、塞弗尔特的集子，甚至塔塔尔卡的新作。到了厂房她把外套撂在地上，立刻苗条多了。

入冬之后吉普赛人就不漫游了。我怎么也弄不懂那个时期的事。录音机冻住了。磁带盘裂了。麦克风上有冰。霜占满了我的鞋子，血倒是从手指上撤退了。其他人在场时佐利才和我待一会儿：不能老被人瞧见我们在一起，担不起后果。

我乘火车回布拉迪斯拉发的公寓，立在车站的喇叭下专门听那喧哗。比起瓦申科的孩子顶在我胸腔的脚丫，我更中意自己的一架子书，可是过不了几天想见佐利的愿望强烈起来，我又把麦克风和收音机塞进背包，出门了。她浅浅一笑，碰我的手。有个小孩拐出来，她一惊跳开了。我晃荡在冬天的营地。生锈的废铜烂铁。断缆绳。凹曲的汽油桶。狗骨头。扎满小孔的罐头。辕杆。应有尽有的失物的温床。孔卡捡了一条玫瑰图案的围巾。她坐在自家篷车的阶梯上，身子裹得严严实实，脸冻得瑟缩着。她的样子又瘦又凄苦。汉子们四下站着，像是在等马的牙缝里掉下什么好的。我只想带佐利到城里去，把她安顿下来，让她写作，拥有她，但是不可能，她喜欢那里，她习惯了，沿着河岸，营地的光与暗在她眼里浑然一体。

格拉科，瓦申科的大儿子，猛地推我一下。他比我小，将近二十了。

"这小子咋样了？这英国小子，他咋样了？"

起初他只是狠掷了一拳。疯笑声。我向后退。刺拳,又一记勾拳。我们堵到栅栏边。我感到铁丝刺着我的腿,我的后背。我徒手捂脸,闭上眼睛,顿时觉出整个身体受着捶打。我从指缝往外看,灰烬似的斑点冲我浮动。我扭身从栅栏跳出,一记上勾拳打得他措手不及,一下子光脚朝天。我的指关节嘎吱响。人群聚上来。孔卡缩在后面,挨着她丈夫。他手掌窝起,围着嘴巴喊开了。格拉科又一记飞拳,我的耳膜尖鸣。唧唧声在耳朵里逐渐消逝。我觉得出四周所有打转的身体。他避开我的第二记刺拳,我闪倒在地。他朝我低下笑吟吟的脸,他觉得这场面很庄严,颇有些唯我能降的私密感。和英国人搏斗的主意让他醉心,让他大喜。他虽个头小,竟立即无处不在了。"起来。"刺拳。左勾拳。又一声喊。"起来,吃屎的东西。"他甩头挥开眼前的几丝乱发。我又感到栅栏抵着背,我陷进去,手挡着脸。血流出指缝。格拉科蒙上忧郁之色,好像他在揍一棵树。他继续猛击,而喧嚣声转调了,孩子们尖叫着,大人们却默然出神。孔卡在她丈夫身边,嘴角挂着笑。格拉科的拳头狂射过来,我一阵眩晕。一只短靴从拳击场的外围突袭,命中我的下巴。"你,你们这帮白脸。"又一只靴子踢来,冲着我的肋骨。这时我才醒悟,得为自己的命拼一把了,向后爬进泥里,各种响动融合,直到她的声音钻入耳中,轻微,然而紧张,她拨开一排人,牙齿咬着几缕黑发,又把格拉科往后一掀。我看着,却没了饥渴,没了欲望。我站起来,血从眼睛滴答,我恍然明白,佐利一定也从头到尾观看了。

她俯身过来,一边用围巾止住我眼角的血,一边说:"斯旺,他们只是想暖和暖和,没别的。"

我想，一开始那些变化似乎微不足道——眼神悄变，大衣里弓起身子，门上凿了窥孔，窗户昏暗下来。这点代价够小。几次孤立的事件。雨点，按斯特兰斯基的叫法。你伸出手，他说，突然间就出现了，起初几乎令人愉悦。可是这些东西依次不绝地织成细雨，接着雨点迸溅起来，一眨眼工夫，我们默默地盯着大雨瓢泼。人们拒绝交谈，除了在空旷地，或者出租汽车上，或者沿河而下时。街上的囚车日渐增多。不久我们听说民间舞者被派去挖运河，教授们去了乳牛场，哲学家为孤儿院折箱子盖，店主们趴在沟里，诗人们在兵工厂劳动。路标被锯倒了。街道取了新名。暴雨袭来，我们闪避着——然而这是我们自己的雨，我们的造物，它承诺带来好收成，我们才让它滴落。太多东西已经倾注在革命之中，要我们向万事行不通的绝望缴械投降，我们没有心理准备——这多么像欲望。

"你在搞她，斯旺？"一个晚上斯特兰斯基问我，那时我俩正坐在珀利坎咖啡馆深处。这地方一股旧大衣的味儿。我环顾四周，一张张桌子边苍白的脸，也是你张我望。真相是——斯特兰斯基知道——根本没人搞她。

"与你无关。"我说。

他疲倦地一笑，举起酒杯。

等出了门，我吃惊地发现一个摄影师盯住我们，从一辆黑色的太脱拉卡车的车窗里咔嚓咔嚓拍照。

黑暗像从卵石里汩汩冒出来。

对佐利的库帕尼亚，变化起于沃沃吉，那小伙子开始把自己的手钉到一棵树上。他是个怪人，患有精神分裂症。这些家庭洋溢着忠诚，而沃沃吉受他们宠爱。每隔几小时就给他换一次绷带。佐利从城里给他带硬糖，在他耳边低语睡前故事。沃沃吉随着她的声音摇来摆去。每次他从篷车走失,警报就大闹——大家砸响平底锅——女人们分散到森林边找他。常常男孩被寻见了,正往手心砸钉子。他从不哭叫,甚至给他涂火辣的泥罨剂时也安安静静。

秋日的骤雨中,一个高挑的金发护士驱车来到森林边的篷车跟前。她下了车踩进齐踝的泥里。她尖叫求助,于是受到极隆重的礼遇,被运送到一辆篷车里。热茶端上来,她的鞋也擦干净了。她弹开手提包搭扣。从徽章看她是卫生部的。她展开一张纸,推过去。大家叫佐利来看。

"搞错了,"佐利说,"绝对的。"

"没有搞错,公民,你难道不认字?"

"我认得。"

"那么上面怎么说,就得怎么做。"

佐利站起来,把纸撕成碎片,再塞回那女人的手里。上面命令把沃沃吉送进当地的精神病院。

"请走吧。"佐利说。

"给我那个孩子,你们就惹不上麻烦。"

佐利朝那女人脚底啐一口。细言碎语洒满了篷车。女人白了脸,一把抓住佐利的胳膊,手指紧掐着。"那孩子需要恰当的护理。"

佐利给了她两记反手巴掌。篷车里欢声雀跃。

两小时后宪兵来了,吉普赛人却走光了——踪影全无。

这故事很对斯特兰斯基的胃口——宪兵揣着逮捕佐利的令状到了印刷厂,一五一十都对我们讲了——我得承认自己听了也激动,但是我们不知道到哪儿找库帕尼亚。我们搜索一通,连一丝流言都没捕捉到。

没有她的日子晦暗下来,尽是叮人的焦灼。一群群鸥鸟在多瑙河上吵个不休。我在印刷厂上班,参加讨论俄文字母排印的会议,完了又坐在家里,敞开的书搁在胸口——马雅可夫斯基、德莱塞、拉金①。

足足两个月之后,在倾斜的阳光中,佐利回来了。她变了样子,透着动人的生涩感。在厂里她静立于机器的喀哒乱响之中,深吸着油墨味。我急忙迎上去,她却退到一边。

"你去哪儿啦?"斯特兰斯基从楼梯上问。

"四面八方。"

他重复一遍,低笑着上楼了,只剩下我们两个。

她绷直了身体。我注视着她走向坏铅字箱,在裂损的旧铸模中翻找,一个个看那些反向的字母,再把它们摆成一首已酝酿好的歌,我的坟墓躲避着我,这首湍急而明亮,她说觉得自己锁在诗中,像木头困于一棵树。她把字母排列在柜台上,手掌压住坚硬的金属。她说从指甲护膜下还能零星感应到沃沃吉。他死了,她说,死于流感,就在篷车拼命逃跑的那一晚染上的。

"他们杀了他,斯蒂芬。"

"小心,佐利。"我说着四下张望。

"我不知道小心是什么意思,"她说,"小心是什么意思?为什么要小心?"

"你没看新闻?"

佐利消失期间简直成了偶像——撕毁逮捕状的正是文化部长本人。我们正迈向新的将来,他说,罗姆人将与我们同行。一系列新社论全围绕着佐利,声称她一直在旧世界上涂涂画画,为了最终使

---

① 菲利普·拉金(1922—1985),英国诗人。

之改变。他们视她为英雄,新一代罗姆思想家中的先锋。布拉格的一本大学期刊转载了她的一首诗。她唱歌的录音在广播上重放。她离得越远名气越响。政府部门的一些圈子里风言要让吉普赛人歇脚,把他们安顿在政府资助的住宅区,给他们无限的生活自主权。他们还住在密林里,这状态顿时变得怪诞、守旧,对纯洁的心智来说几乎颇有些资产阶级作派了。为什么逼他们在路上过活?报纸上说,他们应该与原始主义的困顿一刀两断。再不会有吉普赛的篝火了,除非在剧院。

"让我们歇脚?"暗笑哽在喉咙。

她从地上捡起一根鸽子的羽毛,又让它飘落。"原始主义的困顿?"我脊椎有点液化了似的。她胳膊夹着一捆纸离开了厂房。路那边,她爬上马车。她拍打了马一下,后腿直立了片刻,便当啷当啷地上了卵石路。

我独自沿多瑙河散步。士兵手举喇叭筒,轰我离开。远处,奥地利。再往前,年轻人为之战斗、为之死的所有地方,无数的躯体已化成土壤的肥料。继续向前,我想到了法国、海峡、英国、我早年的煤烟。我来捷克斯洛伐克有九年了,过得惴惴不安又满心期待。不知谁从我的步履中借取了轻快。一走动我就体会到了。寄予革命的那么多热望似乎一点点开溜了,我正是用它们紧抓着世界,不过,烟消云散的那一天好像还不可能到来。

河对岸,高楼上的光熄灭之前眨动了一下。街上很冷,死气沉沉——唯一的神秘是,我期待截然相反的一面。

"别垂头丧气的,"斯特兰斯基见我又推开厂房的门,随即说道,"她只不过才醒过来。接下来,她就要让我们大家目瞪口呆了,瞧着吧。"

一九五七年夏，我们只在零星的几个地方见到佐利，其中包括位于布德梅里采的那座城堡。那是大公园里的乡村宅第，坐落在小喀尔巴阡山脉的荫翳中，由斯洛伐克作家联合会养护。小路边种着长长的一溜栗树。车道盘绕着，通到气派的前门大理石阶梯下。好几个顶楼的房间紧锁，卧室大多蒙着灰尘。楼下的旧家具被联合会烧光了——太有帝国派头，太资产阶级化——于是乎换上了塑料椅，塑料贴面的柜台，气势逼人的俄罗斯版画。斯特兰斯基设法租下这房子一个夏天——他憎恶一切拉关系的苗头，却认为可以借这个场合搞严肃的创作活动。他让我们协助佐利完成一部书——只出了一本小集子，他觉得现在推出分量十足的一卷，会巩固她的名声；他认准了她独有的想象力会把吉普赛人拉出矛盾的境地。

草地形成缓坡，它通向一条溪流，溪流用巨型水桶大小的木导管引来水。这里那里钻了木结构来灌溉草地。水划着弧线流入草丛，溅上精心料理的小道。即使在晴朗的夏夜，外面听起来都是雨声绵绵。

斯特兰斯基每天陪她散步——佐利头扎方巾，穿裙子，深色罩衫，他则是无领白衬衫，有几分堂吉诃德的味道。他们在喷泉边踱步，像私语的密谈者。那时她处在创作力的顶点，他们一起为她诗歌的结构谋划。斯特兰斯基会乘兴走到我跟前，拍着手吟咏她的诗。我很少见谁这么激动，他在房子里来回转，热情似火，大嚷着："对，对，就是这个！"一架史坦威钢琴还放在主餐厅，所剩无几的旧物品之一，不过标志被磨掉了。斯特兰斯基掀起黑亮的琴盖，坐上凳子，无名指一击象牙键，连连痛斥无目的艺术空洞的优雅。他眼睛一眨，开始弹《国际歌》。

一天晚上，斯特兰斯基从楼梯处飞身跃向枝形吊灯。枝形吊灯从天花板哗啦一声打碎在地，他登时呆若木鸡。

"崇拜比绳子短命哪。"他说着四下环顾，像是很诧异。

佐利赶来，和他坐在大理石地面上。我从楼厅上注视着。嘴角浮起笑影，斯特兰斯基盯着手上的小切口——一小玻璃块扎在他的肉里。她握住他的手腕，从皮肤的褶纹里向外挤玻璃。她叫他别作声，将指头引到他的嘴巴。斯特兰斯基吮出了玻璃片。

我下楼，脚步很响。她抬头微笑。"马丁又喝醉了。"

"不对，我没醉。"他说着去抓她的肘，又摔倒了。我把他从地板扶起来，建议他洗个冷水澡。他一把拢住我的肩。楼梯上了一半，我脑子里闪过一个幻象：扔开他，看他翻滚下去。

底下，佐利对我嫣然一笑，出门去她地方睡觉了。她不习惯睡在房间里。她觉得房间把她围得太紧，所以在玫瑰园摆了寝具。我早上醒来，发现她在月季的繁花下甜甜地打瞌睡。她到远离房子的溪流中洗漱。她不明白为什么有人在不流动的水里洗澡。斯特兰斯基开始享用外头的大澡盆，就是为了客客气气地嘲弄她。他坐在盆里打肥皂，浅酌，独唱，笑声朗朗。她不理睬，去树林子转悠，带回来一束束野蒜、可以吃的花、坚果。

"她去哪儿啦？"一天下午我问他。

"哎呀，屁股坐稳点行不，年轻人？"

"这是什么意思？"

"她出去散步了。她在清醒头脑，她不需要你，她也不需要我。"

"你有老婆，斯特兰斯基。"

"你别当便盆。"他说。

这是一句老话，又怪又郑重，我父亲多年前挂在嘴上。斯特兰斯基击得很准，我向后退了一步。他紧紧按住我的肩膀，足以显示他的力气不减当年。

到了夏末佐利的库帕尼亚亮相了。二十辆篷车就驻扎在城堡后的空地里。马背上闪着汗水。我一早醒来闻见篝火。孔卡添了新伤，从眼角一直划到颈背，还掉了一颗上牙。她在丈夫费奥多尔的影子下走出篷车。她穿着羽毛花纹的黄连衣裙。下了阶梯，她突然跛起来，我吃惊她哪来的勇气这么过日子。她的乳房松垂，腹部在渐宽的衣服里偎来偎去，一瞬间她勾起了我在别处瞥见的凄惨景象。孩子们赤裸着在喷泉下你追我赶。男人们提溜着厨房的塑料椅，搁在篷车边。佐利在人群中笑着。斯特兰斯基也像被簇拥到浪尖。他和瓦申科一起喝酒。瓦申科找来一箱赫雷斯雪利酒——非同小可，我不知道他们怎么弄到的，这可属于违禁品，有蹲牢房的危险。他们干完最后一滴，再转向一瓶瓶梅子白兰地。

黑夜涌起，像等待枯竭的源泉。

那星期佐利唱了，她锋芒毕露，我们听到了她最好的诗。斯特兰斯基说，他从中感受到了新的音乐，为诗生发了别样的节奏，他老是痴听着，凝视着。在他眼里，她现在就是真金，她已将自己提纯到一个不属于我们的世界，身上盛满神秘之声，有时她自己也讲不出含义。他对我形容道，她的思绪来临像鸟儿离枝，浑然不觉，捷足的意象彼此追逐。他咽下那些抽象和浪漫主义的部分，别的诗人常因此将他激恼，在她这里则疏忽放任了，他理顺长短句，将原作筑成诗节。

在我的脑海里，我依然可以悬起那幅图景：和佐利工作了一下午之后，斯特兰斯基踱进马车，坐下来，用马口铁做的牌玩布拉什基①，他的衬衫脏兮兮，像土生土长在他们之中。而我站在外面，等她。

到了周末房子被洗劫一空。库帕尼亚几乎没留下一丁点儿食物。破吊灯悬在了一辆篷车之中。

我在楼上空了一半的房间里看见佐利，她坐在一把椅子上，捏着皱巴巴的手帕。她见我在门口，起身说没什么，受了点风寒，她从我身边擦过，却用手指轻拂我的胳膊。

"瓦申科说流言四起。"

"哪方面？"

"定居。他们要给我们学校房子诊所。"她揉了揉弱视的眼睛。"他们说我们一贯落后。现在变样了。他们自称为我们好。据说是第七十四条法规。"

"说说而已，佐利。"

"为什么老有些人掌握着别人怎么过最好？"

"斯特兰斯基？"

"跟他没关系。"

"你爱他？"

她盯着我，沉默了，又向窗下的花园望去。"不，"她说，"当然不。"

外面传来笑声，猛地撕破了寂静，过了一会儿才消逝干净。

第二天下午早早地，我们在旧磨粉厂的轮子边碰了面，远离布德梅里采。溪流已改道。佐利东拐西拐，确保没人盯梢。她口袋里揣了一张照片，上面一道灼蓝的闪电迸裂，切开了黑漆漆的风景。

---

① 原文为 bl'aški，一种赌博游戏。

她说那是她从一本杂志上找来的,插在一篇有关墨西哥的特写里,还说有一天她可以去那里旅行,管他路途遥遥。或许等事情都好起来了,她说,她会出发,沿着那条路。她引了一句聂鲁达,诗中讲他从他没爬过的树上摔下来。我被她搞得狼狈极了,她总是变幻莫测,总是让我觉得自己急需氧气——这多么像呼吸新鲜空气,也多么像溺水。

"斯蒂芬,"她说,"要是我们不得不斗争,你会和我们一道,对吧?"

"当然了。"

于是她微笑了,和我早些年在厂房遇到的佐利相差无几,她的肩膀放松了,面露喜色,周身似乎有了暖意。她走上来,把我的手放在她臀部的曲线上。她背靠一棵树,我们的脚滑过落叶,她的头发遮了脸,一副彻底缴械的样子。

总有一些时刻供我们重返。我们居于其中。我们在那里歇息,除此空无一物。

当天晚上,我们又在宅子高层的空房间里做爱。白被单上印着我们的身体。我额头的汗滴上她的脸颊。她离去时一根指头含在唇边。早晨我因她而苦,一种疼痛攥紧了胸膛,我从来不知道这种东西的存在,然而还是不能让人看见我们在一起,我们无法涉过空隙。我们仿佛从悬崖跌落,身轻如燕,随后嘭的一声巨响。

"如果他们逮着我们,"她说,"惹来的麻烦超过我们的想象。"

就在那个星期,来了一个部里的官员,灰白头发,一股卷笔刀的架势。他坐在外面,对喷泉边洗衣的女人们怒目而视。他抬高了嗓门和斯特兰斯基交谈,脖子上青筋暴起,油亮亮的。袖子擦过他的眉头。斯特兰斯基俯下身,唾沫星乱飞。那官僚走进房子,指头扫过钢琴。所有的象牙键不翼而飞。他拧身就走。

几小时不到他又来了,宪兵跟着。瓦申科提起干草叉,向六个宪兵排成的一列戳去。"放下。"斯特兰斯基恳求道。宪兵退后,留意到年幼的孩子捡起了花园的碎石。斯特兰斯基来回周旋,大张着双臂。直到承诺库帕尼亚第二天离开,宪兵才撤走了。

次日早晨佐利上了马车。我走过砾石路。她摇头让我别跟着。我体内有什么东西在冒火。我愿意放弃这一切,一切言辞一切思索,和她折身再一次跨上老宅的楼梯。可是她扭过头去,有人策马扬鞭。她身后,孔卡呵呵傻笑。瓦申科引库帕尼亚远去了。

我发现斯特兰斯基在那大宅前的台阶上,手掌紧按着太阳穴。他一下子苍老了,你可以从他的眼中读出满腹的悲伤。"我们快喝光他们的棺材盖子了,斯旺,你明白吗?"

斯特兰斯基曾写道,只有当一个人死了,他的一生才勾勒出起点、中途、结尾:在此之前我们始终未完成,也不知道中间在哪儿。因此,唯有最后一个词能找见中间的词,这可以写成一句诗——死亡阐明一个人。斯特兰斯基这类人总是忙活着掀走脚下的地板——因局势的演变躁动不安,他消失了很久。斯大林的死挫了他的锐气,尽管他并不怎么颂扬他。国民议会令他振作了一阵,可接着发生了一九五六年的匈牙利事件,坦克轰隆南下,新一轮审讯在捷克斯洛伐克横扫而过。在塔特拉酒店,他一边用婚戒刮擦抛光的桌面,一边就边缘生活发表长篇大论。他在布拉格的一份期刊上发表了一首诗,说他再提不起用红绉纸抹嘴的兴致。我想,他的意思是人独揽的权力越大,就越是学着藐视赋予他们权力的过程——这个国家变了,处处酸腐气,已陷入颓势。我们的药方总比不上我们的伤势迅猛。

斯特兰斯基政治上的老朋友不再登门,他到了文化部,老是在等待室打转。他不再去工厂会堂、俱乐部、乡下的文化活动所演讲了。在印刷厂,他常常烂醉如泥。

"我向你保证,"他说,"是伏特加在喝我,可是我还剩两根指头。"

他张开双臂。

"酒精是传记。"

于是酒瓶又见底了。

一九五八年初冬,埃莱娜离开了他。他们的婚姻触礁已有一阵子了——他疑心自己成了她漫画中的那个形象,一个趁火打劫的矮胖男人。我在厂房一角看见他,窗玻璃勾出他的身影。我从未见他这么少言寡语过。他砸过墙,手上的绷带染着墨迹。

他在绷带上掐灭烟头,指向在街上踱来踱去的两个男子。

接下来的几个星期他越发憔悴,眼睛也凹陷下去。他在厂里乱晃,用纸割破自己的手。小切口使他清醒,好让他工作。有时他在指甲上点着火柴,猛吸硫磺味。他不许任何人看他新写的诗,我们也不问——最好别去管。我躲着他。只是时间问题了。他任我疏远。这是他慷慨的方式——他不想拖我下水。时辰流逝就像流逝的时辰,却显得比以往漫长。我闷头创作海报,与其他的艺术家和设计师一起合作。我的技术长进,在和风打印机上制作出一张四色版的海报。我可以独立完成,几小时的事儿。斯特兰斯基有时下了厂房的楼梯,从新印的海报踩过,又转身上楼,脚步留下新的墨痕。

他依旧沉潜于佐利的作品,润色她的诗,增补词句,使之更协韵,再和她一起审阅。他回击那些人的指责,他们说她对大自然的尊崇导致了作品中的形式主义和资产阶级格调，还说她用痛苦捞取社会上的甜头。他认为她写诗的目的不是以标新立异的思想炫目，而是铭记存在的独一的时刻。

我们三个人约好星期四在加尔顿酒店碰面。佐利和我在遮篷下吸便宜的烟草，一面等斯特兰斯基。佐利让人眼前一亮，一身鲜红的连衣裙，织物上缝的小珠子熠熠闪光，披巾也拦不住。斯特兰斯基没露面。灰蒙蒙的空气渗着寒意，冬天正袭来。我们绕过街角，沿多瑙河往下走。地面潮湿，她却踢掉鞋子。那动作实在说不上优雅，不过脱鞋之后她的双腿灵动如水。她俯身捡鞋，用右手拎着。

"我好多年没光脚走路了。"她说。

一艘摩托艇噗噗开过来，探照灯打在我们身上。她几秒内踏上了河边小道，靠近正在建防核掩蔽体的工地，她弯下腰穿鞋。这时，又一束光朝她扫去。一个士兵认出她，喊她的名字。光束在地面刻下她变形的影子，衣裙闪烁着。我那时想我们再也逃不出这紧箍的圈子了。

她悄悄对我说："不能让人看见我们两个一起，斯蒂芬。太冒险了。"

我不信她。我信不了。一想到将来一无所有，我就直发愣。成吨重的黑暗压下来。

回家后我倒头就睡，累得都没法做梦：我的三十三岁生日还没到。

一大早听见敲门声——布拉迪斯拉发上空才透出曙光——我很清楚来者何人。六个特工把房间翻了个底朝天。他们早为自己的问题设好答案。他们查完我的证件，填了一份面面俱到的档案。见我的生活如此平淡驯服，无毒无菌，他们似乎颇为恼怒。

对斯特兰斯基的审判没上广播。他被称为寄生虫、国家公敌，他最近写的诗和他的供状登在报上。我在里面细细搜索通向这个我崇拜过的人的蛛丝马迹。我不断去监狱看他，只见他被吊着，手绑在背后，胳膊脱臼发出恐怖的干裂声。橡胶警棍。电击浴。到了晚上我脑子里浮现出这样的场景：他沿监狱的高墙走动，因我们的一致沉默而冷得彻骨。

我被叫到部里，又被领着参观实施处罚的小牢房。他们吩咐我每周写一份报告交待情况：我学到了一整套躲闪战术的新词汇。

他们没有逮捕佐利，而是传她进去，他们称之为"进行磋商"。我在司令部附近等候。她出现时的表情泰然自若，只是脸颊的两道平行而下的黛痕泄了密。她被一辆汽车带走了，乌发拂过车座的米色皮革。我望着车子开远。

之后，她销声匿迹了很久。我怎么也找不到她。风传她烧掉了手头的每一张纸。有人说她去了普雷绍夫，再也不回来了。黄叶浮动在多瑙河上。我继续编辑她的诗，可是没有她的声音缭绕，这些词也变样了。出版一本书的计划停顿下来——需要她在场，书的整体效果才会水到渠成。三个月后，她派孔卡的一个孩子来到我门前。那孩子捎来的消息已经过三个人的转述，而且她也记不清确切的细节。我问她有没有信，她怔怔地瞧着我，手指在头发里抓上抓下。带着粗嘎的乡下口音，她说佐利有话要对我讲，接着打机关枪一样吐出一堆地名，我估摸那是她的行迹范围。

我一路疯开斯特兰斯基的摩托，发动机累得毕剥乱响。我停在柏树的拱顶下。借助一副旧的双筒望远镜，我注视着篷车后的佐利，她沿金属片滑拨小提琴的琴弓，这是她以前就玩的怪花样，用砂糖在金属上做出各种图案，一大群孩子簇拥着她，而我站在那里，我的双手似乎紧握着她的脖子，支架顺她的身体攀缘，绳子落上她腹部的曲线，于是我齐胸深地浸没在她之中，迷失了。

流言纷至沓来。即使我赎回一切，交给她，还是永远不够。她的民族没法挣脱重力的驱使。纵然潮流要将他们捧起，那种力量还是永远向下。什么时候实行还未敲定，但风声四起：大家更频繁地谈论第七十四条法规，流浪生活的终结，大遏止。有些人置之不理。另一些人则欢迎，他们想趁机填满自己的腰包，再自封为吉普赛之王，而这打算对佐利和她的民族来说毫无意义。

问题的关键是同化、归属、种族特性。我们要他们归入，他们却不要我们干预。然而不受干预的唯一办法是让我们了解他们的生活，佐利的歌曲就蕴含着那种生活。

我们骑摩托向东，去日利纳、波普拉德、普雷绍夫、马丁、斯皮什新村，与当地的官员会面。她在会议上讲传统和国民身份，讲由来已久的生活，反对同化。她说，她写下那些诗就是为了歌唱古老的生活，再无其他。她的政见是道路和草的政见。她俯向麦克风："不要试图改变我们。我们是完整的。我们是自己空间的公民。"官员们盯着她，木然点头。仅仅她的来历唤起了他们的一点期待——他们想要她待在吉普赛的果酱罐中。他们连连点头，送我们出门，保证站在我们这边，可谁都看得出恐惧使他们远离真诚。

周围美的力量也不能拯救我们：一路噼噼啪啪开过凹坑累累的路面，穿过山谷，在东面顶着雪冠的山群下跋涉，黎明时分小屋的灯光还盘桓在河边，蜉蝣之雾飘忽着。我张嘴，满满一口蠓虫。

我被钉在路途上。手指僵死。我们一爬上摩托，白天似乎就绵延不绝。佐利用扎伊达①毯卷了衣服背在身后，胸前打了两个结。排气管的烘烤已给她的左腿留下瘢痕，她却不停步：她涂抹自己的酸模叶制的泥罨剂。从城镇到城镇，从市政厅到市政厅。晚上我们住在外族激进主义分子的家中。甚至他们也沉默了。我忍着胸口的空落四处奔波。一帮帮戴红领巾的孩子在街头游行，大呼口号。喇叭的音量似乎被调高了一档。迢迢路上我们再搜罗不出言语。在各地的社区走廊，佐利从墙上揭下她的面孔，撕碎后装进口袋：吉普赛血统的公民，我们同舟共济吧。

在一座已变成旅馆的隐修院我们过了一夜。那里粗劣破败，塞满了塑料植物和廉价的招贴。躲在墙纸稀松一角的臭虫把我咬醒了。一大早钟声骤响，催工人们干活。我起身，在走廊的脸盆里洗胳膊洗脸，去给前台那个丰满的女人付账。她坐在扎眼的塑料椅上打量我，一脸兢兢业业的厌倦，然而一见佐利便直了身子，认出报纸上的人物了。

我们从隐修院开走，雨后的水洼中铺着颤巍巍的瘦影：移动的脚，窗子，一小块钢青色的天。照我庸常的想法，别处必定存在着更容易的生活。我和佐利为加汽油等了一小时。摩托对上学路上的孩子可是个奇物。速率计让他们着迷。佐利把孩子们扶上车座，任他们做出驾车的样子。她推他们向前，引得他们又笑又拍手，书包在肩上甩打，后来加油站的管理员把他们轰走了。

晚上我们抵达马丁，瓦赫河边的灰色小镇。旅馆拒绝给我们开房，佐利只好亮出她的党员证。即使如此，对方还是说仅剩下一个四人间。房间在顶楼，她总是避免住在楼上，除非确定底下没有

---

① 原文为罗姆语 zajda，一种背包。

吉普赛男人——时不时她会打捞起一些古老的方式,而据老早的血缘法令,在男人头上行走可能会玷污他们。她暗示会给那接待员施咒,这才弄到了底层的一个房间。接待员受了惊,疾走而去,带回一串钥匙。那种巫术她万不得已时才动用。她把背包掼在软垫上,我们便去见当地的官员——三个曾是神甫的文化督察员。

她感到那股潮水正将她席卷,她竭尽全力地举手抵御,但是第七十四条法规已成为流行词汇,在他们眼里吉普赛人是整个机械的零件之一。佐利恳求那三个官员,而他们含笑不语,神经兮兮地展玩着账本的边角。

"吃屎去吧!"她说完走到前庭,坐下,双手抱头,"或许我应该给他们唱歌,斯旺?"她朝地上啐了一口,"或许我应该摇摇手镯?"

她在当地市场碰见了一家罗姆人,有人放火把他们赶出了锯木厂,他们找不到过夜之处。她带他们来到旅馆,不包括孩子也有十一二个人,她向接待员保证他们第二天一早就走,他拉下脸,终究放他们过去了。进房间后我怕失礼,悬起一张床单当屏风。为了给她和那家人腾出地方,我抬脚要走,可是佐利和其他人全无计较。他们硬要我睡那张床。我脱衣时女人孩子噗嗤笑了。

临时隔帘落了一角,我瞥见他们在房间中央聚谈,那口音听得我云里雾里。好像是关于烧厂子的事。

将近拂晓时我醒过来,看见佐利爬出窗外。其他人已经走了。她拿着一块湿布回来,我猜是浸过露水的。她点燃一支蜡烛,放进烟灰缸,手拢住火苗,好像为我挡光。她俯身,乌发倾泻在前面。她用湿布一遍遍按压长发。用木梳一遍遍梳理,然后攒结,盘绕,编成辫子。天花板跳闪着影子。她蹑手蹑脚躺到最远的那张床上。

我站起来向她走去，她一动不动。她背对着我，露出脖子。一阵风吹倒了火苗。她任我的手搭到腰间。她说她挂念生活中的很多东西，特别是一种铜筋铁骨的声音，兴许它是从冰下钻出来的。我轻推她，吻她的头发。丝丝青草的味道。

"嫁给我。"我对她说。

"什么？"她对窗回答，不是提问，也不是惊叫，却渺远而深不可测。

"你听到了。"

她转身，越过我向别处凝视。

"我们迷失得还不够？"

随着那铡刀落下，她转过来匆匆亲我一下，而我简直感激她等了那么久。简单一句，却有斧子的利刃。她在我们之间画了一道线，我再不可能越过了。

佐利起身收拾行装。等她走出房间，我一拳砸向墙壁，关节格格响。

她在外面等。我得把她送到另一座城镇。看见我的拳头裹着毛巾，她掠过一丝笑影，有那么一刻，我恨她，恨她给自己的生活布下的荒凉。

"你得送我过山，"她央求道，"一想起那些隧道我就受不了。"

然而免不了要进入隧道，我们明白，而且我们可能一直会身处其中。我们急速驶入黑魆魆的拱道，慢下来，在异样的寒冷中磨蹭一会儿，感到正常之后猛颠摩托，逆着劲风向前。我们察觉出如豆的灯光，一丝生生不息的光线，我们越是深入黑暗，那光越是闪耀、灿烂，我们俯向把手，终于，像每个人，我们离隧道口近了。摩托碰向迸溅的阳光，我们顿时目盲、昏眩，等了许久才恢复过来，我们眨动的眼里物体逐渐清晰，而四顾尽是砂砾，砂砾之中，乱石堆积，乱石之中，垃圾，垃圾之中，灰暗的小建筑群，建筑之间和更远处，便是七零八落的灰暗男女，一片人的荒原——我们自己。为了不消沉下去，我们又一次闭眼，骑入另一团黑暗，另一个隧道，想象着稍远便有更璀璨的光，什么也不会推我们出轨，而那信念，像大多数信念，比真相更加贵重。

有什么要说？

斯特兰斯基留给行刑队的遗言："近一点吧，干起来容易些。"

毂是榆木的。辐条大多是橡木。轮辋取材于折弯的桦木，用销钉相连，再箍上铁皮。许多是彩绘的。一些满身缺口，斑疤狼藉。有几辆加配了铁丝。还有几辆受潮变了形。其余的历经数十年仍完好无缺。从河边，森林深处，田野村头，幽远的林荫道，它们被拖曳而去。成千上万辆。为销毁它们动用了锻工锤、双人锯、杠杆、轮胎撬棒、大头锤、风钻、刀子、喷灯。太费力时甚至用子弹。它们被弄到调车场、国营工厂、倾倒地、糖坊，而大部分则去了警察所后面的杂草田，在那里它们被重新戴上标签，经过一丝不苟的登记入档之后，被毁之一炬。宪兵们轮班，使火不熄。在乡村，人们三五成群，提着板凳聚拢过去。寒气凛冽的午后，工人们早早歇工，跑去观看嘶叫、呼啸的火海。气泡的爆裂声沸沸扬扬。火星偏移。橡胶喷出烈焰。铁箍发红，灼亮。钉子熔化。火势稍弱，人群赶忙倾洒煤油。有人从伏特加瓶和丘丘罐中豪饮，不时喝彩助威。警察站在一旁，盯着余烬寂静的通天之路。部队的中士凑上去点烟。老师们在火边开课。有的孩子哭了。随后的几天，在科希策、布拉迪斯拉发、布尔诺、特尔纳瓦、沙里什、波贝迪姆，政府官员们几乎倾巢而出，坐着吉普和小汽车巡视第七十四条法规的执行情况。只用了三天，辉煌的成就，我们的报纸和国家电台如是说，言辞慷慨、雅正，尽显社会主义风范：我们清除了他们的车轮。

当然，马匹也被征用，送到集体农场，不过许多形销骨立的老马只配进制胶场了，它们被就地击毙。

我在布拉迪斯拉发的小街上蹒跚，裤子后袋卷着《红色权利报》。我知道，我的体态具备了一种迂隐句法，如今我时时提防着，不会将自己全盘披露给宪兵。我待在家里，衬衫悬作窗帘。

佐利的库帕尼亚曾躲在离城不远的森林中，他们试图逃跑，却陷入重围，随即被赶入城市。他们称之为大遏止。其他的家庭加入进来，挤满了大街小巷。女人在前，男人在侧翼。浩浩荡荡的马车和儿童。狗频频猛咬，使他们井然成行。人们被麇集在新高楼下的空地。宪兵退去，官员们挥舞着文件上场。孩子们被送到当地的温泉浴场除虱，然后所有人排队接种疫苗。讲演纷至。我们的兄弟姐妹们。真正的无产阶级。历史之必然。闪电式的胜利。新时代的曙光。

旗帜招展。乐队的号声伴着佐利的男女同胞们走向社区中心——从此他们便在高层建筑中生活了。

我一个人在房间听广播报道：严肃而高蹈的声音谈着对吉普赛人的拯救，他们的跃进，他们如何永远挣脱了原始主义的镣铐。他们的凯旋表现了社会主义制度下我们的新气象。他们值得羡慕。午夜的节目在念佐利的一首诗，我没有勇气关掉。

我下了楼，啪地绷断摩托的前刹线，卸下链条，它零七碎八躺在地上。我在小巷子游荡，用手摸索墙上的地衣，踯躅在刻着苏联红星的大理石穹顶下。街角贴着蓝色布告，一栏栏反人民民主制度的犯罪者名单。我低头看多瑙河躁郁的扭转。公民们沿水边移动,没有动机,没有意志。如同观看一部默片——他们说话,却悄无声息。

印刷厂的新老板基塞利邪里邪气,是个街头小店式的人物。他手持写字板等着我。

我穿着一件系黑腰带的衬衫,别上斯洛伐克作家联合会的徽章,大着胆子走过加兰多瓦街。我一眼看见她在那儿,紧裹着印刷厂的重重阴影。她穿着那件大衣,滑落的手帕遮住了眼睛。我在她前面静立了片刻,用食指抬起她的下巴。她躲闪开了。听得见厂里的轰隆声。

"你上哪儿去了,斯蒂芬?"

"摩托。"

"怎么了?"

"坏了。"

她退后一步,又上前扯掉我衬衫上的徽章。

"我想方设法去那儿帮你,"我说,"他们挡住我,佐利。他们叫我回去。我一心想找到你。"

她推开印刷厂的门,阔步进去。基塞利裹着斯特兰斯基的衬衫,满身腌臢,脸色蜡黄。他越过机器瞅定她。"身份证呢?"他问。她不理睬,大踏步走到文件架跟前。海报的原印版在那儿,放在钢夹框里。她拿起来朝墙摔去。夹框在地板上一弹,哧溜一声,顶上了坏铅字箱。她又把它拎起,朝地上捶打自己的头像。

基塞利放声笑了。

佐利抬眼,向他脚边啐了一口。看他对我微笑,我打了一个寒噤。我把他拉到一边,哀求道:"让我处理吧。"他耸耸肩,絮叨着什么后果，上楼去了，穿过斯特兰斯基的彩色脚印。

佐利站在房间中央，胸部一起一伏。"他们要我们待在那儿。"

"你说什么呢？"

"楼房。"她说。

"暂时的。为了控制……"

"控制什么，斯蒂芬？"

"总之暂时的。"

"他们在广播上放你的录音，"她说，"我们的人听到了。"

"哦。"

"他们听到要出一本书。"

"哦。"

"你知道他们怎么想？"

我感到什么尖物犁过心脏。我听说过吉普赛审判，公之于众的罪责。法令如山。被放逐的人永远被放逐。

"如果你印那本书，他们会指责我。"

"怎么会。"

"他们会审讯。他们会宣判。瓦申科和长者们。我会受到惩罚。你明白吗？会惩罚我。可能会是这样。"

她朝我走过来，指关节顶着下巴。我们之间只隔了两块地板。她的脸苍白，几乎透明。"别印书了。"

"已经印了，佐利。"

"那么都烧掉吧。劳烦了。"

"我没办法。"

"谁说了算，如果不是你？"

她锐利的语气钻进我的皮囊。我哆嗦起来。我东拉西扯地找借口：不可能推迟出版，斯洛伐克作家联合会不允许。基塞利和我得严格遵行他们的指示。政府会逮捕我们，更阴险的事儿接踵而来。他们要推行定居政策，少不了那些诗。佐利是他们张贴的典型。她证明了政策有理有据。他们需要她。没什么办法可想。他们快改变主意了。她能做的只有等。

我把滔滔论据倾倒一空，站在上面，我如履薄冰。

佐利一怔，像撞了窗玻璃的鸟儿。她把我从头瞅到脚。霍地一扯脚边的裙褶裥，浅帮鞋尖踢地，她给了我一巴掌，急转而去。她打开前门，一片光移过地板。光蹦了出去，即刻她的脚步从外面响起。她一言不发地走了。

对我来说，那时的她才真真切切，不再是吉普赛诗人，理想的公民，苏维埃新女性，或者勾魂夺魄的异域风物。

斯特兰斯基太迟才搞明白的，我也明白了——我们侵扰她的独处，正是为了抵消自己的孤独。

那天下午我站在新的罗迈翁印刷机旁边。她的诗已经排好，可是还没印。我的手从金属铸模滑过。我放上活版盘。我拧了开关。金属开始滚动。暗淡而固执的韵脚。即使我有心，我也无法给它一个含义，轮齿咬合，墨辊旋转，我背叛了她。

嗡响与纸上的影绰糅杂，我听着，一边劝自己相信借助一本书，一本精装书，她仍有可能拯救她的同胞——他们不会指责她，或者驱逐她，她会成为他们的良心，我们这些人会倾听、理解，在学校研读她的诗，她会巡游全国，她的言辞会引领她的同胞回到路上，定居的那些人穿行于城镇而不受唾骂，她会把尊严还给他们，一切终将迎刃而解，既简单又不失文雅，而一排红奖章会别在我们所有人的胸前。

言辞的威力让人震悚。正名之后，任何行为都不会过于浅陋。

我干得热火朝天，大汗淋漓。记忆的鱼叉向我刺来。我看见越境之时打我脚掌的两个卫兵。他们坐在平板卡车后头，等待着。我觉得又一次和斯特兰斯基踏上那列火车，就要启程，突然，我听到手枪的两声脆响。

清晨时分，第一部分诗已印好，我抬头看基塞利办公室的亮光。他正透过窗帘窥视。他点点头，微笑着挥手。

我爬上楼，直奔切纸机，手中，她作品的重量。

看吧，心脏的旧家具在燃烧。我躺在此时此地，我的腿已大好，足以打消想真正好起来的心思。就在几天前，她被放逐之后，我出去找她。在特尔纳瓦附近的田地里我遇见几个农夫。他们说看见她向东走了。没有理由信他们的话——他们耕作着不再属于自己的农田，见了我神色忐忑。那个最年轻的说起话来直接明快，显得颇有学养。他在喉咙眼嘀咕了一声"西伯利亚"，又说最高的树上可以看到，我应该爬上去眺望一番。他往地里一铲，泥块扬过肩头。

我上了摩托，心想我会毫不踌躇地干这活儿：面朝别人的一块地，深深地铲进土壤。

真期盼我的最后一页能出奇地纸上生辉。可是我应该怎么做？原地朗读我的配给证？坐下来写一部革命歌剧？

我曾问斯特兰斯基黑暗时期有没有音乐，他说有，永远有，因为所有的时代大部分都是黑暗时期。他见过腐尸垒成的小山，他们不应声。

但是还有一些时刻我形容得出，而且念念不忘：我想念篷车四周参天的树木,车轮激起的竖琴的嘈嘈切切,她的库帕尼亚踏上路途时湖边挫身击空的鹰。我想念她绕着厂房的机器转悠,用手探一探墨渍,吟诵老歌,随时修改,使它们焕发生机。还有她经过每个陌生男子时捏捏衣裙的举动,被流年抹掉的她的步履里的轻跃,唱歌时脖子根的两块胎记的颤抖。我想念她说罗姆语时的湍流急转,她的一声"同志"饱满且让人如沐春风,我也想念那些诗,它们早已堆积在我的心底。

守着此时此刻就是被这一切笼罩。今后的日子也不会多透些光。我不去想象我的词句能收获什么共鸣。基塞利连着五天没见我的人影,昨天找上门来。他上下打量我,挤出一丝笑影,说着:"糟透了,儿子,你还有活儿要干。"

于是我撑起拐杖,向印刷厂走去。

捷克斯洛伐克——匈牙利——奥地利

一九五九年至一九六〇年

一

这条路荒芜已久。葡萄园,望不尽的松树。她沿着路边的草丛走,夹在泥辙之间,浅帮鞋已湿透,脚擦破了皮。微微一个转弯,她吃惊地发现一堵低石墙,一片幼树的尽头,一座小木棚。不见车马的踪迹。不见炊烟。她穿过树丛到了棚屋边,用力推门,朝里窥视。越冬的死草纠缠在木板的裂缝中。酒箱的残片,空水桶,枯叶。门从木合页松脱,不过弓形屋顶还结实,兴许可以抵挡风雨。

佐利在门槛犹疑,光影为她镶边。

角落一个裂开的水槽,龙头在滴答。她一拧开,水管又是吱嘎又是咕噜。滴水渐渐注满她的手掌,她一饮而尽,那么渴,周身都体会到落下的水流。

她弯下腰脱鞋。一层层皮撕裂,又耷拉下去。死肉附着之处疼得最钻心。她一只脚晃上水槽,孤零零的滴水却将污浊揉进伤口的更深处。佐利把隆起的皮推回原位,倚墙倒下,头枕着地板,凉意直抵作痛的下颌。

她睡得不稳,屋外的狂风暴雨不时把她惊醒,被摇撼的树木在翻腾疾走。屋顶的咚咚声听起来传自她童年时得到的一面鼓——她好像步入了鼓的空心。

从最暗的角落她听到蹿跳声。狭窄的空间那头，一只栗色的老鼠好奇地瞅着她。佐利嘘一声斥退它，谁知它又携着伴儿回来了。它坐在后腿上，舐着前爪。第二只向前冲刺，猛地刹住，尾巴叩击第一只的脸，身子懒洋洋画了一个圈。佐利拿鞋捶地。老鼠抽搐一下，折身，返身，可一听她往金属窗框上拍鞋，又急急溜进漆黑的角落。佐利在棚屋里摸索，搜捡些枯枝烂叶、板条箱的零碎。她搭了一个小金字塔，抖开打火机盖，手掌护着火引子，用嘴吹旺。老鼠又开始探头探脑，她把细枝做的火茅推过去，一个接一个，光的碎屑乱蹦。细枝末端徐徐焚烧，烫焦了木地板。

她等着，头沉沉地倒在墙上——她思忖，求生的愿望多么奇怪，多么简单，不要求健全纯洁，只需一点惯性之力。

早晨她在恐慌中醒来。老鼠不见踪影，她的脚边却有新鲜粪便的布阵图。

暗礁似的灰光向上耸动，弥漫了一窗。她的视线随着雨点从窗玻璃滑下来。剧烈的恶心一阵阵袭来。她用大拇指压压下巴，感觉嘴劈开了一般，颔部异常空阔。剧痛沿着上下颌传向脖子、肩胛骨、双臂、手指。她的舌尖抵住那颗牙，前后摇，等着牙根绷落。牙在牙床里晃，却不离不弃。她又一阵干呕，胃里空荡荡的。她暗想，我在路上三天了，什么也没吃。

对她的判决在三天前，代表会称她软弱无能，身心缺乏力量，他们以向外人出卖罗姆事务的耻辱之罪，判她终生污浊。

她琢磨着自己是否尝到了失明的滋味：眼前没有一物她想从中体会快乐，身后她愿意挂在心上的也寥寥无几。

事情来得突然，她没有质疑就接受下来。有人领她到帐篷中央,吩咐她站在那儿。他们察看她的头发里有没有金属,以防削弱他们的裁决。年长的法官们①围成半圆,坐在木箱和椅子上。五盏煤油灯也在他们面前绕了半圈。他们起身,召唤祖先的亡灵,灯光在他们脸上忽明忽暗,控词以波澜不兴的语调在每个人口中轮转。或交叉或并立的腿。缭绕的蓝烟雾。

瓦申科端立着问她是否清楚这些指控。他说,她背叛了自己的民族,泄露了他们的事务,令他们饱受动荡。他朝地上啐了一口。他那样子像桶里的止水,正在温文尔雅地衰朽。佐利捏了捏裙子前摆,掂量着嵌在褶边上的卵石。她讲起了定居、变动和昔日层出不穷的忧患,她反复吟唱之物,打铁挑水的人,烟的楔形文字,令皮肤紧绷的火,图案和折枝,木头倒地的轰声,路和迹象,山上的夜晚,脱胎于碎片的新的必需品,还有外族人怎样用词,他们的代表团、机构、规则,他们让她如何困惑,他们如何与黑暗同流合污,她还讲起手足之情、尊严、高层楼房、漫游,这一切怎样翻动亡灵的知觉,还有智慧,私密的乳名,只闪现一次的事物,她的外公,他怎样苦等、端详、沉默、远遁,他所信的,那信仰如今的面目全非,折返的水流,黏土滩,落雪,利石,他们如何只能称她为黝黑,纵然她已在白色物质里浸透。

这是她一生中最长的发言了。

帐篷里起伏着窃窃私语。商谈之后,瓦申科焦黄的手点起一支烟,钻研着烧红的那头。又一声咳嗽,紧随的寂静。他被指定发言。他袖子的链扣还是反光罩的式样。他沿指甲划燃一根火柴,乍一看手中生出了火。他坐着,拿木棍刮下靴子上的泥,拇指和食指

---

① 原文为罗姆语 krisnitoria。

紧捏着鼻头一擤，手往裤子上抹了抹，裤缝罗列着椭圆的银饰扣。他起身向她走过去，脖子上暴起青筋。他的嗓音成了累赘，因为她已知道判决结果了。瓦申科用手背给了她一个耳光。他打得有所收敛，但是戒指磕上她的颊骨。她扭过脸，僵在那里。

从此，没人和她共餐。没人和她结伴而行。凡是她沾手的罗姆人的东西一律销毁，马、桌子、碗碟等等不论贵贱。她死后没人埋她。更不会有葬礼。即使成了鬼，她也不能回来。不能出没于他们之中。他们不再谈论她，一字不提：她背叛了生活，她的状态比死更糟，非吉普赛，非外族，什么也不是。

佐利照命令闭上眼睛，瓦申科领她走出帐篷。她外公的呼吸跟随她：翕动中盛满岁月的繁响。其他的长者没碰她，反而用踏步声给她引路。所有的孩子被带进屋里。她扫了一眼孔卡的篷车，支离的轮子弄得车身七扭八歪。窗帘边角一颤，半个影子弹了回去。我要是把我的蠢行揉起来搁到你手上，亲爱的①，你一辈子都会弯着脊梁。其他的女人没一个敢瞧一眼：不让她们看，违令的也要尝尝拳头。

黎明将至，一缕薄云在东边的天际若隐若现。远处几间仓库，一些孑立的塔，丘陵的空茫向前铺展。没有哪个地方更像藏身之处。就在那时她迈步了。

早晨，她手扶门框站着，眺望坑坑洼洼的葡萄园，山坡上的梯田，背景前拦腰挂在喀尔巴阡山麓丘陵中的一片蒙蒙灰雾。她想，她已不习惯这么一尘不染的寂静了：仅剩风雨声和她的呼吸。她等

---

① 原文为罗姆语 Piramnijo，是阴性名词"恋人（Piramni）"的呼格。

着雨势减弱,一小时过去却不见苗头,她干脆抓过行李,系上头巾,闯入倾盆大雨。

她停了一会儿,揉出眼中的困意,咽下指尖那一小撮黄黏质。

临近那条路,她费力爬过通向松林的石阶。紧锣密鼓般的雨点从松枝滚落。她弯下腰,往裙子口袋里塞着脆松针、松果、枯枝,再一齐捆进她的扎伊达,朝棚屋方向走。

到了门道她把一捆东西掷到中央。她摇摇打火机——燃料大概能用一两周——她收拢酒箱的碎片,生起一团火。她将松果扔进蹿上来的火苗,等着它们爆开。她摸了一下浮肿的下巴,断定果仁会崩坏那颗坏牙,连根拔出来,没料到刚咬一口,门牙抖动了。

千万别让我的门牙掉了。别的可以,门牙不能丢。

她蹲下来吃东西,一边揣度着永远这么过会怎样:往返于森林和棚屋的两点一线,穿过空寂的荒地和无色的雨,吃松仁,守着噼啪作响的火枯坐;睡地板,滑进裂缝,在一片死寂中再次惊醒,陷入喑哑,陷入失忆,举目不见一个人影,让她的名字灰溜溜没入四壁,到底会怎样呢?

佐利觉得胃蠕动起来。她敛起裙褶夺门而出,直奔石墙。她扯下内裤,寒草扫过皮肤。她靠石墙稳住身子,一只胳膊蔫蔫地搭在石头上。肚子轻松了。一股恶臭。她连忙转头,避开污浊。

墙的尽头立着一只高大的棕毛狗,红灯笼眼突出。它仰头嗷嗷狂叫,抖着糊满眼屎的皱皮。

佐利提起衣服,刺溜上了墙头。石头刮过整个膝盖。她在烂泥里溅泼。等她踩上路面,狗正嗅着她的粪便和原封未动的果仁。

她裹紧大衣,离了棚屋一路急奔,鞋啪啪乱响。她翻过另一堵石墙,背靠着呼哧呼哧喘气。树丛间,燕子无声地挥着小剪。不见人家或马车。她定了定神,又一次拿湿草洗,手擦干净后,她跨上了石墙。

更宽的一条路,沥青路面,长而笔直。

雨停了,她踏着亮闪闪的柏油碎石,披上了盛大的冬日阳光。她的鞋嘎吱叫,蹭磨脚上的伤口。她想,我这个二十九岁的人走起路来已经像老太婆了。她用右手一碰胸膛,挺直了脊背。她的大衣又湿又沉,一个念头冒出来,简单得像一句家常——我应该把大衣搭在胳膊上。晕乎乎地,她摇摆到了路中央。周围全是一行行葡萄藤,集体农场的棚舍,随意耸入高空的远山。

她在转弯处停下来,回头看路面上模糊的一堆。一个东西,一个人,一具尸体,就躺在路上。她钻进刺灌木。我怎么会跨过一具尸体?我怎么可能毫无察觉?她继续往树篱深处挤,扑面的枝条交错。我竟然睁眼看不见一个死人?她等着一丝声息,什么都行——车声、枪响、呻吟——可是静悄悄一片。她的手指勾住灌木的纤枝,向外窥视:尸体俯卧在路面上,摊开四肢,黑乎乎的。

"白痴。"她大声自言自语。

佐利爬出灌木丛,腿灌了铅似的折回去捡大衣。那衣服凌乱地摊在路面上,一只袖子伸展,像是指着另一个方向。

她经过一个集体农场的大门时听到发动机的轰隆声。她潜入沟里的深草丛中。发动机越发响亮,不一会车队几乎从她的头上压过,满卡车年轻的捷克斯洛伐克宪兵让她吃了一惊,他们握着胸前的来复枪,阴影蒙面,脸颊像被小爆炸轰散一空。他们闷声不响。严寒中眼神钩住前方。她想,这些小伙子都被漫长的战争和截短的回忆折磨得铁石心肠。正是他们在路上押送我们,朝车轮洒汽油,把马赶到农场，在斯特兰斯基朗诵我的诗的那个夜晚，守卫在民族剧院外面。正是他们在我冒雪路过他们的全天候岗哨时朝我敬礼。其中一个曾在制服口袋里卷着一本《信条》。

开过的大部队泥浆四溅，坑洼中留下了轮胎印，她在一旁哆嗦着。

一声骤响让她心头一震：起初以为是枪声，扭头却看见数以百计的鹅从田间飞起，当空镂刻了一个晦暗的"V"字。

终生污浊，她反复想着。耻辱之罪。在佐利眼里，似乎突现这样一种可能：她行走于某种可怕的另类之境，并非与一切绝缘，被驱逐到这些浸湿的冬田之中，而是伫立在许久以前的那个地点，在写诗之前，印书之前，斯旺和斯特兰斯基之前，这一刻她也像某类人，相信躺上入睡时的确切位置才能延续美梦，因此，她也许能漂流到有歌无诗的旧日子，退入从前的平凡领域，先于聚会、讨论会、年会、指示，先于闪光灯和麦克风，先于首场演出和喝彩。她想，成为寂寂无闻的人，有耐得住空寂的心，盛得下空寂的身体，逃回万事不劳深思、无关紧要的时光。

她本意为好，为了突破繁星和天花板的界线，可是没做到，如今那些词句已经雕镂定形——成了明摆的事实。

我出卖了自己的声音，她想，卖给了权力的堂皇之理。

危险，禁入。她推开一块木板，朝里窥探。一座微型的混凝土神殿，只够跪着进去。宗教物什一概剔除了，祭坛的拱石也被精心钻掉。她搜索哪个公民可能留下的蜡烛头。两根灰羽毛点缀着垃圾堆，一只蜘蛛在梁上繁忙，正逼近网沿一片残叶的细舌。

她挤进去，托架砰一声跳出了木板。

她拣一块干燥的角落稍坐。祭坛的前壁画出一个十字,她手指触唇,再去碰十字架,然后头枕着扎伊达,在神殿的佑护中小睡。多少旅人踩过这冰冷的地板?多少祷语咒语?多少人哀求上帝实现二加二不等于四之类的心愿?随后,飞机的轰鸣把她震醒了。

外面的亮光刺眼。空中一道喷气式飞机的烟雾。

到了下午汗珠在她的额头上闪烁,一阵阵晕眩催她起身。我得找一条溪流一头扎进去,把高烧冲掉。可是沿路她听不到流水声,只有树间的鸟啼风吟。她上了一条柏油小路,边上一棵棵锯倒的树尸体似的叠成一堆。她向一辆大卡车转身,车轮溅起淤泥。喇叭厉声叫个不停。她纹丝不动地端立,而卡车来势不减。轮胎的摩擦声。护栅差点越过她,银色金属条,明暗交错。喇叭又炸响。她闭上眼,被气流吸紧了。泥点泼了一脸,车离她不到半米远,司机探出头大吼。她看着。卡车渐行渐远,转弯时一抹光从车顶最后一闪。

跨到车前面不用费吹灰之力,她想。

她又折回原路,坐在一棵高大的西克莫槭树下,从地上扯了一把萎黄的草摁住剧痛的牙齿。她脱下大衣裹到腰间,袖子相系。这件衣服是一年前斯旺送她的。他从布尔诺回来时带了一纸板箱的衣服,岌岌可危地架在摩托上。他买给库帕尼亚,甚至为孩子们挑了小尺寸的。他不明白她为什么拒绝,她说不想要,还不如戴着黄袖章,或者被警棍砸着背满大街转。斯旺坐在窗边的木椅上,显得懵懵懂懂。"可这个不是施舍,佐利,几件上衣,没别的意思。"说完他沉默了,敲着窗玻璃,浅色头发勾勒出他的脸。她穿过房间,说道:"我给孔卡的孩子一人拿一件。"他即刻露出喜色,在衣堆里筛选出合适的尺寸。"也给你一件。"他说着为她披上,触着她的肩又说他还寻见一批寄售的红衬衫。那时，想到整个库帕尼亚穿着一模一样的廉价红衬衫浪迹四方，她掩不住异样的笑。

然而，一度荒唐可笑的已不可避免；一度异样的，如今终成现实。

佐利觉得自己背着这个沙土色头发的英国人。不可能撇开他。她琢磨着在他的重负又把她拖倒在地之前，她还能走多远。一天早上，在印刷厂，他说她长得像他在照片上看到的一个俄国诗人：黑眼睛，高额头，头发往后梳，挺拔的身段，复杂的眼神。他带她到国家图书馆，指给她看阿赫玛托娃①，她却瞧不出什么相似。她总认为自己肤色暗，单纯，黑黝黝的。而照片上的俄国女人很美，白皮肤，沉沉的倦目。斯旺给她念了一句诗，关于见证普通人的命运。他问她能不能嫁给他，那请求天真得让她发愣。那时她爱着他，可是他不知道结婚根本不可能。终了，在厂里他都承受不起她的凝视。他还没印那些诗，但她清楚他会的。她还有别的期盼？当幸福毫无指望，幻觉总是更要紧。难道不是斯旺对她描述过一只大松鸡，一只被自己的求偶声震聋的鸟？我和他都受不可扑灭的鼓噪之需催动。要是我能早点醒悟。要是我能早点看清楚。

佐利揣度着斯旺这会儿是不是在找她。若是找，她想，他也找不到我。他将寻寻觅觅。他将追到天涯，徒劳而返，连名字都无影无踪。

她艰难地攀过一道门，来到山丘下一片泥糊糊的农田边，田里灌溉用的水管摊开在地。她盘算怎么穿过去：管道和泥淖的迷宫，尽头是带刺的铁丝网。庞大的混凝土套管稍微陷入泥里。看来唯有

---

① 阿赫玛托娃（1889—1966），俄罗斯女诗人。

踩在管道上方通过，用张开的双臂平衡。她滑了一下，淤泥没了脚踝，她噗嗤拔出脚，用管道的硬棱擦鞋，又跪下探进开口，朝空洞望去，想象她的呼吸绕田野一路徜徉，盘旋着返回。

"喂，吉普赛贼。"

闷闷的一声喊。她料定传自远处，可一声又起。她转身，大吃一惊。山上的树篱后，四个孩子蹲坐着窥伺。三个立即后撤，拔腿逃了，而最大的那个坚守原地，直视她。"喂，吉普赛贼。"他又叫。褐色头发，鼻头上粗粗一道雀斑。裤前满是泥点。他那盯视的劲儿多像孔卡家的老小。他穿的夹克肥大，再塞两个男孩都没问题。

山顶上，另外三个唤他过去。他射出一口唾沫，长长的弧线着陆时离她只有一米，接着他扭身沿斜坡飞跑。

他们会引来大人，佐利想。告我侵入。找来一个巡警抓我。取我的指印。查明我的身份。带我回城。把我放到我的同胞面前，挖苦我，羞辱我。再一次驱逐我。

她仓皇爬过管道，上了山，步履蹒跚。

木桩刮擦她的脚踝，她停在犁沟之中，抬眼瞥见木屋顶。我又在这儿了。我走了一整天，兜一个大圈，回到葡萄园了。换一个地方也一样方便。又是走啊走的一天，还有什么可干？没有。假如我的脚丫攥着一支笔，该画了多少壮观而无用的圆圈。

她磕磕绊绊过了幼树林子，推开木棚的门。地板上，前一夜生火留下的一小团印痕。她用渗血的鞋底轻轻拨开一块焦黑的酒箱残渣。一抹光在地板上微微闪烁，原来是镜子的碎片，不比她的巴掌大。佐利自忖怎么昨天没留神。她捡起来，擎到眼前，即刻看到颌部肿得厉害。整个右颊膨大，脖子也胀起，右眼几乎闭紧。我必须处理这颗牙。毁了它。拔掉它。

她发现角落有一只靴子,鞋带还完好。碰那靴子违反习俗,另一桩小背叛,不洁,禁忌,但她狠劲拉出鞋带,抖掉星星点点的干泥。她在指缝把鞋带摩擦得发热,又放到滴水的龙头下润湿。她把带子挽一个圈伸进嘴里,钩住牙齿,猛吸一口气向上硬拽,一边强忍下干呕。她觉得牙根从颌骨扯了上来。泪水夺眶而出。血从嘴里涌到下巴。她一把擦掉,头耷拉在肩上,闭眼又动起手。一片漆黑,似乎从无边际的虚空俯冲而来。

牙往上蹿,撕扯,顷刻间她看见小沃沃吉,狂热地靠着一棵树,钉子精确地插入手骨之间,他一闪离开,旋即又出现,还是狂乱的神色,而她使出浑身解数拖曳,他的小脸隐没了。

沿颌骨发出撕纸的声音,牙掉了。

早上她用舌尖触缺口。伤口很深,她考虑得把它烧焦封住,用打火机消毒。她起身接龙头的滴水漱口。从水槽捏起那颗牙,只见底部乌黑腐烂,牙根的纤维上血块凝结。

水槽紧挨的墙壁上,曦光晃着秋千。佐利细看那光线,它匍匐的样子像在呼吸,等另一条纤长的影子飞临光匣之中,她当啷一声扔了牙齿。

一个农夫站在田里,那条黏液糊眼的狗紧跟着。他的脸活像赫林卡卫兵:粗眉小眼,松垮垮的脖子。一只长麻袋平躺在他的脚下,猎枪紧靠着腿。他在高筒橡胶靴上敲了敲枪,又把它猛拽到腰间,向前迈出了窗子的视野。

佐利听到狗的指甲喀嚓响,还有入口处靴子的扭转。她等着他进来,推开门,枪口顶着她的脖子,在狗的瞪视下把她带走。就是那条狗，鼻子凑进我的屁里，她想着。她滑到地上，膝盖贴胸，竭力屏住呼吸。没有动静，她走到门口。手指摸到门框，她悄悄地推，等着枪的咔哒声或迎面嘭的一记狠拳。门转开些许，她躲在后面偷看。

点滴的善行呀，佐利暗想。

外面，农夫留下了两个面包卷，锡杯里半满的红茶。那么是不是有人喝过了？管它呢。她端起杯子抿了一口，一瞬间她疑心也许茶里投了毒。

她呼噜呼噜一下喝光，把杯子塞进裙袋，又拿起面包搁到唇边，吸着那股新鲜味。

从窗口已看不到农夫和狗。佐利撕了一大块面包放进嘴里，把它舔到牙床吸取残留的血。窗外，只有树和葡萄园的寂寥。她用衣袖揩过眉头。前额没汗，烧退了，而且从碎镜子看，脸也开始消肿。我昨天真的走了一天还是一个梦而已？她往衣袋深处搜寻，发现一粒松子，就放在手心转。宇宙的哪类机缘送我回到这个有面包有水的地方？高烧和路怎样妙趣横生地凝和才把这样的慷慨呈现给我？

农夫的面包已吃下一半，她将剩下的裹进扎伊达。突然一惊，想起了老鼠：它们会在布上咬个洞，啃尽最后一丁点儿面包渣。佐利一只脚蹬上窗台，把面包举到横梁上。她又用细枝推远些。没用的，她又想，老鼠经常跳梁追逐，她从前也见识过。她踮起脚，将面包拨弄下来，卷在她的头巾里，再花气力把这怪模怪样的一捆系在顶梁的铁钉上。

之后很久，她将借此回想自我：面包块、老掉牙的方巾，一起蹈空打旋儿。

几年前孔卡得了一个收音机,手摇曲柄的那种。收音机每回工作了三十秒不到,信号就减弱至无,然而某个雨天,下午过了一半,正当库帕尼亚在亚尔莫切克附近漫游,布拉格广播台的一段录音不期而至。他们暂且牵马到小溪边饮水。随着孔卡的丈夫转动曲柄,佐利的声音不绝如缕,每个人都坐着听,不时发出欢呼。

后来,马鬃在一旁甩动,最小的孩子博拉爬到佐利的膝上,问她怎么可能同一时间在两个地方,收音机里头和路上。她笑了,他们全笑了,孔卡的手捋过博拉的头发。那时佐利便知道这背后藏着道理:同时两地,电台和道路,不可能并肩同行。

当小的那只打着圈儿,触须抽动,她惊醒了。另一只跟来,水一样自如。鼻尖着地,它冲过地板与同伴接应,它俩越发目中无人了。佐利退到角落,往地上扔细枝,接着绕自己凑起三堆小火,向老鼠洞猛掷灼红的松针。

她琢磨着从外面看会是什么情形:小木棚在黑暗中幽幽明明,光的细矛尖在地上打滚。

晨光沿着窗台涨上来。绵长的积云被风中摇曳的树枝一层层切碎。她低头往身上看。裙子破了,膝上粘着干泥。她的脚仍旧布满血痕,脏得触目。她站着拎起裙子。不该这么做,太不端庄,她心想,可是有什么关系,我不是原来的自己了。她从内衣撕下一条白布,叠起来妥帖地铺在鞋里。她试探着轻步走动。Marime,不洁,但是很中用,她的脚享受起软垫来了。她又俯身慢慢拎起衣裙,这时,听到外面的敲门声。敲得不温不火,却让她闭住气。

只有外族人才会敲门。

她缩到角落坐下,看到下面的火印,展开裙子盖上。咚咚咚,这样又响了两回。咕哝和低语,接着一阵怪异的齐鸣,她先是以为枪响,后来辨出是狗的猖猖。门缓缓推开了,狗弓身跃入。它啪的一声被绳子拽住,冲她牙龈毕露。光扑散到木棚一侧,为门口的农夫和一个女人铸出了阴影。

女人握着猎枪,农夫守在后面。佐利奇怪他们逼近时怎么会悄无声息,这才明白狗刚才戴了口套:那玩意儿悬在农夫手上。

女人头发灰白,身子板结实,比农夫老得多。她穿的便服太紧巴巴了。乳房晃到肚皮上。她呵斥狗别叫。狗呜咽着,背上的毛翻滚了一刹那。女人环视四周,手指还勾着扳机。她瞄了瞄烧焦的残枝末节,灰烬的小圆锥,地板中央一只拉下的浅帮鞋。

她一脚踢退佐利怒放的裙沿,弯腰细查佐利的脸。

女人下巴的长汗毛,扩张的鼻孔,微瘠的嘴,烟青色的脖子,碧绿的眼睛窄小,像灯芯通过的油灯狭孔。

她斜了枪,抬起佐利的下巴。"我们这块儿有法令,"她说,"我们有宵禁。"冰凉的枪管抵着佐利的喉咙。

"你走远路吗?嘿。吉普赛人。我问你呢。能听见吗?"

"能。"

"走远路吗?"

"嗯。"

"去哪?"

"还不确定,同志。"

"你们很多人吗?"

"就我一个。"

"这头一场雪老是来得莫名其妙。"女人说。

"就我一个，只有我。"

"你不说实话我就叫宪兵。"

"我说的是实话。"

"我咽得下烫石头也咽不下吉普赛人的鬼话。"

女人转身向农夫打了几个手势。他朝佐利咧嘴一笑，拖步走了出去。短暂的昏暗之后，门嘎吱打开了。他手捧盖着餐巾的盘子站在门框下。他又是一咧嘴，俯身过来用盘子换猎枪。女人叹一口气，取掉餐巾，把食物摆在佐利面前的地板上：奶酪、面包、盐、五块家里做的饼干。一小团黄果酱堆在盘边，还有一些黄油。女人迟疑了片刻，从衣袋掏出一把刀斜放在盘沿。

"你不能待在这儿。"她说，一面抚平茶巾，那上面印着一座大教堂。"你听见没有？别待在这儿。"

农夫又一次笨拙地向外面挪身，带进来一只装在枝编物里的酒罐。他把罐子放在地上，脚一踩，用力拉了拉套狗的绳子。

"就这么点东西，"女人说，"快吃吧。喝点牛奶。新鲜的。"

农夫走到另一头，摘下吊在天花板上的鞋带和面包，目光又扫向水槽，金属排水口挡住了佐利的牙齿。

"我儿子不会说话，"老妇说，"他是个哑巴。你明白了？"

农夫目不转睛地看着她，嘴咧到耳根。

"他昨天回家胳膊抡个不停，硬要我相信有个女的在雨里走，我不信。可他一大早起来，忙着做饭。本来要打野鹅，他倒忙活起早饭来了。前四炉都烘焦了。上天啊。他从前哪里做过饭，破天荒头一遭，给他妈都没做过。给一个吉普赛人做。我捆了他一下。你看他多魁实。但还得吃我的耳光。不过你们这些人有一点还叫我欣赏。你们偷一只鸡，我们也就丢一只鸡。换了其他那帮人，闯进来把家里的鸡偷个精光,他们还不管这叫偷。你肯定懂我的意思。我老得学不会啥模棱两可了。我估摸他们因为这个能把我埋了。现在你快吃吧。那面包里可没订五年计划。"

佐利把盘子拉到跟前。茶巾的边缘皱了。

"你不饿?"

女人抬起身,抓住儿子的肘。"别打扰她了,让她在神的平和中吃饭吧。瞧瞧她。她需要安安静静的。"

"同志,我给你深鞠躬。"佐利说。

"我希望我们回来时你走了。"

"好的。"

"别再回来。"

"好的。"

"祝你一路平安。你可以拿走刀和罐子。要是喜欢,茶巾也是你的。"

"我吻你善意的手。"

"刚才不该动手举枪。"

她引儿子出了门,狗耷拉着脑袋跟随。没合上的门转动,半开半掩,农夫慢腾腾地回头看,斜着步子,枪在腿上轻叩。佐利想,怎样有趣的天意推着他的又高又滞重的沉默,让他来回了不止一次,而是两次?

他们走向一排树和石墙上的缺口,农夫还在脉脉情深地回望。他咧嘴笑着摊开手,掌心里翻转着佐利那颗牙的白与黑。

佐利注视着,母子的身影渐渐在土地上模糊。她拿起一块饼干。它的中心还存着温暖。她用手指蘸果酱。喉咙流过牛奶的汪汪凉意。黄油她单独吃了，一口气吞掉。她仔细缠好碎镜子的尖棱，放进口袋，再把刀子滑进腰带，拗了拗，好让它像个华而不实的挂件。她叠起那条茶巾，它的教堂刺透了假蓝天。她没拿走盘子。

她转头再看一眼小木棚——没鞋带的靴子，木缝间的伏草，焦痕——她触摸左胸。判决以来第一次，她感到一阵有力的搏动：她将回到城市，抹去痕迹，让身后空空如也。

她出发了，穿过石墙，上了柏油路，她突然觉得如果有一辆卡车呼啸而来，她无疑懂得闪避了。

二

松荫下，她跟跟跄跄走过小径，挺拔的松枝涌出阵阵悲声。她逆流而行，来到了晨雾蒙蒙中风蚀的红军桥。身后，长烟从远郊的工厂升起，更深处，远山此起彼伏。多瑙河闪耀，斑驳的油层浮动于河面。一艘运麦的驳船吃力地溯流而上，吐出一声震耳的鸣笛。

过河便是布拉迪斯拉发的老城：山丘上的城堡，烟囱，大教堂。

踩着煤渣和淤泥间抽出的野草，佐利从钢铁管道下一瘸一拐地出来，上了草丛茂密的堤岸。迎面的风料峭、猛烈。清晨的车辆轰隆而过，桥身随之摇荡。两个男人折腾着一辆出故障的小汽车，一个在后面，另一个在司机窗口，扭着方向盘。

佐利用头巾紧紧遮了脸。

到了桥的另一头，她在一小片水洼里洗了手，用灯柱上的海报擦干，那是一家俄国马戏团的演出海报，红黄两色，印着旋曲的西里尔字母。海报顶上，两个金发的空中杂技女演员飞舞着，凌空向对方伸展双臂。纸背后渗入的雨水膨起了她们的肢体。底下是演出指挥,一个火圈,一只跳舞的熊。我过去多么喜欢那些在围绳中间跳舞的熊,厚脚掌,威风凛凛,总是打老远来。戴着红帽,粘着粪泥,它们大摇大摆从特尔纳瓦广场穿行,蹚进教堂投下的阴影。音乐从杂耍艺人的彩绘盒子翻卷而出,铃鼓也击响了,我们嚷着要听最爱的歌儿:我有两个老婆,一个饮酒有度,一个烂醉,而我爱她们不差分毫。老人们钻出犄角旮旯,店主关了门,女人们暂别洗洗涮涮。广场四周挤满商人、警察、学童、小贩,一片熙熙攘攘。

她的指尖在海报上轻划,立即撩起了褶皱。

她从灯柱转身,穿过马路,走上铺卵石的人行道。刹车的嘎吱声扑来,一辆小汽车突然向人行道急转。她慌忙一闪。一阵泥雨。正是桥上碰见的车,喇叭嘟嘟叫,其中一个人侧身斜溜了她一眼。

"开到粪里去。"她见他们开远了,才静静地说。她抹掉颊上的泥浆。

地道里,赶早班的男男女女穿梭如织,足音跫跫。他们大多戴着兵工厂统一的蓝帽子,当他们走下来,顿时汇入这单色的川流不息。

过了广场,沿着冬日光秃秃的树木,她路过加尔顿酒店,穿黑大衣的秘密警察重步走动。踏进去的闪念让她悚然:银门把,巨幅绘画,镀金的框,斜边镜,旋转楼梯。这些圆柱、立柱、窗台的塑料植物,如今多么陌生。过去我走进前厅就听见一片欢呼。他们叼着烟,乜斜着眼,和颜悦色的女人们点头悄语。总是觉得他们对我视而不见,目光穿过我,急于和任何人待着,除了他们自己。他们吸烟的样子好像借来的假模假式。从地毯走到砖瓦地面,曾经多大的喧哗。我的心扑腾直跳。找斯旺,找那张亲切的脸。为了不让我紧张，他总是提前几小时就到了，一边等待，一边用帽子拍着大腿，口袋里卷着一份《红色权利报》。

隐隐的凄楚蚀心，她远离了酒店，登山进入老城有拱顶的短短小巷。一条横幅挂在灯柱之间：节约粮食是公民应尽的义务。横幅在微风中扑打扭动，等她走近，另一头吧嗒断了，行过屈膝礼，它落地委靡在卵石路的水洼中。她迈过那句口号，继续走，手追随着墙上的地衣。

这儿更静，更暗：光从物体中退去了。

她沿布满辙痕的小路走，裹着阴影，专心躲开那些宪兵。稍一松懈，他们会拦住她，扳起击铁，盘问她，看她大衣的泥，踝上的血殷色，再把她押到最近的岗哨。翻过灰封面，详查党员证凸起的印章，指纹，种种细节：169.5厘米，黑眼睛，黑头发，相貌特征左眼弱视，下嘴唇右边2厘米长伤疤，下巴有浅窝，诗人。她以前签名都画三个叉，那些眼睛雪亮的总要问个究竟。即使回答，她也只是耸耸肩，引得他们更加吹毛求疵，穷追不舍地问："你是诗人怎么还签三个叉？"常常要等到无线电确认才结束僵持："白痴，她是诺沃特娜同志，让她走。"

经过老城区一座隐修院剥蚀的墙，鞋在卵石上吧嗒响。院内早被捣毁一空。香、彩绘玻璃、蜡烛留下怎样的残迹？窗间镜背后的红宝石碎火怎样眨动？她抬头望建筑上方，木结构屋顶下有许多窄窗。一只只鸟在窗口扑簌，翅膀折拢，几秒之后又展翼高飞。

细雨中，她看到一群男孩迎面站着。他们一脸的自在和漠然。一排尽头的那个男孩用脚尖扒弄一只鸽子的尸体。白皮肤，红衬衫，头发剃成平顶。他提脚一射，鸽子飞翔了片刻，拖着细羽的飞沫闷声砸在卵石上。佐利把裙褶拉到一起，从它身上迈过，心急遽蹦跳。她听到背后的一声口哨，随之而来的脚步声。

鸟儿击中她的后脑勺，她都没有回头。

经过民族剧院的大理石台阶和刻凹槽的圆柱。路面上雨点紧了。她几乎听到斯特兰斯基向密密层层的人群朗吟她的诗。灰色的套装，雪白的衬衫硬胸，举起的帽子。掌声阵阵。高喊中她的名字响彻屋梁，听起来却不真实，似乎是录好的声音，揿下看客们背上的按钮才发出的，她的名字只是他们例行的公事之一。而她给他们鞠躬，迎接喝彩，和他们宴饮、握手，容许他们的惊讶，毫无微词。她寻思，在有人认出我，又一次因为我欢呼胜利之前，我还能在城里逗留多久？还有多久他们就会叫我排队为我拍照，就会索要另一份声明？愿地狱之火降到他们头上，他们别想再让我开口，让他们吹笛玩火蛇去吧，我再也不会低头哈腰了，决不。

她绕过剧院一角，经过铁栅栏，冬日死寂的花园。公寓楼房里，皱缩的女人们在高窗之后呆望，身体没入砖墙。接近路障，她冷不防停下步子：四个宪兵正扫视街道，警棍嘭嘭擂着手心。来往的车辆压低了轰隆声。宪兵挥手让几个行人通过：那些裹头巾的姑娘大大咧咧，一身肮脏的白制服。佐利弯腰整鞋，其实已习惯了脚上的狼藉。她等到宪兵在一辆黑色小汽车前扬手，向两边的车窗倾过身去。悄悄呼吸。放松。轻手轻脚。穿过路障，她提醒自己不要回头瞥。

"喂，你。"

一个年轻的士兵在卵石上敲枪托，喊声怒气冲冲。"去哪儿，大婶？"

"不去哪儿。"

"不去哪儿？"

"就是那边，过了商店，同志。"

"怎么说不去哪儿？"

"就是往那边走一点。"

"证件。"

她打开结，从背后扯出扎伊达，故意在包袱里东翻西捡。"呸，臭屎。"他说罢堵住鼻子。他用靴尖狠狠踹了一下那团布。"快走，女人，滚远些。"

她背起包袱，锡杯直碰她的脊梁骨。我朝你呸，她暗想，你凭什么骂我脏？你凭什么问我去哪儿？她绕过街角，朝排水沟啐了一口唾沫。巴黎，你个傻瓜，我要去巴黎。听见没有？巴黎。她憬然不解为什么这个城市蹦入脑海，然而她捶打左胸。巴黎，我要去的地方。巴黎。

坡路上头她又慢下来，胸疼得厉害。一溜忘收的衣物从加兰多瓦街这头挂到那头，湿衬衫迎风鼓动的样子像等人安居其中。过了几个仓库，便是印刷厂，她从树下走过，紧随阴影。她已经闻到油墨味，听到墨辊声。她觉得一阵天旋地转。

这会儿斯旺在里面，她想，在透不进光的窗户后面印政府宣传画，脏手指，歪衬衫，机器在周围运转。向受迫害的美国黑人兄弟致敬。声援埃及。捷克斯洛伐克人民支持非洲统一。同志们，让我们为扫除文盲和愚昧而斗争。

还有那张，上面她的脸被动过小手脚，眼睛不再弱视：吉普赛血统的公民，我们同舟共济吧。

楼梯顶上，她抓住栏杆，停了一会儿，轻快地走过公共走廊。翘曲的地板，剥落的灰泥面。霉味和尘埃隐隐约约。她抬起脚尖，抹掉脚步的嘎吱声,扭动门把,门转开时小心地退到后面。

房间已和斯旺融洽一致:暗色的亚麻油地毡在墙脚打卷,床头柜上的白镴罐里剩下一半走了味的丘丘,饱经风霜的窗框格格作响,多种语言的马克思、恩格斯译本。葛兰西、拉狄克、维果茨基①。一些书已没了书脊,另一些重新缝合起来。孤立的墙钩上挂着一件邋遢的衬衫,褪了色,毫无个性。地上蜷着橙子皮,陈年酿成了琥珀色。三把火钳,却不见火炉。角落一大堆从布尔诺买来的大衣。为了探头看四层以下的街道,斯旺给小窗配了一截链条。

从楼上的房间渗下晶体管发出的音乐,沉闷慵倦,扎满了蒸汽输送管的杂音。

她哗哗翻动桌上敞开的书——德莱塞、斯坦贝克、林赛——又匆匆扫了一眼斯洛伐克语译文,纸上蝇头细书,墨渍斑斑。她霍地把书推到桌下。书页腾跳落地。桌下放着从印刷厂搬来的四只箱子。她吃力地拖出来,把它们翻了个底朝天。一页页斯旺的作品。好多期《信条》。几本布拉格的不知名刊物。几封信。一本研究杰克·伦敦的书。一册马雅可夫斯基的诗集。当深夜我俩在厂里工作,被散落一地的铅字包围,多少次我听到这个名字?他们反反复复引述那些诗,笑声朗朗。我肚子里欲望的空洞,又添了另一个空洞,瞧瞧这耻辱。那时我喜欢凝视他,沉醉其中,一切似乎稀松平常。他的举手投足,他倾斜的肩膀,又轻又急促的嗓音。那些诗行把他和斯特兰斯基连接起来,后来我的歌也如此,你一句我一句,他们反复引用歌词,信手拈来,篡改,赞叹,据为己有。

---

① 拉狄克(1885—1939),俄国共产主义政治家。维果茨基(1896—1934),苏联心理学家。

她将另一只铿锵碰着桌腿的箱子硬扯了出来。玻璃的爆裂声。佐利旋过身去,窗子却安然无恙,门口没人,走廊静悄悄的。她又转身,觉得一股冷意流过手指。她低下头,一时犯糊涂了。指甲和指头展在眼前,蓝色,一瞬间她像盯着别人的手。她扶正墨水瓶,捡起散热器旁零落的玻璃碎渣。幽暗的液体漫流于地板和嘶嘶响的管道之间。

佐利在地板上抹手,木头上起了墨色花纹。她的指印爬满薄纸板、桌子、书。她往地板中央倾倒最后两只箱子。更多的期刊和译文,别无他物。她仰头看从天花板垂下的绿墙纸的愁郁花瓣。眼球剧痛,深水游泳的感觉。她缓缓站直,手指给瓶子碎片钩住了。她吮出碎渣,浓烈的墨水钻入舌根。斯特兰斯基,她想起来了。布德梅里采。游丝的冰冷掠过她的脊梁。

她踢翻了桌子,随即注意到靠墙一只带铁碰锁的黑色纸板衣箱。她的诗在里面,整齐地摞成一堆,用粗橡皮筋捆扎,分别写着罗姆语和斯洛伐克语两种音标。较新的那些诗的纸面挺括,棱角分明,而久远些的已发黄。好吧。它们就要灰飞烟灭。

她蹲坐在衣箱上。录音的日期、城镇名、田地和营地的方位都被认真地标写下来。以残片,以断痕,我创造着必须。斧子入林,木柄不说"我归来"。漫漫忧心路,空蒙处处递增。他们折断了,他们折断了我褐色的细胳膊,现在我的父亲他泪如雨下。她恍然想起,这是她受到判决以来第一次阅读。

她走到水槽那里,把诗堆在排水口上,擦动旧打火机的钢轮。彼得宽大的拇指沿钢轮蜷曲,慢慢生出火苗。烟从烟斗盘旋而出。他盯着斯旺。日子从他体内慢悠悠溜走。咳嗽。他就要离世的预感,幽灵。四处漫游,东躲西藏,等着斯旺,想着他,回味他拿手指捂住我的眼睛。

蹿起的火焰燎她的眉毛,她退后一步,从水槽提起纸页,又扔进一小叠。火狼吞虎咽。她用小叉子翻起纸沿,让空气流通。她猛吸着打卷焚烧的诗页发出的气味。小片灰烬浮游飞落。佐利在地毯上踩灰烬,碾出一团团黑渍。

窗外,寒冷中的城市节奏如常——电车疾驰,公共汽车尖叫,单调的雨对着窗玻璃劈面打来。佐利低头向小街望去。周身突然奇怪地一颤。所有的会议,所有的演讲,所有去工厂的访问,行列,工人的欢庆游行,典礼,都没了,烟消云散了——只有这是我的,这焚烧。她朝屋内回身,烟充斥鼻孔,浓郁,紧凑,香甜。她从衣箱捧起更多的诗,大叠大叠地烧,火苗继续,从黄到红,再现出蓝色。

我的牙,她边想边幽幽一笑,那个哑巴农夫一路攥着我的牙,瞧那样子。

佐利把打火机放回衣袋,热气透向她的皮肤。她梳理头巾下的几缕头发,摸到耳后一个细小的东西。鸽子的白羽毛。她摘下来,让它飘落。午后那会儿像过去很久了。当鸽子砸中她的头,她一时间猜想着它是否还知道,虽然死了:她立即觉得这想法多余,徒劳。

她闭上眼睛,一边贪婪地深呼吸,一边转向门口。"该死。"她吐了一句。

磁带。

她回来搜索房间。两把伞,三只打火机,一只鼻烟盒,一只肚中撑船的瓶子,一小块亚麻花布,一套苏联像章,一打皮书签,一只俄式茶炊,一只英式水壶。一个男人怎么有这么多没用的东西?

她在床下的纸板盒中找到了磁带——那上面也琐细地标了日期，盖了印。

第一卷从她手中滑落，顺地板拆散，又长又亮，随处飞出光斑，似乎她的声音要钻进角落。

在路上的时候，斯旺总是小心翼翼把麦克风擎到她嘴边，搅得她心烦意乱——其实他的接近令她微醺、震颤，激起她的活力——让她心烦的是她的歌曲被一台机器捕捉和组装。他放录音给她听，太异样了，好像另一个佐利爬了进去。机器还俘虏了别的声音，木棍在地上敲，火柴一划，门框嘎吱叫：简直透着鬼气；真实时间中她从未留心的事物骤然生出分量。有个夜晚她趁着烛光写道，小河载着从不与目光相遇的水滴——那是她最糟糕的诗，连斯旺都觉得索然无味，还暗示离资产阶级情调不远了。

让他见鬼去吧，她在心里喊，他的手停在半空的架势，他的辩解，挨了我的耳光后他刺人的目光，好像他应该震惊似的，还有在厂房他结结巴巴的样子，说什么尽了全力，这一切统统见鬼吧。让他见鬼见大水去吧。

磁带陆续旋出来，她用一把厨刀割，先折叠，然后蓦地一切，像是取小动物的内脏。

十五卷磁带。

外面，天空承着严冬的重量，越发黑沉沉一片。佐利把最后一卷拿到窗边，磁带从她手中展落，顶着风雨旋转扭曲。它的尾巴被上升气流绊住，凭空飘浮。

总算和这些歌告别了。谢天谢地。

她抛下最后一卷，磁带盘飞过庭院，啪一声碰到对面的建筑上。街上传来一声喊，接着是小孩惊喜的尖叫。佐利探出窗外，看见一个小女孩把磁带拉在身后。

就在这时,走廊响起脚步声。什么敲击着地板——棍子,或者手杖。她环视一周,瞅见那堆大衣,就踏过翘棱的地板,将自己遮盖起来。真可笑。荒诞。我应该大义凛然走出去,从他身边经过,一声不吭,形同陌路。滚你妈的,斯旺。我要信步下楼,从你眼前消失。回头一望诅咒你。她在大衣的重压下扭了扭身,突然想起了不久前的斯旺,那是在漫游路上,他们发现了一架儿童钢琴,一起用钢条修踏板,用椴木代替琴键。他们在篷车顶的大钩上悬起钢琴,于是它开始弹奏道路,流出每个坎、每个弯的音乐,而斯旺走在后面,向前伸出麦克风。

门把一转。靴子踩在钉头上,散热器阀嘶嘶叫,脚步发出橐橐怪响。手杖。他定是拄着手杖。

他细看房间,喉咙里一阵支离破碎的响动。木盖被掀起,又砰地砸下。碗橱的门开而又合。床垫悲戚戚扑倒在地。斯旺说了一句英语,生硬,粗声粗气。佐利被恶心攫住了,手指紧握,脖子僵直。她忆起他的手搭上她的屁股,她背靠树皮,他用食指绕她的头发,他脖子根强烈的气味,汗水,油墨。

斯旺吧嗒一声甩上门。她走到窗口,瞥见他正绕过街角,一只拐杖撑到一边,沙土色头发倏忽不见。那么,他拄着拐杖,她想。一长条磁带缠着他的脚踝,被他拖过雨水。

那是我的诗。属于我。永远成不了你的。

她转过身,发现自己的照片贴在他刮脸用的镜子一角。她取下来撕碎。床上,一只打开的银搭扣的红木箱子映入眼帘。周围是零乱的文件,一块揉成团的手帕。她等了一会儿,俯身掀开木盖,注意到一层板斜向一侧:假底板。下面,一块金表。

他说，不能坐等事成。事情得动手塑造。斯旺预见中的世界以浩渺的虹彩之形升起，而每个人在底下仰望，惊叹。他想抓住一切混混沌沌和整齐划一的东西，为之塑形。他不停地抓挠头皮，所以在印刷厂他的头发与正印刷的海报色调一致。在咖啡馆，他对人们打量的目光浑然不觉，照旧端坐，帽子下斑斓着黄蓝红，双手差不多全黑。他生怕自己讲起话来不够像斯洛伐克人，而他为此耗尽了心思，听工人说话，模仿他们的口音，在他们的横幅下阔步前进。渐渐地，他的论点更加敏锐有力。就像亲眼目睹一块木头的雕刻过程，她迷上了这种奇观。库帕尼亚的一些男人能随手凿出勺子、碗或者熊——至于斯旺，他会时不时冒出新的想法，呈现给她，似乎那是触手可及之物。

他曾建议她在外时永远抱着一本书，以此击溃他们的成见。即使她没读过，其他人也会注目。这就够了，他说，先让他们瞧瞧你在读书，然后用写出来的东西把他们镇住。

就好像书可以阻挡屠杀。就好像书的作用大过竖琴或提琴。

门道的拱顶垂下红天鹅绒拉绳，末端的流苏摸起来冰凉。开门的是一个穿绣花连衣裙的女人，脚跟拖鞋，头上包着蓝网罩。她朝门外探出身子，瞅了瞅小巷深处，猛地一下把佐利拉了进去。

"我有些东西。"

"我不做买卖。"女人说。

一束孤悬的光透过黑乎乎的小屋，落上排列着大瓷盘的橱柜。

"我外公来过好多次，"佐利说，"斯坦尼斯劳斯。你听名字就知道了。"

"我真不懂你在说什么。"

"那时候不是在这里,不过你知道这名字。"

女人抓住佐利的肩膀,推她转了一圈,低头盯着她的脚。

"我也有上好的马牙。"

"啥意思?"

"我来这儿卖东西。没别的。"

"你们那些人会要了我的命。"

"那也得等你把我们全榨干净了。"

"你这吉普赛人怎么嘴巴这么蛮横。"

"我没什么可在乎的。"

"那你走吧。"

佐利从容不迫地蹭到门口。门把手格格响。街上一片寂静。身后传来那女人的嗓音,一声,两声,这次拔高了,但清清楚楚:"要是我感兴趣,你能拿出什么来?"

"我说过了,最好的。"

"这话我听得耳朵磨出茧了。"

佐利吧嗒一声关上门,打开用斯旺的床单做的大包袱。女人佯装漠然,长吁了一口气。"知道了。"她说。她抖抖钥匙,领佐利穿过许多个镶着暗色护墙板的房间,来到后面的客厅,只见一个留胡须的男人坐在高脚凳上,脖子上荡着小罐子模样的挂饰。他一个人在玩塔罗克纸牌。他收了收西装背心里的肚子,大刀阔斧地一挥,扯出手绢擤了鼻子,又把手绢塞进口袋。佐利看在眼里,厌恶得周身发颤。

"什么事啊?"

佐利把斯旺的无线电收音机放在凹痕纵横的柜台上。珠宝商低下头，揿了揿按键，拨了拨调谐度盘。"破烂。"他说。

他又细看一个画框的底面，下唇噘了起来。"你白糟蹋我的时间。"

"这个呢？"

她在柜台上亮出斯旺的金表，展开表带。

珠宝商捏起脖子上挂的单片眼镜，端详那块表，抬头瞅了佐利两眼。桌上搁着一把黑色缟玛瑙柄的弹簧小折刀。他弹开表壳搭扣，探究内部的运作，一个刻度与齿轮的小宇宙。他把表扣上，交叉指头，在桌面上摊开手掌。"值不了几个钱。"

"我可不讨价还价。"佐利说。

"这都是英国东西。"

"我要两百。"

"我卖不出去，都是外国玩意儿。"

"两百，"她重复道，"不低于这个数。"

珠宝商气鼓鼓地说："一百五。"

他打开抽屉上的锁，取出一只长长的皮钱包，慢吞吞地点钞票，在木算盘上摆出噼里啪啦的样子来。他又点了一张十克朗，咧嘴笑着说："看来你急着用。"

"价钱太亏了。"

"那去别处吧，女人。"

"没处可去。"

"哦，这么一看，这不就是好价钱了？"

他从桌上推过来钞票，把钱包放回抽屉，钥匙一拧，咯咯低笑几声，奔到分类账本跟前，登记入项。他站起身，双手钩在身后。"那么？"他说着挥舞手绢。

等珠宝商颠着一身肥肉出了屋，佐利已跑到半路上。她听见他的鞋在湿路面上啪嗒啪嗒响，他的大声咆哮。

她冲向闹市，沿街集市的生意已近阑珊。人们叠起蓝油布，折起桌腿。几条瘦巴巴的腌制鱼在冰床上躺着。六只土豆堆在称量机上。佐利在桌台之间急转弯，穿过集市，拐进小巷，原路折回，又绕过两个摊位，躲在一只黄色大货箱后面。

从市场那边传来珠宝商的叫喊。蹲在阴影中，四周弥漫着垃圾刺鼻的气味，她喘不过气来。她抬头在金属沿上睃了一小会儿。一个系白围裙的粗壮菜贩在土豆后面示意她低下身去。

过去我的头发上老戴着金币，她心里想，我们守信，我们不偷东西。

珠宝商最后几声沮丧的叫嚣飘入耳中，但是她没动，直到认定他走远了，她才站起身，轻拍大衣，她的新小刀的玛瑙柄立刻应合着。她啪地弹出刀刃，用大衣的线头试一试：锋利，磨得很尖。

佐利寻思着，人要是摔倒，绝不会倒在半道上。

大雨滂沱，在地上敲击，迸流，沿街席卷了垃圾的小筏，向排水沟槽喷涌。河边，桥上灯火的吉光片羽。更远处，高层楼群的剪影，库帕尼亚就定居其中。楼里又断电了。佐利猜着自己能不能等到来电，八栋楼同时亮起的一刹那是那里仅存的美。多年前斯特兰斯基告诉她，唯有诗歌能够捕捉人类意识中真切的恐怖，但是她即刻质疑，她认为诗歌的明灭正如楼层的灯火，不多也不少。

此时的楼群显得弱小不堪，她觉得简直可以拿起楼层，随意置换。

她落汤鸡一般在桥墩下拖着重步。她在裙子下穿着一条斯旺的旧裤。为了舒服一些，短袜塞进了他的靴子。背上的包袱兜了他其余的东西。摩托的响声钻入夜幕，毕剥开远了。身影从沿河的雾中浮现——任何一个都可能是斯旺。他的腿伤怎么回事？跌倒了，挨打了，摔下楼梯了？往日在河边，他的手指顺着她的肩膀滑，下巴贴着她的脖子，埋头于她头部的阴影，眼睛盯着岸上狼的爪印。

她哆嗦，诅咒，沿水边移动。背上的包袱淋透了，步步加重。

她绕进塞德拉尔斯卡街，走过建筑工地，停在地上的一堆红砖跟前。她用脚尖滚动一块砖。多少次身处同一条街，同样的建筑，路面同样的裂缝？她走向嵌着两扇大观景窗的低矮建筑。黑着灯，阒无一人。她凑到窗边，手指滑过玻璃。窗框那么大，玻璃中心都在轻颤，颠跳。她一瞬间之内伸臂又抽回，所以当玻璃裂成蛛网，碎散而下，她手里还拎着砖头。

最后一粒碎片丁当收尾，寂静顿时淹没了她。

两个年轻工人出现在街道另一边，看过来，死盯着。她猜想他们眼中的情形：一个包头巾的女人穿着肥重的大衣和男式黑靴，趁着夜色从斯洛伐克作家联合会的碎玻璃窗边抽身而去，不过，现在还有什么可怕？他们可以捉住我，为所欲为，直到地狱冰封，我都不会滑向他们。

她在河滨影院的雨篷下小憩。玻璃窗后的海报印着一个金发女人和一个绿衣男人：*最美好的随明天来临*。佐利发觉玻璃上的影像，于是冷眼细瞧着她头巾下歪斜的头发，溅满泥巴的脸颊，因缺少睡眠而发黑的眼圈，颧骨下的皮肤如抽了丝的袜子一般。她低头看斯旺的靴子，滑稽的棕色重家伙，长长的鞋带，闪烁的孔眼。

有斯旺在身边，总是傍晚预示着光亮。走进昏暗的穿堂。上楼。经过墙皮的水渍。空气因香烟的迷雾而稠重。斯旺会点亮打火机,为他们引路。穿过双开式弹簧门。几个人回头。斯旺乐于设想他们踏入了酒馆的地盘。奏国歌时他们起身,接着坐上硬靠背椅,等眼睛逐渐适应。顷刻之后最初的涟漪闪现,白色的小火山口,黑压压的发际线,耀眼的光斑,随后色彩喷发而出。她感应到他松弛下来,等着影像活灵活现:蛇形栅栏,肥皂和一盆水,鹿涉过吹积的雪堆,手拢着威士忌酒杯。最让他吃惊的是所有的电影都拍于捷克斯洛伐克。之后,他们在街上漫步,她会挤入耍枪酒馆假想的门,娓娓而谈野牛出没的空旷的西部平原,禁酒会的女孩,《温内图的故事,系列一》——她毫不怀疑斯旺看她的劲头超过看银幕,他嘴巴微张,一直发呆,直往她身边凑。

多么遥远,佐利心想。

牛仔片。

清晨,她穿过电车轨道向河边走,城市上空已经亮了。一条锈迹斑斑的渔船从宽航道费力地颠簸而过,拖着一缕烟雾。她爬上通往大桥的长坡,包袱压弯了背。佐利盘点起她的全部家当:一百六十克朗,缟玛瑙柄小刀,一条床单,两条毯子,一件大衣,短靴,一条斯旺的裤子,三件衬衫,一把木梳,一双厚手套,一只锡杯,一条茶巾。

有人在大桥钢构架的涡旋里插了一束花。佐利倚着打蔫的花茎,低头看河水。风吹过河面,浪自远岸弹回。我应该把什么掷入水中,或者爬过栏杆跳下去。下巴裹着方巾。展开双臂。默不作声。坠落。裙子飞上头顶,击破水面。湮没于深处。激起一束洞开的飞沫。

她旋即识破了这个想法:它属于外族,空虚、可悲。她不允许他们这么草草打发自己。

我多么愚蠢。我与他们同坐，带着感激亲他们的桌子。他们承诺不打搅我们，却不守信。多么古怪，受她压根理解不了的人们的欢迎：宴会，小别墅，宾馆聚会，他们在会上谈起她时滔滔不绝。他们的伏特加、鱼子酱、甜甜的面疙瘩。他们从我身上抽取锦心绣口的缎带，把我捆扎起来，接着准许我沿着绞架的斜面小走几步。绞索，活板门，控制杆。

佐利昏头昏脑地停在桥上，俯视河水，在倒影的眩晃之中她恍然大悟，她根本没有烧掉自己的诗；还有许多印刷本，在厂房、工会所在地，甚至泽莱纳街的大小书店。她所做的仅仅是焚毁了原文，为其他的版本注入了力量。

佐利缓步下了桥，站在交叉口。向西是楼群。向南是路。她双臂紧贴腹部，胳膊肘捧在掌心，又猛力驮起行李，一步一拖地走过一排红色垃圾桶，从带刺的铁丝网上的一个洞钻了进去。拖拉机一早开动。混凝土搅拌车。铁皮棚周围的汉子，滑溜的黄夹克锃亮于灰色的晨光之中。一人俯身搅壶里的咖啡。她移过去，没惊动他。楼房大多住了人，仍有三栋正在建造。雄伟的实验，他们说。他们要把最好的给吉普赛人——仿佛四万人可以揉成一团，变为单独一个搏动的机体。自来水，开关，暖气。

你加紧冲向亮光，只加速了黑暗，她思忖道。

佐利又猫腰穿过铁丝网的另一个洞，停在长长的一堵墙下，离篷车不远了。许多马车星罗棋布，仍被库帕尼亚簇集起来。至少他们没烧掉这些车子，只毁了车轮，她想。

她身体前倾，卵石硌着手。

方形枯草地上，篝火已经把几辆马车圈了出来。火光的唱针转着空气。一两个朦胧的身形从乱影里游进游出。那么，已有人弃掉楼房，揭了地板，降到地上，烧了本该搁在脚底的东西。小胜利。顺墙远远望去，有人挨着混凝土楼房搭了一座披棚。锈蚀的铁皮顶，从单元房拆下的木地板，还有一个橙色的公路指示牌。她眯眼看。正在慢进度施工。木板上挂着被褥和军用毯。沿墙是乌七八糟的杂物。一个女人跪着，用抹布擦洗脏地板。她周围几个孩子还在睡觉，盖着缝合的毯子，黑糊糊看不出形体。里面，一盏煤油灯在装货箱上立着，长桌由三块板拼凑而成，灰烬磨暗了油灯的光。那么，这就是他们如今的生活状态：笛形玻璃上的煤烟。

佐利紧缩在墙角，眯眼远眺。一辆废轿车的骨架旁，一条狗的遗骸展露泳姿，看来车烧毁不久，好像有人死在里面。营地尽头，有个孩子滚着桶箍，他身后，一个男人站在火边。佐利一看帽形就认出是瓦申科。格拉科提着煤油灯。米莱娜、约拉娜、埃利什卡还有一两个孩子都醒了。不见孔卡。

她的手掌越发攥紧了卵石墙，重力压在一条腿上，向外斜着胯。她渴望放开另一条腿，迈进营地，但是她知道，此时此刻她和他们之间的距离，永远将她隔绝。她细细看着摇曳不定的篝火，几张嘴巴之间游转的香烟，红光的无辋之轮。我愿意放火烧了我的一切言词，只要能再一次步入那种氛围。她换了脚，从墙边缩回去。

几个孩子越出火边的圈子，向着墙飞奔。他们打哪儿来？他们被赶了多远？她的脸扭向斯旺的大衣领，用下巴顶着。我这样销声匿迹，孩子们怎么说我呢？

楼群之上，一辆黄色的起重机赫然挥臂。它停顿了一会，让捆扎物在半空振荡急转。它岿然不动，接着又运作起来。佐利提起扎伊达，在身上绑紧，钻出铁丝网。

走在外面，她觉得自己刚刚从铺满铁蒺藜的田地上拖过整个身体。

躲藏源于古老的语言，这一次，他们却没有躲好。下雪，田野被闪闪的磷光触碰。皑皑白雪衬得他们越发鲜艳，不费什么周折就被认出了。宪兵开着摩托和轻型汽车。他们从田里跋涉而过，展开新法令的复印件，一听到瓦申科说他们不想走，便朝后一站，显出猎奇一般的神情。宪兵们还以为法令很受欢迎。你们有房间、暖气、自来水。一切灵丹妙药。他们朝地上啐口唾沫，对无线电嘟哝："他们不肯来。"很快一个高级官员坐着黑色大轿车到场了。他叫瓦申科过去，接着叫佐利。她触了触篷车门上的一双鞋拔，穿过了田野。狗在警车里吠叫。她坐在轿车内，后座的暖气拂过。

"我们不去。"她说。

官员涨红了脸。"我受命行事，"他说，"没别的办法，会流血的。"听了这话，一首西班牙语诗歌闪过她的脑海。

"特别是你，"官员对佐利说，"你一定要知道，那可是全国最好的公寓。你不想交战吧。"

她一言不发。多么古怪，一边舒舒服服陷入皮软座，一边听那个词远离了诗歌，远离了书页。流血。

"你们可以和我们一起坐车。"官员继续说。他转向瓦申科，他两手握在仪表盘的通风孔上。"你也来，"他说，"和我们坐在一块吧。这里暖和，同志。"

佐利用罗姆语嘀咕了一句咒骂，甩门出去。官员摇下窗户，瞪眼望她。老远她还能觉出他的愕然。

外面，旷野里，孩子们正嬉戏。冰袖刺着舌尖。瓦申科过来，站在她身后。

"我们去,"他说,"和平解决。我叫他把宪兵撤走。还有他们的狗。"

她心里猛地一沉。仿佛她已经消失了。她明白要发生什么。瓦申科打着唿哨。埃利什卡出来站在篷车的台阶上。她传递消息。孩子们欢呼,他们蒙在鼓里,还以为要去探险。一阵阵雪在静寂中回旋。她走向自己的篷车,等着。

砾石路上靴子滞顿的嘎吱声。一团阴影掠过地面。她观察起一只燕子的飞行,看它从高楼俯冲。它停落在沿地面纵伸的支杆上。棚舍的一个工人雅腔雅调地跟她打招呼:太彬彬有礼了,她心里清楚。她身后,一阵咕哝和压低的唿哨。汽车渐稀,有轨电车隆隆驰过。裂开的混凝土路面任烂泥滋生,高楼从背后隐去。

向着郊外,愈见车辆寥寥,人烟稀疏,中午刚过,她躲进一座铁皮老棚子的荫蔽中。

看见路尽头走来四个人,她吃了一惊。先是不成形的小团,随着步履清晰起来——三个孩子和一个女人,提着桶和小包,出来搜罗一切可吃的东西。佐利从步态认出了他们。孩子们像又小又黑的磁铁绕着女人。两个窜到沟里,又冒出来。一种喊声。身影仿佛透过毛玻璃隐约浮现。他们头顶,小队的鹅群鳞次栉比,发出一声声遥远的长唳。一个孩子冲到路边一排柳树下,不一会儿,三个小家伙都被拽到孔卡的裙边。

一阵恐慌扼住了佐利的喉咙。她依稀闻见自己的身体散发的强烈气味。

孔卡和家人近了。红头发,白皮肤,眼睛之间的雀斑,鼻子上的伤疤。

佐利眨巴一下眼睛。身上更臭了,她排泄了。

第一个是博拉。射来的唾沫先闻其声。溅到脸上。她不擦。她站起来,胸部一起一伏,心脏冲击着肋骨。耳朵里一声咆哮,一种崩裂。从来没有这么呆立过。第二个孩子,玛格达,迈着轻而从容的步调走过。这口唾沫不作声也不恶毒。它落在佐利大衣的肩部。悄声咒骂,简直像道歉。佐利听见小女孩慢慢转身离开——当然,她的脚不好。末一个是老大约雷斯,凑得很近,她觉出他的气息喷到脸上,一股杏仁味。"巫婆。"他甩出一句。他的胸腔发出棘轮一般的推进之声。齐发的唾沫打中了她的眉心。

又一声咆哮从路边传来,叫孩子们过去,那嗓音的顿挫她多么熟悉。佐利一动不动。她等着孔卡。头脑中图像联翩闪过:小山上奔跑,赤身穿衣服,毯子下疯笑,童年的一切东西,横贯湖水的冰,一篮子蜡烛。镇定,她心里说,镇定。还是没动静。不挪寸步。小心失足,被卷下涯际。

等佐利睁开眼,路上起了薄雾,微光闪闪,后面却没有欢闹,没有轻漾的回声。她感觉痰沿着脖子溜下,她一把擦掉,俯下身,湿淋淋的指头拂过草叶。孩子们的味道在手指间。

孔卡没啐唾沫。

她没有穿过路来,她没有诅咒我。

至少有这个。

差不多足够了。

不远处,路边,佐利突然停步,凑过去碰一个马口铁罐头——里面装满了谷粒和熟透的浆果,一旁盖着一片完好的肉。手指伸到嘴边,她吸着孩子们的味道。我不会哭的。自判决以来我只哭了一次。我不会再哭了。

她弯下身子，拾起路边的罐头，在下面发现了一枚从孔卡的头发上截下的硬币。

三

日子在雷霆万钧的空白中流逝。冬日的天空迅疾。一阵阵轻快的雪花在脸上破碎，融化。她朝着小河下了陡岸，太阳擦过薄冰。千姿百态的水晶将河边的草丛银装素裹。她到了水边，靴子套在手上，敲裂了冰面。她拿一根棍子拨开冰块，手指在水面一划。

深吸一口气，她将脸扎入水中，颧骨顿时麻木了。

她小心翼翼脱下袜子。水疱已经发硬，伤口都没有化脓，但是临时绷带和皮肉死死粘在一起。佐利把脚一点点探入水灼烧的冰冷之中，试着剥掉残存的绷带。皮随之而去。接着，她在一小团火上暖脚趾，弄平撕裂的皮，处理伤口。

空旷河岸的冷寂中，小鸟赶来觅食，她观察它们飞向哪棵树，哪些残留的叶子，哪些冬生的浆果，然后也去采集零星的食物。泥浆里，她发现一只死麻雀。习俗严禁吃野鸟，但这时候习俗除了是个飞不起来的老家伙，还能是什么？她用削尖的细枝刺穿那只鸟，在低沉的火焰上烤，来回翻转，第一口便知道了吃这个遭罪，陈朽，腐烂，毫无用处。可是她饿急了，拿牙狠命撕开，舌头舔过心脏曾跳动的地方。

小而黄的鸟喙躺在掌心，她翻手，让它跌入火焰。

她蹲在火跟前，因她的打火机满怀欣慰。她想，我千万得节省着用。燃料快没了。小火不惹眼。可以凌驾火上，引着热浪蔓入身体。小火不理会宵禁。

她觉得胃蠕动个不休,到了深夜,她盖着斯旺的毯子辗转反侧。

她起身时头昏眼花,树上挂着太阳铮亮的圆盘。一只大个头的鹗从松树上打量她,长曲颈纹丝不动,只有眼珠子转悠。松枝像是为它量身定做的,蓝与灰融合得天衣无缝。鹗腻烦了似的转身,长脑袋荡到一侧,啄一啄羽毛,懒洋洋地飞入森林。

少顷,鹗停落在岸上,嘴里叼着一条鱼。佐利悄悄挪到火边,沉住气抽出半根木柴,掷了过去。没打中鹗,不过木柴连颠带跳,在冰面擦碰出一簇簇火星。鸟回望她一眼,丢下鱼,展翅从芦苇上夺路而逃。她跛着脚去收鱼;这一条不比她的巴掌大。

"你至少给我捞条大点的。"她放开了嗓门喊。

她被自己的声音唬住了,异常清晰,脆得掉渣。她匆忙四下看一看,好像会有人偷听。

"你,"她又张望着四周说,"一条大鱼才不小家子气。听见没有?"

她一边添柴加火,一边喋喋自语。吃了白肉,舔净了骨头,她又把脚浸入河水。再过一天,脚丫就灵便了。我可以走个不停:长路,延伸的栅栏,电缆塔。什么也别想把我套住,我自己的嗓音也不能。

几天前在路障附近,巴黎无缘无故掠过脑海,显得稀奇古怪,现在这念头又回来了,佐利在舌头上掂量着这个词。

"巴黎。"

她把它舒展开,声音砌成宽广而优美的林荫道。

第二天早晨她往斯旺的短靴里堵上袜子,在踝部垫了干苔藓,沿着河岸进发，一边还守候那只鹗，巴望着它以泰然自若的威仪出现，挥洒庄严之举——飞临河上的浮冰，或者从密林间喷薄而出，但是四面凝然不动。

她发现一截末端多瘤的橡树枝，捡起来试作手杖。木棍在她的高身板下哈腰，又被她挥在空中。

"谢谢你。"她对虚空说，然后用她的新手杖铿然行路，在晨空中呼出一团团白汽。

巴黎。荒唐。要越过多少边境，多少瞭望塔？多少宪兵森列在带刺的铁丝网之后？多少路障？她又尝试巴黎这个词，随着时间流逝，它似乎在她周围的万物中扎下根来：巴黎在树枝间，巴黎在道旁沟泥里，巴黎在一边侧击一边碎步撤退的狗的身上，巴黎在远远开过田野的集体农场的拖拉机的红色之中。她守着这份滑稽，守着老调重弹。她喜欢这个词给双唇的压力，随着步履发现它一声声帮自己一无所想，它有节奏地击空，推她向前，一种走私货，一种以其无形、不可能、诡异而与她步伐一致的重复，于是，她熟谙词的头一个音节何时与脚跟、后一个何时与脚尖精确落地，她这样向前走，声与步珠联璧合。

在幽静的十字路口，她分辨出一辆车的小点，一辆摩托向她开来，金属从老远闪烁，她躲了起来，背贴着阴湿的壕沟。

摩托低吼着冲过。那是斯旺，从他倾身的样子，从捆在车后的拐杖她就知道了。她起来看他在崎岖路上颠簸，穿过光影交错的小区域，为避让一只野兔急转了一下。小动物跃到田里，耳朵支棱着，像被这次邂逅给逗乐了。

"你找不到我。"她对消失中的背影说。当发动机的突突声沉入远方，她拿手杖狠狠地敲地。在她看来，如果不是斯旺，在这片寂静中她几乎可以边走边睡了。

在乡村的微型市场，她买了一块肉，一些奶酪，一个面包。"同志，"年老的水果贩问她，"你们很多人吧？"水果贩瞅着佐利，只见她抄近路穿过一块田，又原路折回，转弯抹角，进而弄清没人跟踪。

到了夜晚，她在离小村不远处碰见了一座烧毁的营地，没有如尼文符号，只有跌跌爬爬的恐怖之象。

她猝然停步。那么，因为这个他们问我。印迹仍旧随处可见——复生的草丛，车辙，木桩留下的孔，为灭火急忙垒起的土。营地周围有一道之字形的轮胎印，靠着树，孤单单一辆焚毁的马车，丢了轮子。一个轮毂被推入土壤，而其余的——辐条和辋圈——烧得涣散在地。一个铁轮箍，熔化失形。帆布烧化后的碎片僵在焦黑的木板上。辕杆刺入泥地，似乎卑躬屈膝地认了输。佐利碰了碰木头。其中一块落地，发出微弱的喀嚓声。一台收音机的黑空壳躺在马车一角。从地上其余的迹象，她看得出那些人试图把不套马的车子拖进森林，但不出几步就放弃了。没有遗骨或武器的痕迹。

佐利撕开残留的帆布，用小刀划出一块。再没有什么可回收的。她触了触左胸，垂下头，走开了。我们向往过的一切，她思量着。到头来面对的一切。

离营地不远，她把帆布挂在树枝间准备过夜。天黑时她确信自己听见一个东西绕她的帐篷踱了半圈。狼或鹿或驼鹿。不可能是人。人不那样转圈。她坐起来，拨了拨疏落的余烬，扔了些叶子。火苗从漆黑中蹿起。她从斯旺的衬衫袖子上撕了一片布，点燃了，拿焚烧的碎布绕着她的帐篷。

膝盖贴着胸,她一直坐到清晨,后来一个湿点子把她从瞌睡中忽地碰醒了。大片的雪花悠然坠落。连天气都像存心戏弄她。

落雪中的树枝发出熠熠黑光,白纸上的木炭画。乌鸦在枝上麇集,又黑云一般腾入空中。她看得出,附近的树丛里,一道白眉毛勾在焦煳的马车上。

"赐福吧。"她大声说。

一声回答划破了清冷的空气。也许是林间的风,也许是跌落的树枝,但紧随着另一声,支气管重浊的咳声。佐利赶紧收拢东西,用扎伊达捆了。结霜的叶子在脚下喀嚓响。

听到人声了。

她慌忙掉头。

两个穿洛登厚呢上衣的男人在林间迈着重步,斧头扛在肩上。他们刹住步子,其中一个撂下斧头。他们冲着冒雪跌撞而逃的佐利齐声喊。细枝鞭打她的脸。脚被裸露的树根绊住。她栽了跟头,撞上了伐倒的树干。她又爬起来,但男人在她上面,弯下腰,低头看着。一个很年轻,脸上朝气蓬勃。另一个胡子拉碴,戴着破眼镜。年轻的那个斜眼撩拨她。她在雪中转身,诅咒他们,那小伙却盯着她不放,一脸的兴致盎然。年长的过来搀她,不料被她咬了胳膊。他向后一跳。她用罗姆语朝他们吼叫,小伙子便说:"我跟你说过这儿有人。昨个晚上。我跟你说过。我感觉出来了。"

雪中她急速后退,手攥住了一根木棍,但小伙猛地一脚踹开了。

"我打赌就是她。瞧瞧她。"

"扶她起来。"

"你瞅这恶毒眼光。"

"唉,你的毒眼才叫人恶心。快扶她起来。"

"我打赌就是她。瞧她的大衣。"

"闭嘴。"

"她想拿棍打咱们哪。"

"扶她起来。"

他们一同弯腰抓她。佐利的双脚一使劲陷入雪中,她向后倾斜,但是被两个人攫住了胳膊,再挣扎也徒劳了。他们拎着她穿过树林,走了好长一段才来到一个林中空地,那里两头驴在一座小木屋前平心静气地踱步。

昨晚的响动原来这么回事,佐利想:驴子呀。

小饼状的雪从屋顶滑下,扑簌簌着地。剥去皮的木头堆放在木屋周围。一部切削装置靠着墙。附近,一辆手推车。雪地布着脚印,压瓷实了。这儿不止两个人,她想。

她朝地上啐了一口,小伙子说:"她想法给咱们念咒呢。"

"别犯傻。"年长的说。

进了门,男人敲掉鞋上的雪,引她坐上一把椅子。空气里充斥着汗臭和陈烟草的气味。八张木板床用螺丝固定在墙上,屋中央一盏熄灭的灯在鹿角吊灯架上悬着。地板是平坦的河石。某类劳改营,她琢磨着。要不就是偷猎者的窝。她看着小伙子闩上门,将门的最下面踢严。

手摸进口袋,她拨开玛瑙柄小刀的刀片,沿大衣袖子滑,食指触着刀尖。

年纪大的扭身走开,向炉门猫下腰。他打开后用木棍搅了搅。火焰跃起,炉子接缝绽出橙色,一粒火炭落在他的短靴上。他提腿踩掉，取出炖锅，拿同一根木棍搅饭。羊羔的一条后腿像短外套似的挂在火炉上面。他用刀身一推，一长片直奔锅中。

"在这儿你碰不见啥好事。"那人说。

仿佛要让他的话立竿见影，小伙子开始解腰带。他从环里把它抽出来，在空中劈啪震响。他的裤子结着泥块，滑到了脚踝，不过他一直背对着佐利。他的内裤呈现污垢的灰色。她把刀滑下手腕，闭上眼睛。一阵撕心裂肺的咳嗽越过房间。她抬头见那人蹬上了另一条裤子。他系好腰带，眼神变得峭刻。他用脚尖击散一堆锯末的小圆锥，走过来，擦过她的身边去够桌子上的水杯。

两根指头捏着杯子，他拎起来喝。她知道，杯里啥也没有。

"你叫什么名字？"

她向后滑椅子，但是他又一次挤着她凑到桌边。他身上一股树脂味。

"你叫什么名字，吉普赛人？"

"让我走。"

小伙子砰地甩下空杯，朝她倾下身子，真奇怪，他的呼吸发出林间薄荷的新鲜味道。那么他熟悉森林，她暗想，他不好愚弄。她把刀片轻轻推回衣袖，手腕的柔肤刮过寒气。

"孔卡。"她说完马上后悔了。

"孔卡？"

"埃莱娜。我跟我们的人一块。"

"现在叫埃莱娜了？"

"宪兵来的时候。"

小伙子咯咯笑。"真的？"

"家里人给带走了。我们剩下的人照新法令被赶到城里。狗撵着我们走。他们强迫我的丈夫扛着涂漆花的大木箱,我们所有的家当都塞在里面。"

她迟疑着,揣摩他们的表情——毫无表情。

"一只涂漆的大箱,"她说,"他把箱子掉在路上。雨发酒疯一样砸下来。每个人都滑到泥里。那些狗,白森森的牙,真该让你们见一见。狗撕咬我们。狗从我母亲腿上撕下一大块肉。宪兵拿棍打我们。我的伤疤还在。他们松开皮带。我的孩子叫狗咬了。八个孩子,我以前有十一个。我们的家当都在箱子里。我所有的首饰、证件,一切都塞在里头,拿旧麻绳捆着。"

她又停了一下——只瞅见小伙子脸侧微微一抽动。

"我这会儿从城里来。为了找箱子。八个孩子。三个死了。有一个在柏树林的湖边踩上了电缆。融雪的时候,他们搞错了,一个劲用铁锹挖。以前有十一个。"

"一个游击队?"小伙咧嘴笑着说。

她掉过头,盯着年纪大的那个,他正用指关节捋平眉毛。

"现在我们有栖身之地了,"佐利说,"电灯随时照明,自来水哗哗流。新指示对我们有利。好日子眼看来了。领导对我们蛮不错的。我就想找到那只箱子,就为这事。你们看见过我的东西没?"

年长的一脸倦容地从炉边挪身,端了一碗撒着小片羊羔肉的麦糊,坐下来。"你撒谎。"他说。

"蓝漆箱子,银搭扣。"

"作为吉普赛人,你扯起谎来还不大出色。"

光线爬上来,满窗浮动——她注意到没挂窗帘,这木屋没有女人收拾。她让刀尖在屈拢的手指上顶得更紧了。

"你叫什么名字?"小伙子又问。

"埃莱娜。"

"谎话。"

年长的俯过身来，灰眼睛，神情严肃。"有个男的骑着二冲程的佳娃在这一带转。一个英国人。他在找你，说你失踪了。说他到处找遍了。我们在林子的路边碰见他。他想带你上医院。他自己那样子倒像是应该住院，拖着一条断腿东奔西撞的。胡子也有一阵子没刮了。他说你叫佐利。"

他沿桌面把麦糊滑过去，但是她不碰。

"我确实想找到那只箱子，里头有很多贵重东西。"

"他说你个子高，一只弱视眼。他跟我们讲你穿着黑大衣。可能还携带一块金表。把袖子挽起来。"

"什么？"

"把你他妈的袖子挽起来。"小伙子说。

他跨步过来，一把撸起她的袖子，从手腕直到胳膊肘。刀子哐当掉在地上。他踏住刀子，捡起来用拇指试了试刀口，朝年长的转过身。"我跟你说了。昨个晚上。我他妈跟你说了。"

年长的朝佐利凑得更近了。"你认识他吗？"

"认识谁？"

"别把我们当猴耍。"

"手表的事我一点不知道。"佐利说。

"他说那是他爸的东西。名贵表。"

"我不知道你在说什么。"

"他要给摩托加油。他不大像危险分子。斯洛伐克话讲得怪有趣。他还想说自己是在这儿长大的，也不看对谁说话。那么，他说的是真的吧？你怎么取了个男人名字？"

佐利的目光落到小伙子那边，他用刀子刮胳膊上的汗毛，为那锋利劲儿打了个唿哨。年长的脱下帽子，举手之间含着温存与怜悯。他的头发灰白，潮乎乎地贴在头皮上。当他俯身向前，她留意到他的脖根晃着小圣牌。

"我外公给我取的，"她终于说道，"那是他父亲的名字。"

"那么你真是吉普赛人？"

"你真是伐木人？"

年长的笑了，用指头敲着桌子。"要我怎么说呢？我们按平方米得钱。"

她思量着，这便是犯人的劳改营了。他们一年四季待在这里。最低的安全保障。从早到晚，对着木头分类、测量、砍伐、称重。

她看着小伙子起身走到门边，从挂着的一条裤子里掏出防水雨布。他解开布上的绳，拿出一副扑克牌，顺桌子推给佐利。

"算算命。"

"什么？"

"不要摆出见神见鬼的蠢相。"年长的说着把牌掀下桌面。

小伙子从地上拾起来。"来吧，给我们算命。"

"我不算命。"佐利说。

"这地方越来越荒凉了，"小伙子说，"我就想听听我的命运。"

"闭嘴。"年长的说。

"我只是告诉她这地方荒凉。不是吗？咱们实在孤单。"

"我叫你闭嘴，托马斯。"

"她值一笔钱。你听男的说了。他说会付钱给我们。你说……"

"闭嘴，让她清静一会。"

佐利的目光追随年长的，他走到小书架前，取下一本皮封面的册子。他回到桌边，翻起封面。"你看得懂吗？"他问。

"见鬼！"小伙子嚷着。

"你会读吗？"

"会。"

"看他妈的老天面上！"

"现在你在这儿。就在这儿。地图旧了，看上去属于匈牙利，其实不是。这是匈牙利，沿着这边。另一条路，这里，是奥地利。他们一瞅见人影就会开枪。成千上万的兵。你明白吗？成千上万。"

"明白。"

"要穿过去，最好的通道是这条湖。只有一米深，湖中心也是。边境就在湖中间。湖上没有巡逻船。你不会淹死。你可能吃子弹，但你不会淹死。"

"这里呢？"

"以前的边境线。"

他合上书，朝佐利俯过身去。

小伙子来回瞧，好像他俩之间架起了一种他压根不懂的外国话。"啊，妈的，"他说，"这人值钱。你听他说了。有酬金。"

"把刀子还给她。"

"放屁。"

"把刀子还给她，托马斯。"

小伙子叹了口气，让刀子滑过地板。佐利捡起刀，从坚石地板退到门边，往下拉门把。锁着。刹那的恐慌攫紧她的喉咙，但年长的随即朝她走去，向上一扭门把，门开了。一阵寒风。

"有件事，"他说，"你真是诗人？"

"我唱歌。"

"歌手?"

"对。"

"一样的,不是吗?"

"不一样,我不这么看。"她答道。

三步,刺骨的晨光之中。

年长的伸出手。"约瑟夫。"他说。

"玛丽恩卡·博拉·诺沃特娜,"她顿了顿,"佐利。"

"这名字有趣。"

"也许吧。"

"我能问你一件事吗?我有些纳闷。我觉得见过一回你的照片。报纸上。"

"可能。"

"我只想问问……"

"什么?"

"你怎么落到这一步?"

他朝她的身后望去,目光杳远,她明白了这个问题不要她回答,其实他在自问,或者有个自己的旧影站在远处,林间,令他疑惑,过一会儿,当斧柄在他的手中吃力地转动,他又会问:你怎么落到这一步?

"还有更糟的事。"佐利说。

"我想象不出,你呢?"

"我也是。"

"喂,"小伙子说,"那英国人要是回来了,我们到底跟他说啥?"

"说啥?"

"嗯。"

"或许,"佐利说,"你可以给他算命。"

山顶上,她四面眺望——布拉迪斯拉发和它的楼群早已隐去,地平线上渺无痕迹。寂静在天际之间回荡,她喜欢。有些天,她走了很远,一路只听见自己的衣裙窸窸窣窣。

一个孤零零的农舍里,她在谷仓之后蜷伏,听着。她一直走到窝棚边,解开搭扣上的绳。几只皮包骨的母鸡从木板条后直愣愣地看她。她探进胳膊,其中一只从箱子里跳腾出来,咯咯疯叫着越过她的身子。自然,私养小鸡不合法——它们肯定属于附近哪户人家。她又一次伸手,设法堵紧门上的缺口。骚乱中其他的鸡都炸了窝,她猛扑过去,揪住了一扇翅膀。她用两腿间的裙摆夹住鸡,一把拧断了脖子,又去追下一只。她从窝箱里掏出鸡蛋,塞满了口袋,又用印着教堂的茶巾裹起来。

她从大衣上抽了一根长线,把鸡脖子扎拢,一股脑系在腰带上,于是动物们在她的大腿处活蹦乱跳,表达着栩栩如生的抗议。

饥饿练就了我的独创精神,她暗想,偷鸡的吉普赛人。

第三天下午,她从路标得知已经进入匈牙利境内。她还以为边境会竖着蛇腹形的带刺铁丝网,或一座高耸的混凝土瞭望塔,可也许只是一排树篱或一块田里的犁沟,或者一座两种语言通用的小村庄。大概是林间的浅河床,她在落雪中涉过,树木黑凛凛地起伏。她暗自吃惊,怎么如此轻松就从一地穿越到另一地,置身于既陌生又雷同的风景。她知道,另一条东西之间的边境,没有几天工夫就该出现了,而她走着走着,忽然想到,人们像夸大仇恨一样夸大边境的威力,因为若不如此,这两样东西便荡然无存了。

第一座瞭望塔用支柱撑着，像木制的高脚鹭鸶。两个士兵跻身其中，细察天边。这儿，匈牙利。那儿，远处，奥地利。她蹑手蹑脚，向地面猫着腰，任何动静都渗入她的身体。她的前面，烟霭从沼泽飘出。空气阴冷，汗水却顺着肩胛直往下流。她已将行李减少到最低限度——只有枝编物里的一罐水，一些奶酪，一点面包，一块油布，一条毯子，几件最厚的衣服，偷来的小刀。她从瞭望塔后退了相当的距离，栖身在远离土路的草丛中，摸了一块干地躺下来。

天黑前别再动了，佐利叮嘱自己。

透过交错的树枝，她追随了一会太阳的轨迹，直到雾倏然散尽了。这么光灿灿的却硬要入睡，真是咄咄怪事，但必须休息，保暖——别指望生火。

下午鸟鸣吵醒了她。太阳偏南，边缘红彤彤的。她朝发动机的响声微微抬头，看见远处，一辆篷布遮盖的矮小卡车沿森林边蠕动。年轻的俄国兵的声音荡入林中。多少尸体沿这些假想线横陈？多少男人、女人、孩子在两地之间的咫尺行程中被射死？军用卡车沿着林边开远了，这时，仿佛故意安排，两只白天鹅划破了天空，它们在树顶之上沉重地挪动，探出长颈逆风斜行，幻影一般闪现的艰难压过了优雅，伴着喉咙里涌出的扣舷之声，死亡的召唤。

她知道，其他人有穿越的理由——为土地，为国家，为欲望，她却找不出理由，她空荡、干净、蛮荒。小时候和外公旅行，她曾在大山西边的村子见到一位饥饿艺术家。他把自己摆放在笼中，展现挨饿的过程。她目睹他的肋骨变得清晰、遒劲，简直弦声泠泠。他坚持了四十四天，当他们把他扶出笼子，他看上去那么像个糟老头,以致他们最终给了他一盘面包屑和一杯水的景象让她纳罕不已。这便是我的境况,她想,我展示自己,现在我吃着他们的碎屑。仍然可能转过身去——没什么要证明的。但是我已经到了这里,返身不比前进有更多的理由。

她在毯子上轻轻翻腾。我得睡觉,养足力气,打起精神,让头脑轻松起来,清醒起来。

到了傍晚,她感到黑暗正拔地而起,吞噬着沼泽地的灰蒙与昏黄。黑暗升到树梢,推挤着最后几片碎光。她一时间断定,这情景实在比她用言词创造的一切都要美,其实黑暗在修复光线。树木黑过漆黑本身。

她捆紧行李,从圆木之间起身。瞧,时候到了。行动吧。她敲了敲左胸,开始弓起身移动,小心,沉着。草丛里风沙沙响。远处一个物形映入眼中,另一座用树叶和灌木伪装的瞭望塔,几乎同一瞬间,她听到几条狗不知从何处吠叫。她支起耳朵细听它们行进的方向,但是风搅乱了动静。

齐声狂吠,近了。可能是训练有素的寻血犬。男人们的声音。远处的瞭望塔那边,两个士兵从梯级的末端跳到地上,把枪口冲天,小跑着出发了。那么就这样了。我最好举手站起,让他们把狗喙去。为什么语无伦次?为什么央求?然而从他们的兴奋中透出的某种东西,从他们嗓音里的酣畅淋漓,她觉出一点蹊跷。她蹲到草丛里。路的另一头,一辆卡车的前灯照亮了沼泽。接着第二辆,第三辆。这会儿狗离得近了。光把草丛刷成银色,鬼气森森。

就在这时,她看见沿路突闪的褐色。十到十二头之间。威风十足的鹿角。狗跟在后面猛咬。一个兵带着猎獭的自信吼叫,接着一片欢腾的猎吠。

鹿。一整群的鹿。

向左冲，她默念，向左冲。

她听到狗的嗷嗷疯叫中士兵的呐喊。她意识到，自己的命运系于鹿蹄的转向。快转到一边去，离开我。

鹿群奔过她身后的森林边缘。挨近她的肩头，士兵们追赶而过，高喊着。

她向前飞跑，穿过一条浅沟。水往上溅，她在滑泥浆里晃悠了一会儿才稳住步子。壕沟那边，一排树。一道光扫掠着风景。她俯身躲进一棵孤挺的柏树，在下面滑了一跤，喘了口气，心惊肉跳地张望了一下，又继续潜行。她的湿鞋发出吮吸声。她猛力闯过深草丛的绞缠。一棵灌木的刺割破了她的手。她听到另一条狗汪汪叫，接着一阵猖猖狂吠。追猎结束了？动物被围死了？

她呼哧呼哧，喘得急乱。肺部着了火。我现在必须去湖边。大约二百五十米。到水边去。

佐利摇了摇肩膀，大衣落在地上。四道探照光倾斜着扫过她。她倒向松软的土壤，脸埋进泥里。光柱在沼泽上刻写。远处，士兵们从鹿旁掣住了猎狗，说笑声穿透了夜色。毫无疑问，鹿的肚子给劈开了，内脏在地上热气腾腾。

佐利又冒险前行，凛冽的寒气钳紧了她的皮肤，她的心脏，她的肺。

她想，我还活着，全凭运气。

斯洛伐克
二〇〇三年

酒瓶见底，烟灰缸满了。他们乐呵呵地拍他的肩，为他唱歌，甚至用最后一点面疙瘩填他的肚子。他们端详过他小孩的照片，也直挺挺站在火边摄影留念。他们朝录音机里自己的声音哄笑——他还为他们慢速播放。他们笑纳了他所有的钱，除了一个隐蔽口袋里的五十克朗。他们弹竖琴一般调弄他，他心里想，却没有慌了神，他一时间还觉得自己和吉普赛人沾点亲，觉得受点化浸润了他们的习俗，成了他们错综复杂的掌故中的一个角色。他们对他东拉西扯地谈佐利，他往桌上撂的钞票越多，他们越是信马由缰——她就在这里出生，我是她老表，她不是歌手，上月在普雷绍夫有人撞见她了，布尔诺的一家博物馆收购了她的篷车，她弹吉他，她在大学教书，打仗那会儿赫林卡把她杀了——他感到，他们以顺藤摸瓜似的专业手法愚弄了他。

他答应博斯霍尔要是打探到佐利的任何消息就回来，也许下周，也许下下周，但他明白自己就此永别了。他们喜笑颜开地利用了对方。那个年轻姑娘，安杰拉，从桌上收拾瓷杯，退后时冲他莞尔一笑——她的胳膊上高高戴着他的手表。将近尾声，他还瞅见博斯霍尔用香烟的箔纸无精打采地清理牙上的豁口。

他拍了拍口袋。东西齐全。车钥匙、录音机、钱包。博斯霍尔和他握手，亲热地抓住他的胳膊，把他拉近了。他们差点贴了腮帮子。

外面，灰影铺满了定居地。他一推开棚屋门，孩子们就雀跃起来。罗博坐在煤渣砖上，在一块木头上雕出一个女人形体。脚下是白木屑的涡卷图案。罗博撇去最后一点树皮渣，把雕像递给他，说道："别忘了，先生，五十克朗。"他微笑着把雕塑装进口袋。"领我到汽车那儿就成。"其他的孩子扯他的衣袖。他俯下身抚弄他们的头发。

他的心灰意冷中渗出些喜色，他从中挺过来了，安全脱险，毫发无损。腰和腋窝淌下的汗已经干了。他甚至开始发愁汽车停错了方向，他得一直沿着土路倒车，或者在一群孩子的包围中实施三点转向。

"这边，"罗博说，"跟着我。"

他蹚过泥浆，一边在脑海里刻画一些路标以供过后回溯，一些散漫的思绪，可以在日记里乱涂一番的印象记：孩童的衣服干净得异常。没有自来水，没有水龙头，没有电缆塔。电是盗用的。有个女孩打了八个耳孔。两只超大的橡皮圈作首饰。二三十岁的男青年不多——可能在监狱。穿亮粉色上衣的男子。棋子当风铃挂起来。坏电视成了老妇的板凳。绳子上飘着洁白的衣裳。

他正从棚屋尽头走过，忽然罗博松开了他的胳膊，溜回阴影之中。他顿时觉得被甩了。

一个袒胸露怀的男人。小个子。赤脚。脸颊一边刻着破瓶弄出的疤，差不多是个丰盈的圆。另一边，眼睛下刺了一滴泪。他一只手擎着小型摩托车的发动机，手指状的油印爬满了胸膛。

记者赶紧转身找逃路，却被那文身的汉子扭住了胳膊肘，朝一座棚屋拽去。"过来，过来。"嗓音里带着奇特的尖调。汉子牢牢挽住了记者的小臂,这时,神不知鬼不觉地冒出一个穿黄连衣裙的女人,就凑着他的另一条胳膊。她鞠了一躬,鹧鸪似的小身骨,交叉的手指像在祈祷。

"对不起,"记者说,"我得走了。"

他试着不显唐突地退去,但文身的汉子一脸和气,一个劲坚持。麻布门帘的凹凸破边又被拉了下来。他撞到一根粗糙的木杆上。棚屋似乎在晃。

"来吧,大叔,坐下来。"

人影从昏暗中萌生。三个孩子坐在床边,像摆好的展品。

"我得走了,真的。"他说。

"你不用担心,大叔,我就想给你看点东西。"

孩子们从松木支架床上腾出地方。床绷是用绳索扎的。一头放着一条折叠的白鸭绒被和一只当枕头的垫子。他一坐上去,绳索就塌下去,支杆挪移不定。汉子的手沉甸甸压着他的肩。记者巡睃了一下。没有窗户。没有地毯。四壁空空。只有对面墙上的一行空搁板。

他扭过头,目光碰上悬于天花板的荡来荡去的长巾大摇篮,一只手隐隐探出来。

"吃的。"汉子说,"宝宝需要吃的。"

汉子一根指头擦过俄国出产的小冰箱边沿,用打火机的光扫了一圈里头的空洞。他对女人讲了几句罗姆语,她便挤到床上。她脸上笑开了花,只是缺两颗下牙。她蹭得更近了,手顺着衣襟的扣子滑动,一条胳膊勾住记者的肩膀。他往后退,又挤出一丝笑容,勉强而紧张。

一只老鼠悄悄溜过镀锌屋顶。

女人解开第一颗纽扣,闪电一般,手指潜入了衣服。"吃的。"她说。他扭过身去,但她掐紧了他的肩,等他回头,迎目是她捧出的乳房,全然袒露,乳头上含汁,疮疤横斜。呀,老天,他想,她拉客哪。就当着她孩子的面。老天。她的乳房。她端给我她的乳房。两根中指托着奶子,她开始嘤嘤,用一种绝望的低诉声念念有词。她又挤乳头。他站起来,膝盖都软了。一只手揉他的胸口。他扑通跌回床上。乳房还亮在外面,她指向疮疤。

汉子向悬挂的包袱伸手,拔高了嗓门:"我们要给宝宝弄吃的,宝宝饿坏了。"接着,包袱里显露出一丁点儿皮包骨,裹着哈雷戴维森牌T恤。

孩子被塞到记者的臂弯。要是我的宝宝,就哭了,他寻思着。她轻得很,轻得要命。重不过一个长方形面包。一小包面粉。

"女儿很靓。"他说完准备把婴儿放到女人膝上,可是她折起身子,蜷成一团,下巴伸到胸骨上。她呜咽着系好纽扣,把自己抱紧了。

一只苍蝇落到小孩的上唇。

记者从婴儿身下抽出一只手,拍了拍口袋。"我没带东西,"他说,"要是我有什么我肯定给你们,我发誓,真希望我带了,我明天再来,带食品来,我保证,我会的。"

他嗖地挥走那只苍蝇,看着文身的汉子往掌心捣拳头,此时,他认定了那是监狱文身,他懂那滴泪的含义,突然之间周围成了冰窖。一个空洞在他的肚子里肿胀,他期期艾艾地说:"我是博斯霍尔的朋友,你知道。"

汉子峻急地一笑,从踩结实的地板中央站起身。他伸手抱过婴儿,亲了亲她的额头——又慢又细心的一吻——随后把她抛入摇篮。他大张着手臂开了腔,嗓音里丁当着硬币:"超市旁边有台自动取款机,朋友。"

包袱在空中来回打摆,像慢下来的钟表。文身的汉子拉起记者,胳膊围住他的肩,紧贴着。似乎他们一起参加了盛况空前的体育比赛,炫耀了爱国热情,这时国歌乍响,成千上万观众的喝彩朝他们涌来。

"走吧,朋友,跟着我。"

从门口麻布被拽开,记者感到强光蜇眼。他回头看女人,她机械地抚弄着鸭绒被。苍蝇的阵队绕着婴儿嗡嗡。麻布扑向门框,行了个屈膝礼。

对着营地阴冷的空气,汉子笑出了声。罗博从犄角儿出现,踩着他们的影子在前面走。"别忘了,先生。"罗博悄声说。记者点头。一切像抽紧了。胸廓受压。太阳穴的青筋蹦跳。文身汉子死黏着他的肩,体贴入微地领他过桥,一副防患于未然的夸张神态。

"这块不能踩,朋友,这块不稳。"

顷刻之间,他以为婴儿还在手中,他正要摇一摇她,脚却踏上了一块乱晃的木板,汉子揪住他的翻领,把他拖回来,还扶了扶他腰间的赘肉。"跟着我保你安全,朋友。"

他放眼眺望远处的村子:一座教堂的塔尖从树上刺探,钟报响五点差一刻。

他们朝汽车走去,孩子们蜂拥着。罗博拖脚走在后面。默契连着他俩。他的手蜿蜒到隐秘的口袋,钓出钱来,又转弯抹角地塞给罗博那五十克朗。罗博一声尖叫,冲破队伍,转眼钻入树丛。汉子停步,瞅着罗博消失。

"罗博。"他说完闭上眼,仿佛什么千钧之物压向了睫毛。

记者在口袋里摸找钥匙。汉子站在他的肩膀后头，气息直喷他的脖子。门咔哒一声开了，汉子随即跃过引擎罩，落到副驾驶座时发出皮肤撞击塑料的沉闷丁冬声。

"车不错，朋友。"汉子说着拍了拍手。

"租的。"记者说，当他在一群小家伙之中倒车，他惊愕地发现文身汉子将头倚上他的肩，简直像个迷途情人。

弯道处，靠近那个冰箱，记者一边给车掉头，一边按喇叭，探出窗外向孩子们挥手。他胃里犯恶心。他挂上一挡。车轮擦地引得孩子们挥手，甩泥引得他们欢呼。树篱闪过。他们经过还在河边洗床单的女人。汉子骤然抓过烟灰缸，开始搜捡烟蒂。

"我不会骗你的。"他说着捏平一个碾碎的烟头，而记者觉得胸口给骗① 这个词踹了一脚，觉得这个词跟苍蝇、屎或者日出一样毫无意义。

路宽阔了，沿山丘盘旋而上。轮胎死死地咬着柏油碎石路。他的指关节在方向盘上发白。怎么摆脱文身汉子？他一筹莫展，可是那一刻——瞥见市区之时——他灵机一动。他要去超市买婴儿配方奶，对，配方奶，还有牛奶，谷类早餐，小罐食品，一些干净奶瓶，软膏，橡皮奶头，一盒尿布，一盒婴儿湿巾，要是有再买一个玩具娃娃，对，一个娃娃，这样才好，才合情理。简单，诚恳，有风度。也许再额外抛几克朗。等他从超市出来，手上会捧满东西，神色释然。

他向后倾，一只手把方向盘，可是当他绕过街角朝一排低矮的商店开去，汉子像摸透了他的心思一般转头对他说："你知道，朋

---

① 原文为 gyp，由英文"gypsy（吉普赛人）"逆构而成。

友,他们不许我们任何人进超市。"他的皮肤从座位的塑料罩上剥离。"不准我们进。我们谁都不行。"

车轮碰上路缘。

还没停稳,汉子已闪出车外。他又跃过引擎罩,没等钥匙从打火装置拔出,就敞开了门。"取款机,"他指着说,"那边。"

记者顾盼着找警察,或者银行职员,任何人都行。几个十多岁的少年坐在矮砖墙上若有所思。他们晃荡的腿下面,落色的涂鸦显出一行字:"吉普赛骗子滚回家"。文身汉子攥紧了他的胳膊,往机器那边走。

"退后。"记者说完,吃惊地看见汉子一步一顿地往后挪。

有几个少年大笑,一个艳羡地吹了声口哨。

"退后,要不没钱。听到没?"

"是,先生。"

少年们又笑了。

他按键时遮住密码。机器嘟嘟尖叫。身后的汉子咬着嘴唇,双脚错乱地挪换。轮齿咔嚓,控制杆急转。票面二十克朗的钞票出来了,一共二百克朗。他把钱从滚轮扯出,拧身走了四步,猛地塞到汉子手中。

"宝宝饿坏了。"

"别指望了,"他说,"再没了。"

离机器七步远,他听到收据从那堵墙咳出来。他僵了一下,曳着步子回去拿,把收据揉在掌心。

"五百,请了,五百吧,孩子饿成那样。"

他又拍了拍钱包处,确保没丢什么。

"拜托了,大叔,拜托了。"

他拉住车门把，流汗的手滑腻腻的。钥匙哆嗦着，费力地进入打火装置。引擎启动了。他同时关上四把锁。

文身汉子把脸贴在车窗上。他的嘴唇红润。

"谢谢你。"他的嘴巴翕动，呼气给车窗蒙上了雾。

汽车向前一颠，一股凉气裹住他。"妈的。"记者吐了一句。他转到了路面上。"妈的。"夕光渐暗。从后视镜他看见文身汉子向超市阔步走去，随着电动门敞开他意气风发。他微跃着脚步进了超市，脑袋没入来往的顾客之中。

车子磕上路缘，水蒸气的脸儿从车窗上散了。

沿着委蛇道，向公路驱车，记者回头望了望低处的定居地，感到他的所想便是油然而起的一种悲哀，一种疼，或者一团热望，这些思绪以痛楚的方式鼓励他，温暖他，在他的假想中他的某个自己向往着滑下河岸，涉过污浊的河水，交给他们他的所有，然后身无分文而体面地回家，伤痛全消，把自己的尊严留在对岸，来归还他们的古老的尊严。

他继续开，又一次倒车，出来站在山顶，俯瞰定居地，卫星天线盘像纷涌的白蘑菇；他以前总是漫步在斯皮什斯凯波德赫拉杰，采集这些野味。

残光眨动于金属屋顶。一些小孩沿泥地滚着一个自行车轮子，在自己伸长的阴影里进进出出，化为影子的追随者。

他对着录音机讲述了一个短句，回放给自己听：空洞愚蠢，他抹掉了。

云的唾沫星溅上夕阳。他竖起衣领挡风，又朝营地望去。文身汉子正过桥回家。手里提的劣质塑料袋很沉，钟形，他定睛瞧着。他摇摆着踏过浮荡的木板，一条腿慢过另一条，竭力地全神贯注，嘴巴朝向袋子，吞气吐气，吞吐，喘息。另一只手用细铁丝柄拎着半加仑的罐子。

文身汉子在桥上蹒跚了一会，走入兔窝般的棚屋区，没了踪影。

冷冽的微风拂过山坡。"油漆稀释剂。"记者自语之后，对着录音机重复，"油漆稀释剂。"

他走向汽车，徐徐落座，把录音机掷到一旁。心里空落落地一震，他意识到自己不知道文身汉子叫什么，他从没问过，没人对他提起，他也不需要，真是一笔匿名的交易，男人、女人、孩子们、婴儿，等等。他在方向盘上揉擦双手，低头看录音机。它躺着，微小的卷盘转得悄无声息。

"无名。"他说完啪地关上录音机，踩下离合器踏板，猛地将变速杆推到一挡。

暮色中他打开车灯，远离了定居地，飞虫在挡风玻璃上砸碎了。

意大利北部，孔佩吉奥
二〇〇一年

今天清晨，点燃第一盏煤油灯，我忽然心头一动，安宁之感深切而什么都不确定，多么异样啊。

灯光弥漫了屋子。我打开旧书桌的卷盖式抽屉，把自来水笔摇醒。墨水弄污了纸面。我走到窗口张望。恩里科过去常对我说，要铲除心底的雪得费九牛二虎之力——可不比磨坊前小径上的雪，或沿山谷铺展的那张毯子，或路边的雪堆，或村子的白茫茫，或白云石山脉高处的碎冰——心底的雪适应起来最费工夫了。我穿上他的一双旧鞋，往村子里走。周围没有动静，唯一的脚印是他自己的——也就是我的——我坐在老糕点铺的台阶上，思索着你问我的话，怎样的路将我引到这里。

村子苏醒之前，我顺着蜿蜒路上去，回到依旧裹着黑暗的磨坊中。我给火炉添过柴，又点亮了另外两盏油灯。屋子温暖，呈琥珀色。我只听见你父亲的声音播散在各处，地板上甚至留着他湿漉漉的鞋印。

生活中的事物没有真正的起点，我们讲故事却总要说清来龙去脉。七十三个冬天流经我的额头。我曾多少次守在你的床边，对你絮语遥远的时光，讲起那个向后凝望的小姑娘和你的曾祖父，讲起在哆嗦山我们的经历，我们怎样来回穿梭于自己的国土，我唱些什么，我和那些歌儿遇到了什么事。我压根料不到手中的铅笔会引发那些变故。早年间，很长时间之内，我受大家的赞美。那像是最好的年月，却不持久——或许其本质与持久相悖——接着驱逐我的日子到了。新生活中，一想起那些诗我便难以忍受。甚至和它们相关的闪念都沿我的脊梁刮过冷颤。判决之日，从布拉迪斯拉发的楼群走向远处的时候，我已为它们掘了座小坟。我对自己保证永远不写了，也决不刻意回想那些诗。当然了，有时那些节奏会掠过我的脑海，但是大多数时候我令它们闭嘴，轰走它们，丢弃它们。即使它们终究返回了，也是以歌曲的形式。

那些年我从来不敢提笔，不过我承认遇到你父亲之后，有那么一两次，我心痒神驰起来。我等他从山里走过，踏上通往磨坊的路，出现在窗口，那时我想，万籁俱寂之中，也许我该拔开钢笔套，从他的空白日记本撕下一张纸，倾吐我简单的思绪。然而这念头让我惊恐。一下子勾起那么多回忆，我不可能去写了。多年后的今天，那样子显得古怪，在你看来，乔诺罗娅，可能太荒唐了，但我怕用笔赋予生活一种意义的尝试会再一次让我失去所有。这些山，这寂静，你父亲和你——我怎么愿意离开呢。你父亲带书给我，却从不要求我写。他只对保利提起我的诗，过后他说，你得让保利喝下一首诗，他才能咂摸出诗意来。保利和你亲爱的父亲，两个人都不在了，你在别处，相隔遥远，我老了，背驼了，甚至陶然白了头，而面对你的问题，我突然想起再没有理由与写字抗争了，于是我坐在粗砍的桌子边，又一次把笔探向纸面。

四十二年了！

击碎窗框的一只鸟，几乎像一个词那样令我吃惊。

我现在很后悔烧掉了你父亲的遗物，我知道应该为你保留，可是悲痛中人尽干傻事。一次他对我说,他希望他的遗体被人运到山顶,在那儿他可以俯瞰两个国家,意大利和奥地利,可以凝神回想自己在把香烟、拖拉机零件、咖啡、药物从山这头拖到那头中度过的一生。他说要是他的尸体能留给鹰啦雕啦,还有别的看上他的鸟兽,他会心满意足的——他简直巴不得化为鸢的筋骨,在他眼里那是蒂罗尔地区最典型的鸟类。最终我没能那么做,宝贝儿,把他留在那里的念头太过分了,于是我收拢了他所有的东西,除了一双他的旧衣箱制成的鞋,然后在磨坊不远处烧掉了。我在焚烧地躺下,遵照一种古老的悼念方式。最让我恋恋不舍的是他穿过的衬衫,特别是那几件毛料的,你还记得吗?上面补丁摞补丁。他刚搬到山区那会儿,学会了用磨尖的单股桦树细枝儿织补衣肘。他打趣说,我烧他的衬衫真让他快活,可惜不耐烧。几天后我回到那里,在焦土中找他的上衣纽扣和金属腰带环,可是火吞净了其他一切。

一首罗姆老歌说,我们和他人分享自己的心灵小碎片,我们走得越远,留给自己的越少,直到所剩的不够大家分了,这状态叫做旅行,也叫死亡,既然人人都会碰上,没有什么比死更平淡无奇。

在布拉迪斯拉发我烧了自己的诗。我从摇摇欲坠的楼梯走入亮晃晃的日光,携带着另一个人的物品——他的短靴、衬衫、收音机、手表。我看不到什么将来。我二十九岁。我被驱逐了。生命已被掳去大半,而我不想死。

我去高楼群看了最后一眼。厚厚的黑影从八栋楼跌落,罩住孩子们的玩耍之地。篷车斜向拔掉了轮子的一边。我转身开始了可怖的行走,穿过斯洛伐克的小村庄一路向南。没有比这更糟的日子了,多少个早晨我在林中醒来,吃惊不已——不是因为竟然打发了一觉，而是因为我还活着。

　　我拼命向西，越境到了匈牙利，那会儿唯一的宽慰是斯旺不会跟着我了。他不可能越境。我生命中的那部分落在后面，不停的步履帮我忘却。下雪了，风中漫天飞舞。我匆忙裹上毯子。村民们的目光跟着我移动。我定是一副凄惨相，一堆破布里的皮包骨头。一些好心人递给我面包，还有一些人问我篷车在哪儿。我在雪中选一块远处的落脚点——一棵树，一面悬崖，一座电缆塔——然后走过去。到了一个废弃的农场，我把饲料槽里的骨粉塞满了口袋，煮过之后不假思索地吞了。那团糨糊粘住上颚，我自叹吃起饲料来了。一天晚上我睡在一个大山洞里头，洞顶长着扁桃体，岩石的褶皱像帷幕。士兵们曾在石块上刻字，记下姓名和日期，我寻思，怎么战争无孔不入地蔓延了这么远？在角落里我发现一盒陈年的肉罐头，就用石块砸开，抓着吃了。说真的，我那时根本不把自己当罗姆女人。他们叫我吉普赛，我连那个都不是。我也不视自己为读书人吟唱者或写诗的——事实上，我只认为自己是个原始生物。

　　好多天我都猫着腰走，随后我蹚进那条湖，如果得画一个起点，我便是从那里开始了在西方的生活。

　　此时此刻，我还能感觉到涌向胸口的冷峭的水墙。一整夜我涉过湖水，冰冷刺骨，弄得双脚灼痛。湖底没有石块，很难走，但我抬高了手臂，就那一次我庆幸自己的高个头。一种水草缠住我的脚踝，我竭力抖掉却失去了平衡。旋即我从头到脚都在淌水。我没料到奥地利人埋伏下一卷卷带刺铁丝网，接近湖边我不得不跨过去。起初以为又碰上了一棵水草，但皮肤的撕裂之感袭来。双腿被划破，血流不止，不过那时我觉得自己并非一身血肉肌骨，而是一身向岸边牵曳的力量。从薄暮时分我就一直走，四周一片沉寂。沿边境，探照灯扫着唯一的光。

我料定，借着乍现的曙光，俄国兵会轻而易举地对我瞄准。

真笨，我只带了面包，口袋里浸透的面包漂流到湖中。仅存一点湿皮了。女儿，这些时候，最坏的时候，多傻的事情都会打心里经过，我就是为了一杯牛奶赶路，这个念头催我涉水而行，也许因为年少时和库帕尼亚漫游，我们听人讲牛奶清洁肠胃。我摇晃着向前，神思恍惚。湖岸似乎退远了，一时间我觉得自己可能在原地踏步，仿佛身陷梦魇，水底的沙大口大口吞噬着我的步子，而我设法给双手裹上了一条毛毯，继续挪动。我翻过最后一道水下的铁丝网，瘫倒在地。锥形的探照光沿岸扫掠，一棵棵树呈起伏鬼影。

弯着腰，我走到离湖不远的沼泽潭，仰靠着湿淋淋的土壤，低头看铁丝网撕的伤口。我从口袋捏出残留的湿面包渣，试着细品慢尝。晨曦潜行。前方沼泽地绵延，肯定还有更多士兵驻守的木瞭望塔。我会照搬在边界另一头的做法——静等暮色，然后一路蹒跚，直到碰见一个友善的人或者一家农舍。

小时候我听说死亡总是随着猫头鹰的鸣叫到来。我从不在乎老掉牙的迷信，乔诺罗娅，去普雷绍夫的路上外公就劝我别信，可是，尽管显得离奇，我依然认为那个黑乎乎的清晨使我活下来的，正是一只猫头鹰悠长而钢硬的啼叫，在它的震扰中我异常警觉，我想看清死亡以什么形象出现。死亡似乎借鸟语虫鸣和我打了招呼。有个东西自附近的草丛奔突而出，我抬眼瞥见一只野鸡跃入空中，凭着一点高度嘲弄我。要是能徒手逮住它，扭断脖子，炊火也不费地吞下它，滋味该多么美。我在土里翻找任何可以入嘴的东西，甚至万物中最脏的蚯蚓也行，但一无所获，于是我枯坐在寒冷中，瑟瑟发抖。我把彼得的打火机缝进了裙子口袋。我撕了出来，想点着了暖一暖手。打不出火苗。

我在刺眼的光线下醒来，一条影子落在身上，接着一张苍白的脸俯视我。直到今天我都不清楚他们怎么找到我的，不过听他们说，在沼泽中被发现时我半死不活，起初他们的确把我当死人料理。

护士拿手电筒照我的眼睛，一边抓住我的下巴用德语吩咐：别动。她把我的头推回枕头上，旋身嚷道：她咬我，小野人。我确实咬了，还挺得劲，如果必要，我会再来一口的，女儿。我当即料定他们会逮捕我，打我，把我送回捷克斯洛伐克。三个护士聚过来，香水味刺鼻，一个攥住我的脸颊，一个用褐色棒压下我的舌头，第三个把手电光探进我的喉咙眼。胖的那个填一张表。最高的从口袋里掏出一小瓶东西，她们把它递来递去，嗅那股气体。使我啧啧称奇的是，外族人闻不出自己的味道，我也纳罕他们竟然不知道他们的肥皂、食物和坏气味多么不同寻常，可有些人只会看着别人品头论足，看自己就眼力顿失。她们把鼻子沾到小瓶上咳嗽，喳喳着说我臭得要命。她们打电话求助，说道，我们要把她带下去淋浴。

相信我，那会儿好比地狱的狂怒溃了堤——十年来我只听到人们谈论贫穷、罢工、迫害，谈论在西方连连打击下的普通人，还有罗姆人怎么被穷追不舍，自法西斯时期以后变化如何微乎其微，街道如何密布带刺铁丝网，而我发着谵妄也有理由相信在西方他们又开始洗淋浴了。谁能说发生过一次的事情没有第二次？没什么事恐怖到让人彻底洗手不干。我用罗姆语大喊别想拉我去淋浴，不行，我不会让他们得逞！我抛开被单，从胳膊扯出滴液。她们吹哨唤卫兵那当儿我已经下了床。警笛尖鸣。高个的白发护士想拦住我，但我把她往后一掀,踉跄过去,推开了门,天知道哪来的力气。

三个穿制服的男人出现在走廊尽头。其中一个用警棍敲墙。我退到一个房间。光线从小窗洒入。透过模糊的玻璃,看得见一小片苍翠。我缩身穿过,跳入草丛。不少矮墩墩的帐篷支在地上。更远些,几座木建筑,马口铁烟囱冒着烟。有人用匈牙利语和一种我不懂的语言吼叫。我沿着土路飞奔,经过帐篷,朝着大门,可那里站着穿制服戴白袖章的男人。他们端起来复枪,半笑着说:停。只有一道红白红的木屏障横在路上。一眼望去是绵长的平原,远处巍峨的山脉,云朵升到半山腰,顶上的积雪映着蓝天——那么,这就是奥地利和西方了,多么特别的观望方式:透过敞开的门,身后护士扬尘曳步,眼前枪口对准了。

走上来一个高大的灰发女人,四个士兵尾随。她一股官僚气,却站在我跟前说:这是难民营,别担心。

她的声音沉着。我们在这儿帮你,她说完又向前一步。

难民,她说。

我竭力冲开那一排士兵,其中一个用枪托顶住了我的肩膀。女人把他的枪拍到一边,说道,别惹她,你这蛮子。她朝我凑过来,耳语说我会好起来的,不要发愁,她是医生,她会照顾我的。可我不信赖她——谁值得相信?我推搡过去,昂首挺胸,向红白两色的门口走。

好吧,女人说,给她戴上手铐。

他们把我带进一座灰色建筑,护士扒了我的衣服。淋浴室外面有几个士兵,大多朝别处看,可是一两个趴到小窗口朝里头瞄。我顶着水流坐在硬靠背椅上,而护士手持长柄刷,用硬肥皂在我身上凶猛地刮擦着。我试图遮掩裸体。她们无休无止地嚷嚷着我怎么胸罩也不戴,我多么难闻,世上只有吉普赛人这么臭气熏天,可我还是不吭声。快洗完时,一个士兵伸出粉色的舌头,舔了舔玻璃。我闭上眼,窝成一团。她们扔给我一条毛巾,把我领到医院的另一间给我剃头发。我往地上瞧,一些白色幼虫在发簇里蠕动。我一无所感。那是我的头发,又怎样?没什么要紧。另一种装饰而已。从幼年起我不顾习俗剪过多少回了。

她们朝我撒白粉末,弄得我眼睛发痒。我不让她们知道我会一些德语,可我听得懂她们的话,相信我,在她们嘴里我可不是什么破土而出的花儿。

我逃出旧生活,落入新禁锢,可我没法自怜,这是我自找的。

我被带回病房。医生把听诊器贴到我的胸口。她说为我的安全着想才扣留我,她会照料我,我受国际条约保护,不必担忧。她言之凿凿,对自己所言一字不信的人常这样。她是马库斯医生,来自加拿大,讲起德语就像刚刚往嘴里塞了一把石头。她说我将接受一两个月的隔离,之后我必须申请避难,然后会获得和其他难民一样的身份。她的办公桌上放着我的物品:党员证,小刀,一些被湖水弄皱的钞票,还有孔卡送我的硬币,仍旧裹着她的一绺红色秀发。我伸手去拿,可她把东西撂进一个大信封,说我肯合作了她再还给我。她用手指旋转硬币,又掷入信封,合上口盖。一根头发落在桌上。

你愿意和我谈谈吗?医生问。

我装哑巴。马库斯医生对着内部通话设备,吩咐他们派翻译来。那是一个大块头女人,用捷克语和斯洛伐克语抛来一连串问题:我是谁,我怎么有党证,我遇到了什么事,我怎么穿过边境的,我在奥地利有没有认识的人,当然还有他们最爱问的,我是不是吉普赛人。她们分析说，我的样子差不离，那身多彩的破衣裳也像，可我看上去又让人生疑。我把手搭在膝上僵坐着。翻译叫我点头或摇头来回答。你是捷克人？斯洛伐克人？吉普赛人？你为什么从匈牙利过来？这硬币很少有，不是吗？这是你的身份证？你是共产党？我纹丝不动。对她还是沉默为妙。等折腾完了，翻译朝天振臂，马库斯医生却俯过身说，我知道你听得懂，我们只想帮你，为什么你不理会？

我捏起孔卡的头发，然后被带去隔离。

在医院的白房子待了那么久，我不由得去回想自己的经历。现在重提往事我的声音坚定了，可那会儿我是个惊魂不定的弱人儿，凡寻见一个暗角，不管真假我都停步。我不愿童年之路盘绕回来，我极力忘却它们，可我越是轰赶，它们越是接踵而至。

过去我们常做土豆蜡烛，我和孔卡，我俩把土豆挖空，只剩下光线晕染的薄壁，到了冬天孔卡喜欢握着蜡烛滑冰，从一棵树到另一棵，手心因烛光暖融融的。她父亲用旧靴和刀片给她做了一双冰鞋。有时她一旋转，或者侧滑跌倒，光熄灭了，有时溅散的冰扑灭了烛火。繁星在头顶团团转。当我躺在奥地利的床上，这些情景夹杂着别的事涌现——有时我觉得自己还在冰上。我听到迸裂声，看到朝我伸过来的手。我听得见林中靴响，斯旺站在那里，还有瓦申科，还有匆匆翻查一札文件的斯特兰斯基，他们之后，一排官员护士军官卫兵。我扭身，在床上辗转反侧，而那些图像更加来势汹汹，带着那股不折不挠的劲儿。

马库斯医生每天中午来到我的床头，她的听诊器在光线中闪烁，口袋插了一溜钢笔，其中一支携着加拿大国旗。她长得一点不像斯旺，可我看到她的浅色头发，淡褐色眼睛，椭圆脸，禁不住把她比作斯旺的姐姐。

你没必要受罪，她说，毫无道理，为什么不跟我讲讲你的状况，这样我就能帮忙了，我保证。

好像我听烂的一首老歌，一首童谣，好像她用孩子的口吻传达了官方语言。

我知道你会说话，她继续道，护士听见了。头一天你用她们不懂的语言尖叫，想必是吉普赛语。我说得对不对，吉普赛语？

我往别处瞧。

一些人猜你是波兰人，她说。

她甚至凑得更近了。

但是在我看来，你来自外层空间。

我简直要笑了。马库斯医生走后，我盯着天花板，盯得越久，越被压得喘不过气。

他们不知道我的名字，更别提悲痛了。

那天晚些时候，马库斯医生又来了，她用手电筒照了照我的眼睛，在图表上做些记录。她们递给我药片和水，带橙色文字的白药片。我有吞下言语的异样之感，斯旺的脸不停地晃来晃去。路上我丢了一颗牙，药片正好补缺。护士一离开我就把它们吐出来，扔入金属床架顶端的一个洞里。

直到现在，我还是认为自己找不到确切的词来表达把生活抛在后面的感觉。我像树枝上的衬衫拍打着虚空。在床上一翻身，我就看见一条老路，巧克力厂后面的小巷，或者通往普雷绍夫附近那所校舍的路，或者从葡萄园向森林攀爬而上的小径；细微的闪光在脑海里迸出绿和黄。我转向另一侧，更多的光斑追来。迎目一架奇异的桥。不知有多宽。我试探着走过去。我站在漆黑中,还在向刹那之前的潋滟天色挥手。皮带紧缠着我的胸部。他们将一块橡胶塞在我的牙齿间。小时候的我回来了,在头顶盘旋,弱视眼向下瞅。过了一会儿,我认出那孩子也是孔卡,但她的头发被胡乱剪掉了。她坐下来,瞻望着远处的隐退之物。异响阵阵,拼不出旋律。一行树挣脱了视野。一顶帐篷戗风拍动。护士们在我的头上旋绕,一根针扎入胳膊。我转身摇撼床架,一心要抖出底下的药片。我本该把它们一口气都服下。那些日子糟透了,真坏到了极点。

医生终于说她不再给我吃药打针了。她厉声命令护士把我搀扶起来,让我在病房走动。我起身,摇摇晃晃。走路发挥了一些疗效,接下来几周她们给我的饮食适口,我的裂伤痊愈,头发又开始长,脚也得到悉心照料。她们使用一种薄荷气味的乳膏药,每天换三次绷带。她们准许我给床单做记号——即使清洗了我也不愿和人混用床上的东西,我把它们抓牢,又在手腕上缠绕,来表明我的意思。

马库斯医生说,让她留着吧,不过是些床单,小事,她就要打开话匣子了。

但我自语道我不会开口,我会在脑袋里腾一点地方,把门关上,住在门后面,我永远不再迈过去开门。我兜着圈子走,好像钟的指针。一阵子之后我的脚恢复了,腿上也长了力气。马库斯医生进来叫道,嗬,今儿脸色真红润呀。真该给她开一场斯特兰斯基的马克思主义和历史辩证法方面的旧讲座,省得她把我当成在地板上遛弯儿的无用的破东西,不过,实际上我从来不去回忆和斯特兰斯基或斯旺相处的日子——不,童年时光才常常萦回于心,外公的衬衫的触感,灰烬里的九滴水,篷车颠簸时我从车后投来的目光,现在我想这些思绪浮出来是为了保护我，为了让我完好无缺，然而那时候，它们简直把我赶到了陌生的悬崖边。

女儿，疯狂能要人的命，沉默也能。

当我把这些事诉诸笔端，我的手指战栗，胳膊上仍然毛发直竖。这些天我摸黑穿上衣服，移走煤油灯的玻璃罩，掀开火箱盖，揉一团纸扔进去，划燃火柴，等火旺了，再把同一根火柴拿到炉边。又一个夜晚高抬贵手，让我见着这个白天。很快我听到金属滴答，木炭毕剥响，光线渐渐充足，屋子里生动起来。

今天，当我朝着村子往下走，奇怪的图像上了心头。刚过正午，光线似乎把街道悬空，一瞥中浮满了岁月。向着保利的老铺子，低着眼，我打量路面上往来的脚步。当当的铃声中我进了门——那是寥寥几家还守着老规矩的店铺之一。保利的儿子，多梅尼科，站在柜台后面，点了蜡烛正往桌子上摆。

就在那时，我的眼前闪现了简单却撼动不了的图像。一瞬间我看见孔卡。她戴着头巾，头发拢在后面。她站在捷克斯洛伐克那栋高楼附近，多年前我在那里同她分别。她的孩子长大离去了。她一身黑连衣裙，双手深深埋进口袋。她走向高楼，电梯却坏了，她开始爬楼。起先我想，她在找木柴，她要从公寓揭掉木地板，抱下去为家人烧饭。但是门都锁着。她爬了一层又一层。四周渐暗。她走到楼顶，手伸进口袋，取出一盏土豆蜡烛。从另一只口袋她掏出火柴。她摸索了一阵，总算点着了烛芯。蜡烛蹲在高墙上，闪烁不定。她端详了许久，又伸手把它推下边沿，它擦过空气，燃烧着。

我仍然不明白为何想到这些。多梅尼科搀住我的胳膊，叫我坐到店铺一角的凳子上，我的手抖得厉害。他最小的弟弟卢卡，帮我把食品杂物拿回家,为我重新点亮了煤油灯。他问我能好起来吗? 我说能的。他问起你,我告诉他,你在巴黎,你给我写信,你住在一套公寓房里,你那份工作有益身心,让你头脑敏锐。

巴黎,他跟着说。

我肯定他的眼神亮了——大家没忘记你呀,乔诺罗娅。

他跟我道别,瞥见了桌上那几页纸,不过我确信他没放在心上。我听到他下山时的口哨声。

隔离了几天之后,我忍无可忍,我去见马库斯医生,用德语问她,我是囚犯吗?她盯着我,好像我刚刚当空翻了两个筋斗。她说当然不是。我向她宣布我准备走了。她接口说,没那么简单,我何不早说,那就好办多了。我追问,为什么你说我不是囚犯?为每个人的利益着想,我们必须恪守一些规则,她答道。这难道不是自由的西方?什么?她说。这难道不是讲民主的西方?瞧这话题多有趣,她说。解释一下我怎么成了囚犯。这里没有囚犯,她应道。

我告诉她,我要他们马上释放我,这是我的权利,而她愤愤脱口道,只要我提供信息,她会竭尽全力,她起码能保证让我出院。还是为你的所得生点感恩之情吧,她说。

他们把你关起来之后,总要你感恩戴德,乔诺罗娅。可能一扔走钥匙,他们还索要你的亲吻。

我叫玛丽恩卡,我对她说。

她嘎嘎地拖近了椅子。

玛丽恩卡,名字很美。

真的?我问。

她红了脸。

马库斯医生在她雪白的笔记本上抄下了我口中的奇遇记。我的德语不够好,又不想说斯洛伐克语,于是用乌戈尔语对她讲。翻译是从布达佩斯来的虔诚小伙子,脖子上挂着大十字架。我没说自己叫佐利,既怕他们笑,又担心这名字一旦飞走,可能引他们查明我是谁。

故事很简单。我出生在匈牙利。我被丈夫抛弃,想去投奔在法国生活的子女。他们是一九五六年离开的,可我入狱,挨打,没法去。出狱之后我回到边境附近的居所。我们这些人从不把边境当回事。从前本是同一个巨大的国家,在我们眼里依然没变。党员证是我在靠近边境的一个垃圾堆旁边捡的。我瞅见马库斯医生狐疑得白了脸,就兜回去讲我往证件里插了自己的照片,我家里有个人精通伪造术。医生耸了耸肩。她说,好吧,继续,继续。为了添一抹喜色,我说自己从杰尔搭了一辆公共汽车,可是车坏了,我便用东西换了辆自行车。我头一回骑这机器,沿路一摇一摆,引来农夫的笑声。我睡在废弃的农舍,喝荨麻汤,用酸樱桃做罗宋汤。车胎漏了气,我索性扔了自行车。马库斯医生露出笑意,随着故事的进展她得意起来,落纸如飞,每个词都不放过。我渐渐喜欢上了自创的人物,接着说我偷了第二辆自行车,这辆前面有一只特大的篮子,当然了,我还借了几只鸡,绑在篮子里头,羽毛纷飞,冲向自由之前我一直靠它们充饥。

调配足够的糖和泪,你可以让他们咽下任何谎言。他们舔舔嘴唇,用泪和糖揉成一种叫同情的面团。试一试吧,乔诺罗娅,而你可能会觉得自己溶解了。

我不能够解释他们那么多人对我们历久弥新的憎恨因何而起,即使我能,我的解释在他们看来也过于化繁为简了。他们剪了我们的舌头，使我们错口，又变着法子要我们答复。他们不愿独立思考，也憎恶有自己主意的人。他们只有扬起鞭子才惬意，而我们这么多人的度日装备中顶危险的也就是歌儿了。我盛满了那些人生生死死的记忆。我们中也有傻子恶人，乔诺罗娅，但包围着我们的仇恨将我们凝聚起来。给我看看哪怕巴掌大一块我们不曾离开，或不会离开的土地，一片我们不曾甩在身后的地方。我诅咒过我们的很多毛病，我们的花招，矛盾言辞，我自己的虚荣愚蠢，然而我们之中最坏的从来不及他们坏的程度。为了避免自我审视，他们以我们为敌。他们夺走一个人的自由递给另一个。他们把正义变为复仇，仍然冠以旧名。他们等我们预卜未来，或者至少洗劫它的口袋。他们剃光我们的头，一面说，你们偷，你们扯谎，你们肮脏，为什么你们不能效仿我们？

这是我当时的真切感受，女儿，于是我对自己说，仅仅在离开营地、前往别处之前我像他们那样吧。

那天阳光灿烂，我从医院转到营地，拿到了蓝卡。马库斯医生滔滔不绝地列出一长串规则。一周有两天准许我去附近的城镇，但不许我乞讨、算命，或者做其他任何的想当然中归给我们的营生，在本地禁止。我可以早上八点离开，宵禁前必须回来。我将领到配给票证簿，我可以把它存入营地银行。严禁饮酒，她说，或和男性有肉体关系，在营地围墙之外不许我和卫兵们亲善。

我离开医院之前，为了给我剃个光头，护士们佯装在我的头发里又搜见一只虱子。她们拿剃刀铆足了劲儿刮过我的头皮。

我别的衣服叫他们烧了，可我又能怎么做，哀悼吗？

我被带到储藏室。我找了一条长围巾遮盖头皮，又领了可供招摇一番的崭新的棕色浅帮鞋，黄铜带扣亮闪闪的。我选了几条葡萄牙连衣裙，色彩是绚烂的黄与红，可我穿上之后，瞄见镜中人有如过去的自己，便拧身挑了一件美国人民捐赠的灰色长连衣裙。他们归还了作废的钞票和党员证，甚至玛瑙柄小刀。我立刻烧了证件。我打开信封，看见孔卡的硬币。我亲吻它，感谢我失去的亲爱的朋友不曾啐我的脸，还感谢她为了孩子的尊严准许他们那么做。

马库斯医生护送我去木营房尽头的一个特殊房间。四周只有顶小的孩子们，他们跟着我，嬉笑着，还扯我的衣袖。一些孩子在踢一只猪膀胱做的球，嗓音撕破了空气。女人们从厨房张望。大多是匈牙利人。我对她们怀着温情，我知道自一九五六年她们走过边境，在这儿已待了四年。墙上有人用乌戈尔语写着：我们没带雨衣来，请为我们祈祷。

转了最后一道弯，我们向着尽头离铁丝网不远的营房走，我猝然站住了脚。一个穿长裙的黝黑女人，正坐在台阶上奶孩子。她诧异地掩了口，把婴儿交给另一个孩子，走上来触我的头。

天主羔羊呀，她呼道，他们给你剃了光头。

乔诺罗娅，我讲不出听到这个女人的声音心里有多沉重，我几乎一望即知我得逃了，不仅因为我受过玷污，而且因为他们最终会知道这事，会从我身上感觉到。我告诉你原原本本的事实，罗姆人总是能猜到，我的耻辱也会传给他们。她牵着我的手，给了我厚厚的一片面包。我不能这么做，我心里想，我是叛徒。可是，我背叛了什么？那过去的自己还留下什么可背叛的？在布德梅里采的房间里，作家联合会鸣响的电话旁，斯特兰斯基的厂房喧阗的机器跟前，加尔顿酒店流光溢彩的枝形吊灯下，还有一切我将迎候的厄运当闪耀的珠宝佩戴的地方，那个佐利消磨了多少时光，而她离我多么遥远啊。

此时此地一个浅黑皮肤的姐妹把面包搁在我的手心,用我们甜蜜而古老的语言唧唧喳喳。

她叫莫佐尔。她抓住我的肘弯,把我拉进昏暗的营房——她的毯子,好几个包袱,一连串草席都铺展在地——又指向破旧的长沙发上捂着帽子酣睡的胖男人。瞧我的丈夫潘奇,她说,他比罪孽还懒。我跟你讲呀,他走路都打呼噜。来吧,来吧,我领你参观一下。我们空间充裕。没有一个外族人愿意和我们住,所以整个营房归我们了,你想得出吗?

她抚摸我的脸颊,拉我打转,她的声音让我一阵眩晕:上天哪,我亲亲你疲倦的眼睛。

和莫佐尔在一起,我一边听一边点头就行了。她给一个词缀上两个词,霎时间它们衍生出千言万语。她汪洋恣肆的饶舌填满了我的耳朵,却似乎给我心上的创痛涂了一种药膏。她领我四下看了看营房,又引我走过营地,去那家可以使用配给票的商店。莫佐尔没完没了地絮叨,我拿不准她有没有喘过一口气。她丈夫也插不进一句话。他称她为他的 solovitsa,他的小夜莺,可是他口中的鸟儿也被她的语流淹得无影无踪。莫佐尔有七个孩子,正等着第八个呱呱坠地,要是周围没个说话对象,她就对着自己的肚子喁喁不休。

乔诺罗娅,所有的苦难,都含着一丝笑声。

那些日子焊接在我今天的记忆中,我无法平静地将其描述。我开始了一种素不相识的生活。我不再是诗人或歌手,不是读书的人,甚至不是旅行者。我每天在同一个地点醒来。我用深平底锅煮咖啡。我晾床垫,赤手空拳地拍打。我和莫佐尔一家围着三条腿的大锅吃饭。他们向我敞开掌故和私密话。我从未如此生活过。

我又用自己的衣服换了几条葡萄牙连衣裙。从办公室的玻璃窗上，我瞥见自己一身绚丽。头发长起来了，我在发缕间缝进那枚硬币。我的古老的语言把我领到了窗口。

你也许会问，我为什么没有离开，趁着夜色从营地出发，一直走下去，为什么把隐秘的耻辱带给莫佐尔一家，为什么我从未向他们吐露我是谁，我遭遇了什么。包围营房的栅栏低得小孩也能爬过去，可是我们害怕另一边。营地可怖，却比外面引起的恐惧好受些。我还想告诉你这个：我离开营地医院几星期后的某一天，袭来一场触目惊心的虫灾，龌龊的小东西振着枯黄的翅翼。一个大清早我起床之后，发现墙上黏着密麻麻一大片昆虫。它们迷了路，吸附在那里等死，用细小的钩爪攫紧，向着最后一刻硬化。我过去清扫这些死虫，可一动手，其中一只，就那一只，从僵硬的姿势中脱身，我把它捧在布上，引到窗口，让它凭一线生机离去。

因此，我允许自己又一次在自家人的雨篷下小住一会儿。一只无形的手伸来，把我的心往后微微拨了一个刻度。

在营地，我用足足一年缓了口气，抱紧了那种生活。我没有尝试出逃。

莫佐尔和我开始采摘鲜花，拿到多姆广场卖。回到营房，我们把钱埋在火炉后的角落里。莫佐尔在营地度过了十二年，儿女们在这里出生，她最大的梦想莫过于离开，但她需要一个国家接纳，谁会资助吉普赛人，这种在他们眼里比人类低等的生物？可一天早上她跑过来把一张纸塞到我手中，上面盖着加拿大印章。马库斯医生已经告诉了她信的内容。我打开信封，扫了一眼，着实喜形于色。莫佐尔冷冷地打量我。你怎么知道信上说了什么？她问。我心里猛地一沉。你怎么知道信上说了什么，心爱的朋友？我往地上瞧。女儿，我差一点告诉她我读了信，我会读会写，一直以来我都使她蒙羞，但我硬把话咽了下去。走钢丝一般，我称自己感应得到信的内容，信息从我的脚趾发颤音，这属于直觉。她盯着我，半信半疑，而我拉着她在飞尘里打转，惹得她笑了起来。她要去多伦多了，谁知不出几天又一封短信告知她和潘奇必须支付一部分旅费。护士大声念信的时候眼睛闪亮。费用庞大，够他们买一小块地。莫佐尔不明白。我肯定可以坐火车去，她说。去加拿大？护士说完笑了。

莫佐尔躺在柳条床上抽泣。她一点一点陷入沉默，真难想象。她说基督为每个人哭泣，可是外族人给天空装上屋顶，煽动呼喊着要降下毁灭，免得他的眼泪滋润到我们。我从不信上帝、天堂，或者任何那一类的嚷嚷，然而我为她相信，那是她的心愿。她的手指忙着数念珠，我在一旁召回我们古老的祷词：保佑这些嚼子、马笼头、缰绳，保佑这些车轮稳行于坚实的大地。

那周晚些时候，我们坐在营房的台阶上。一只蚂蚁在我眼前穿行，驮着另一只折腰曲背的同伴。我把手摁到凉飕飕的地上。蚂蚁在我的指尖跟前怔住了，试探着绕路，却又顺着我的手指爬，一路拖着另一只的尸体。我俯下身，轻轻吹走它。

我们与原初的习俗脱了节。我屡屡忘记自己的旧生活，我甚至忘了受过玷污，要不，我兴许只是用一块破布掩盖了刀片，而在某些方面我已将莫佐尔认作姐姐了。那个决定没有激起恐惧。有时你不知缘由地拿定了主意。我熟悉那座城。我不喜欢我要干的事，女儿，但我逼自己不要去想。我剪断那根饬蹶子的神经，跑到市郊外的垃圾场。几堆垃圾在一天最早的火里冒烟。灰烬和尘埃在空中打旋。我抢救出一只油漆剥落的黄碗橱上的木门。我把它从铰链上拔下来，掂了掂分量。我在门的两面分别刻上一组槭树叶和一头狮身鹰首兽——自然滑稽可笑，可我不在乎。

我取下一辆报废小汽车的汽化器部件，打造了一副硕大的橡胶耳环。

拂晓时分，我在营地的衣服堆中寻见了一条西班牙头巾。我把它裹在头上，走出大门，沿着营地后面的溪岸溜达。我从水里拣圆石，越是滑溜光润越中意。我携着一整套用具往市中心去，圆石在口袋里啪嗒作声。劲风为我助阵。我穿过卵石铺的广场。光线多么诡异，把一切注满，却投不出一个影子。我料想会惹麻烦，哪知顺顺当当的。一个踽踽独行的女人显不出特别大的威胁。我转来转去，选了刚出厄登布格大街的一条窄巷，离火车站不远。小巷的静谧让我心中一紧，不过借道的行人很多。我在未涂漆的门道上捡了两个破碎的混凝土块，在上面铺了毯子，放上木门，耷拉着头坐下来。我反复自语道我背叛了一切，包括自己。

没有动静。从附近的餐馆飘出卷心菜的味道。我听到周围的嗡嗡声，餐馆的服务员聚到木门前观看，一边抽烟、指指戳戳。穿棕色长外套的奥地利女人走过，漠然侧着头，但我能嗅到她们不愿流露的兴致。我听着她们转身时鞋的响动，几乎总是六步远，仅踌躇了刹那工夫，她们又抬脚走了。我决计用沉默宣传，不见得比别的方式差。一个年轻人在我面前蹲下来，探出他的手掌。我将石头放在他手上，叫他沿着桌面滚它们。我叮嘱他冷静，没什么可疑惧的。握着我的手，我说，但是别瞧我的眼睛。光滑无皱的手，瘦胳膊，窄肩膀。面容却宽厚，阔鼻上的红印是经常戴眼镜的人才有的，于是我对他说，我强烈地感觉到他忘带什么东西了，大概那东西与距离有关。他摇头否认。唔，这个，我说，可能与视觉相关。他的嘴一抽动。对，他结巴了，从口袋掏出眼镜戴上。我已经能左右他了。别的神秘也不过如此。我依次摸散落的石头，嘴里颠三倒四地念叨着。

那时，我曾经的样子影影绰绰映现在脑海，可我不受滋扰。我自如于骗术，张口问他：感情还是财富？

问题没什么含义，分量却恰到好处。

感情，男孩脱口而出。我在他手心画十字。他再一次滚石头。他经历了艰难时世，我说。对。他在寻觅别的地方。对。这事，我说，恐怕与出逃或者迁移有些瓜葛。他眼睛一亮，凑得更近了。一座城或小镇，我说，不会很远。对，对，格拉茨，他答道。在格拉茨发生了阴暗的事，我说，他抓住了某个人的手。对，他睁大了眼睛宣布。他说他有一个战后去世的朋友叫托马斯，他踩到电车轨道上，脚被夹住了，车停不住，直接压了过去，他死得极惨。我闭上眼睛，又叫他在木板上滚石头。托马斯的死留下了可怕的创痛，我说着蹙起眉头。与列车有关。对，对，他告诉我，是电车！打仗的时候托马斯遭遇了极坏的时刻，我说，备受煎熬，与他的制服相关。对，没错，男孩悄悄说，他想开小差。他想逃离军队，我复述道，可他惧怕后果，羞耻。对，男孩补了一句，他的叔叔费利克斯。我直视他的眼睛，告诉他还有别的秘密，这会儿我又皱紧眉头。我触了触男孩的冷手，沉吟了良久才说，费利克斯叔叔。你怎么知道的？男孩问，你到底怎么知道这名字的？

我本想说有些事比真相重要，可我打住了。

四十年后看过去，似乎那时的我并不畏惧，其实相反，我可以告诉你我的血流加速，因为我时刻提防着宪兵绕过街角，或者某个家人的魂灵从门道探出来看我当时的情形，看我如何背叛了我所知的一切。我蜕变而成的样子不可名状，悲与喜之中都找不出它的存在。

尽管如此,我说得越少,男孩吐露得越多,他甚至意识不到对我讲了什么。他们从不记得自己说过的话,乔诺罗娅,他们坐等你借来的至理名言。他给我答案,我一重复就据为己有,他一点也看不透这把戏。我简直可以为死人披上熊皮,教他们跳舞,那样他还会相信他们专程来给他慰藉。他的低语变得和缓。我建议他口袋里揣一点面包来驱走坏运气,还说幽灵世界里他的好朋友托马斯一切安好。我谈到善、意志、幻象。让事物紧贴着你的心坎,我说,它们会化作一股力量。男孩站起来,从口袋深处掏出满满一把硬币,搁在木板上。

你不会明白帮了我多大的忙,他说。

我装了硬币,匆匆赶回垃圾场。我捡了一把旧椅子,支在那条小巷中,结果到中午陆续来了四个顾客,给我的报酬依次增多,尽管每个人流落于各自特有的命运。

我得承认,有时在他们站立的蠢笨之下我笑声低抑。曾有一个宪兵过来,用警棍敲着大腿。他咆哮如雷,就要摇身变成赫林卡,可我为他滚动溪石,说了一车的傻话润饰他的生活,把他灌满了,于是他许诺,只要我不是过分惹眼,他就不干涉。我对他说,穿不同颜色的短袜会给他带来好运,第二天他打我面前过,飞快地瞟了我一眼,撩起裤腿,一只棕的一只蓝的,然后继续迈步。

好几周过去,我迷失在算命之中。四下谣传我的神通。尤其许多小伙子来我这儿探问。我看得出他们内心的某处变得犹疑、委靡、无望,可是他们一谈起这种情形,转眼又丢在脑后。我给他们填满对健康如初和美好未来的指望。我用蜡和木炭做了一个十字架,裹在头发里。我把两只黄纽扣缝在一起,系到一根木棍上。我称它们为我的小尸体，把它们摆在我的左右。护身符的奇形怪状反而给我的言辞添了分量。为这蠢事他们付钱不少，当这些傻瓜在橱柜门上滚几颗溪石，我坐着观察影子伸出，汲取另一些影子。我对他们并不怜悯，他们装满的不是我的口袋。

我把所有的钱交给莫佐尔的时候，她简直哭成了泪人儿。

一九六一年仲秋，莫佐尔乘一辆篷布遮盖的卡车离去了。她的少许财产堆得很高，上边的孩子更加高耸。为了防止掉东西，她的丈夫摊开了四肢躺在上面，却已坠入梦乡。她微笑着握紧了我的手，直视我的眼睛。多年来我都记得那神情，我差点儿对她说了实话。她收拾行李的时候我好几次叫住她：莫佐尔，我得给你讲个事。但是她说，我忙死了，等会吧。我料定她知道了。离别之时她亲了亲我的前额，把我的手放在她的心口。

我们之中不存在单一的"再见"，乔诺罗娅。Ač h devlesa。Dža Devlesa。① 一人留下来。一人出发。上帝与你逗留。上帝与你同行。

我望见白色的山脉在天际铺展，我不知羞地告诉你，那景象让人毛骨悚然。

玛丽恩卡，下一个该你了，马库斯医生说。她两手交错在背后，踱回自己的诊所。

女儿，我那时觉得多么失落，多么孤单。

只有心怀渴望的人才会受骗，可我一无所求。我的朋友走了。次日早晨我套上穿了数月的衣裳，提了我的临时桌面准备进城。忽然我往镜子里头睃了一眼，让我如实说吧，女儿，在耻辱中我丢尽了每一丝奋力得来的尊严。我并不想以此舞出什么迷局，我为了一

---

① 罗姆人道别语。

个目的干这些事,而现在目的消失了。我打量自己,瞧不见左肩有什么支撑而右边也稳不住。最沉的负担是别人对我们的所知。然而兴许还有比这更沉的。当他们对我们一无所知,当他们默然地逼我们变成他们料定的样子,这时他们对我们的设想是更大的重压。更糟的是我们变成了那样,而我,乔诺罗娅,就成了那样。

我过了大教堂往弗朗茨-李斯特街走。高处拉上的百叶窗不出声。我把东西摆在周围。我给聚拢的人提供各色不祥之兆,他们接过去像面具一样戴着。第二天,仿佛一切照旧,我穿过红白红的屏障,可我没有取道垃圾场,而是朝着山里走去。

我昨晚醒来,觉得恩里科在身边。我爬起来,点了灯,只发现这些纸页。从窗口我能一直望到山谷。寒冷怎么就磨尖了一切东西的边棱?恩里科常说,最空寂的日子最美妙。

女儿,那次你父亲尝试翻越北面那座山的岩层,回家时的情景你还记得吗?他从一小片峭壁跌落,受了伤。他当时要把兽用药品——类固醇、荷尔蒙、注射剂——背到山那边去卖。他将帆布背包装得鼓鼓囊囊,连口袋和短袜里也塞满了药,然后往玛丽亚-卢高跋涉。暴风雪袭来,四周的雪幕起起落落。他侧身绕过连山羊都望而却步的险地。他一脚踩空,单单一块突出的岩石把他接住了。他落到积雪中,低头看见皮开肉绽的腿。他考虑了一番兽用注射剂,却不清楚哪种能止痛。他不得不用缚在背包一侧的折叠铲把自己挖出来。血溢满了橡皮靴。他只能借着树木辨别方向——沿山坡越往下走,树皮的节瘤越少。他到家一扔背包,简单说了一句,烧一壶水,佐利,我冻坏了。

他脱掉靴子,放到炉边,说这一夜真不适合在外头走动。他出去了整整三天。

这会儿他近在眼前，瘦鼻子，阔嘴，脸上深凿的皱纹，眼睛半闭着抵挡雪的眩光。

新的贸易法颁布后，再不需要带药品、香烟、咖啡、种子翻山了，而他从来都拒绝给那些炸电缆塔制造混乱的蒂罗尔人运炸药。他撤下生意，和当初着手一样突然，除了节日很少再上山。他开始在磨坊谋生，当这活儿也和其他行业一道走下坡路，他买下磨坊，把咱们一家子搬过来，让这里继续运转，一边满山谷打各种零工。一天中有两三次，他都要站在门道眺望一番山上的风云变幻。蒙上眼他都能摸到那里。

我爱你的父亲，单纯的爱；我从来不曾背叛的人只有你和他。

我搭的第一辆卡车是一个果农的。他穿着黑套装。他的面颊红润，才刮过胡须，眼睛布满血丝。他看得出我是逃出来的，刚开始却不置一词。变速箱当啷一响，发动机轰隆开动，我靠紧了座椅。农夫问我去哪儿，见我不应，他耸了耸肩说，他去几座镇之外的市场，只要我不添乱，欢迎我和他一道。我又一次装聋作哑，他深深吁了口气，像是觉得这招儿太原始。的确，我耍起来从来不灵，和回头看一个效果。

你怕什么啊？他问。

树篱闪过，树木和风车追赶，看到景物在飞速移动中如此迥异，我恍然意识到走了这么远多么不可思议。我还是想不起判决之后在迷雾中挪步的情形。我给那一段记忆封了白蜡，我无法面对，我不知道怎样从斯洛伐克，从匈牙利穿过边境来到奥地利。我也不考虑去往何方。巴黎似乎和别处一样好，或者一样荒唐。

过了一会雨声淅沥。刮水器坏了,不过农夫制了一条能从车里拽出来的粗绳。他夸张地给我演示怎么用,这小差事倒让我欢畅。我起劲地把粗绳从仪表盘这边拖到那边。果农夸我,可我留意到他打开车窗,狠狠哂烟。瞧,他觉得我臭,我寻思着。我想放声笑。我也摇下车窗,寒风劲吹。山影下,我们向西穿过乡野。路长而笔直,树啪的一声立正。白茫茫的群山在远处巍然盘桓。有趣的是我们越接近,它们似乎越往后飘移。农夫一只手握方向盘,不时瞥我一下。

你知道俄国人又送一颗卫星上天了?他问。

我弄不清他在说什么,还有为何说。

晚上能看见它们像小星星一样动,他又说。

我比画了一串复杂的手势,以指头碾入手掌作结,就像在磨很久以前躺在那里的一颗牙。果农摇头叹气。他用膝盖驾驶,又点了一支烟。两缕淡蓝的烟雾从鼻孔喷出,然后他倾身把烟递给我。我摇了摇头,另一个声音却劝我接住:佐利,求求你接着。他耸了耸肩,手伸到窗边。我注视着香烟灼红,燃烧。火星飞出他的手指。烟草味熏得我头晕。那是我在西方学到的头几课之一:他们不问第二回。应该总是说"好的"。赶在他们示意你不必为难之前说"好的",甚至赶在他们询问之前。

路在飞奔。我才开始真正体会到自己在另一个国家。我扭头看路边采黑莓的一家人,直到他们成了远处的小黑点。高高的筒仓让位给教堂的尖塔,将近一座大城镇的郊外,农夫停到路边。好了,我们到了,他说。他爬出去,掀开油布,塞给我一些苹果。我一直酷爱漫游生活,他说。我点头。躲开 Kieberer,你会没事的。

天知道我怎么忘了自己的哑剧,张口问:什么是 Kieberer?

他眼皮都没眨地回答：警察。

哦，谢谢你，我说。

他开怀大笑，半天才停下来说：我料到了。

我觉得身体绷紧了，猛地一拉门把，可他脑袋往后一抛，又尽情笑去了。

我沿着路边出发，他驾车靠拢了我。车辆隆隆疾驰，喇叭声震耳。一边是放牧地，另一边是石料加工厂。见我加快了步子，果农也跟着提速。他用两膝驾驶，双手搓着烟草，又忽地停车，伸舌头封了纸，斜出窗外，递给我两支手卷的纸烟。我赶紧接过来。

我打心眼喜欢逃跑的故事，他说。

只听当啷声起，他驾着滚尘离去了。我停脚注目，一边琢磨：嗯，我在奥地利，握着两支手卷纸烟，有一个男人从破卡车朝我挥别，假如让我猜这么多年之后我将在何处，给我四次机会我也猜不中。

那个晚上我发现了几座怡人的花园，葱郁幽密，可以过夜。天起了烈风，砰然撼响房屋的百叶窗作为前奏。雨来了，我贴墙蜷成一团。醒来我看见自己睡在战争纪念碑下。斯坦尼斯劳斯以前常说，人专为石头雕刻工打仗，看到欧洲哪个小村庄都少不了石头上敲打出的基督或士兵，我便思索他话语中的道理。可是，乔诺罗娅，战场上谁要纪念碑呢？谁正在作战的时候会想到，有一天我被石匠攥在手心？

我诅咒我的旧诗，一面朝城镇广场走——我连自己在哪个镇都搞不清——算命的收入不多，正好够买一张火车票。轨道上一列火车闪闪发亮。我心里一个劲打鼓。我能去哪儿？没有护照怎么出境？哪个地方可能收留我？我试着快刀斩乱麻。我要买一张向西的车票，别的不管。接近售票窗时，两个宪兵出现了。一个用警棍冷冰冰的一端抬起我的下巴。他转身对同事小声嘀咕。我真切地预见到自己要成为他们的石雕作品了，所以当宪兵又看过来，这个吉普赛女人再一次溜之大吉了。

在奥地利你不翻山，你跟随山谷与河流。周围似乎把你紧搂在胸部之间，不总是满怀善意，但一直引你走下去。

我的河是米尔茨河，澄澈、腾跃。我贴近河岸走了很多天。河滩上有几座容我睡几小时的小棚子，有时我就躺在草垛上。我注视着向倾斜的草坡猛冲攫食之前鹰的盘旋。我用棍子和旧布袋做了一个顶篷，撑在头上遮阳避雨。每当我不得已离岸踏上笔直的路，总有几个好心的司机沿山谷送我一程。日出日落引我向西。一群群野鹅从头顶飞过，我把自己看成它们中掉队的那一只。有些地方路变宽了，野心勃勃地横生巷道，多得让我头一回领教，不过，我尽可能不离偏僻小路或者岸边。声响从尖塔高耸的教堂炸开来。笑声和好味道溢出了饭馆。在那些小村庄，一些奥地利人讥笑我——吉普赛骗子、贼、黑法老——然而同样多的人举帽致意，或者叫孩子们捧着奶酪、面包、蛋糕撵上我。有个男孩让我坐上小轮摩托，满口答应带我绕出火车隧道，谁知压根不去，光是在他肆意嘲笑的伙伴们面前来回兜圈。我装作要给他施咒，他这才罢手——有时，他们因自己虚构的恐惧而心惊肉跳。

一天晚上，我经过一所着火的房子，一家人守在外面。我回身把自己那点微薄的食物递给他们，一些面包，几条鸡肉。令我意外的是，他们没有把食物扔在地上，而是蜷在一起，祈祷，称谢。看到世间的善如同恶一般形形色色，我心头震动。

我获得了那份盲人的信心——我可以紧闭着眼睛沿路迈步。我踩着川流不息的公路旁边的草丛，经过卡普芬贝格、布鲁克、莱奥本，渐渐山势高拔，赛过了哆嗦山的最高峰。我伫立于两条路前，一条向南一条向北，像很多次那样，我选错了。我沿着另一条河向北走，山群拥塞着逼近，绝壁上的树木对着头顶展叶，巉岩被巨网拦着。车辆嗖嗖驶过，正在那时我看到指示隧道的白边红色标记。没有比这更让我惊怕的——小时候我就拒绝进入这种黑咕隆咚。我退后兜了一圈，寻觅一条小径，但是无路可绕。我向路边加油站的一个老人打听，他说有翻山的路，不过我肯定会送命。过隧道最可靠的法子是和卡车司机 ① 一道。

他们在加油站后头排队，各种语言的闲聊在卡车之间穿梭，粗俗的地步不亚于丰富的程度。我拿不准他们会不会善待孤身旅行的罗姆女人，但说实话隧道让我恐惧得不得了，为避免步行过去让我干什么都行。在加油站徘徊了两天之后，我买了一瓶酒给自己施魔法，好生羞愧。瓶子的标签上印着绿藤蔓，尝起来像止咳药水，可它让我壮起胆子屡屡穿行于司机堆中。我爬上卡车，把膝盖揽到胸口，直盯着前方。隧道当然很多。有时还在施工，我们只好坐等几小时，但从头到尾，司机们真是善良到家了。他们给我递烟，有时把最后一些吃的都给了我。他们让我看孩子的照片，有一个许我拿走他心爱的圣犹大小雕像。让我惭愧的是，后来为了搞点吃的我把它卖了。每次一出隧道，我就下了卡车清醒头脑，同那些人告别，他们常提议我跟他们继续同行。可我的精神全搁在一双脚上，乔诺罗娅，这样我心里才踏实，我又要开步了，一边还寻思，我是被咒

---

① 原文是德语，Lastwagenfahrer。

到这一步吗?

我一直低着头,大多数时候不离山谷,睡在谷地深处的废棚子中。有时我走钢丝一样踩过横在溪流上的窄木,到稀疏的林中找一处避身之地。接近隧道,我便买一瓶酒,哪里卡车会停就到哪里去。

在我眼中似乎存在两个殊异的世界,树木的与发动机的世界:一个看起来清亮,另一个幽暗。

有时我到达的村子边上住着我们的人。为了自己的安全——我因怕玷污自己人不愿和他们搭话——我夹着咒骂轻松地把孩子们嘘走。然而,我记住了一座小镇边的定居点,它坐落于中阿尔卑斯山下的平原。透过低矮的树木能瞅见几个男孩。我生怕被大人瞧见,可一个女人从井边汲水过来,依次用德语和罗姆语朝我打招呼。她的口音难以捉摸,喜悦却很醒目,她一扔水桶,祝福我三次,又把我拉入营地。我脱身不得,胳膊上可见识了她的手劲。孩子们在我周围手舞足蹈,用力扯我的衣服。我着迷地和他们打成一片,把一堆沙子撒在金属片上,用一根锯条向他们展示沙粒的蹦蹦跳跳。他们咯咯笑,乐得到处打滚。女人为我做土豆薄饼,给我斟了满满一杯果汁。说实话,从来不曾有这样的慷慨。

五个小姑娘被唤来跳舞。她们穿着一模一样的绿连衣裙,系着起棱纹的白腰带。我乐陶陶听着音乐,可是当他们宣布三个从特尔纳瓦附近来的捷克斯洛伐克罗姆人已经和他们待了数年,想象一下我那种脱缰的惊惧吧,女儿。晚上他们就会从汽车制造厂下班回来。我考虑拔腿而逃,面对着他们强有力的友善,我又没法那么做。他们甚至送我一些旧衣裳,替我洗我自己的。我为晚上发愁,果然,当男人们出现,从他们昏天暗地的嘴里蹦出来的第一个词就是"佐利"。

许久没人喊我这名字了，以致它蓄足了从弹弓射出的劲儿。

但是他们没有抖缩后退，没有啐我诅咒我。相反他们欢呼我的名字。他们属于巧克力厂附近定居的那类人，可战后不久便离开了。他们曾几次听我演唱，对我的诗人阶段却毫无所知。很快我明白了他们根本不知道判决的事，甚至不知道近几年我们的人经历了什么，比如定居、法令、烧篷车等等。他们这些人已经好几次从边境被挡了回来。他们还记得过多瑙河的通道，说终归要回到斯洛伐克，他们只想在那里生活。人总是眷恋落在身后的东西——我怕讲出我们的人的真实遭遇会使他们心碎，不过我也明白，这个晚上他们迟早会问我，深究一些我躲闪不了的沉重问题。

心灵总是行其所欲。一直以来我阻挡了歌曲，那抗拒发自内心深处。对遗忘的选择也是求生方式。而那一刻我知道，为了活下来我又得唱歌了。人们聚在我的周围，一只灯笼亮起，酒瓶被传来传去。我知道我绝不会唱自己写的——我跟自己早约定好了——但可以唱那些打小就熟悉的老歌。我深吸一口气。头几声惨不忍听，我看到他们抖缩了一下。接着我放松下来，感到音乐自周身流淌而出。我切焦黄的面包时不要气冲冲盯着我，不要气冲冲盯着我要知道我没胃口。伫立不动的老马没有入睡，警惕的眼睛永远睁着，永远睁着。要是有钱，你可以琢磨心愿。当我叙述那天晚上人们眼眶含着泪，像对待亲姐妹一样把我搂在怀里，我想你不会怀疑的。我思量着，我污染了他们而他们蒙在鼓里，我带给他们耻辱而他们浑然不觉。

想到这里，利刃刺向我的心，可我能怎么做？还有多少小背叛等着我？谁会最终讲明繁复错杂的真相？偷走我们灵魂的是规则而不是镜子。

那晚他们跳舞，火光弹出黑衣裳里的红丝线。我一早溜走了，沿路让自己唱几首歌。它们的美使我吃惊，将我鼓舞。有一两次我在头脑里听到自己的一些歌，我所写的那些，可我不欢迎，逼得它们沉寂。

路向西打弯。一家人停下来，男人蓦地一扬拇指，叫我跟孩子们坐在后面。孩子摇下车窗，一缕暖风拂面。后窗上留着狗的鼻印，却不见动物。我没问，不过看到孩子们脸上的泪痕，我猜他们丢了宝贝狗。我想起红。为了给他们寻开心，我哼起一首关于老马的曲子。男人从车座扭过身，对我微笑，母亲仍旧直视前方。我往后一靠，哼了更多的歌，他说喜欢，而我因涌出的歌曲讶异。我的声音倾入风中，向后弥漫于我所踏过的千百条路。

男人让我在咖啡馆门口下车时，孩子们哭了，他们的母亲给我钱。父亲捏住帽顶一斜，说他对野外生活总是向往的。他脸上，晒黑的厚皮肤泛起笑容。

唱得好，他说。

我很久没听到这句话了，离了城镇往腹地走的时候，我把这句话含在嘴里斟酌。之后我坐下来，笼起一团火，细看河上的水蜘蛛。它们匆匆掠过水面，怪异、古老，勾不出旋涡或涟漪，仿佛是水的一部分。

很多天以后，过了几座镇，我遇到了我的最后一个卡车司机。

他把车驶到路边，离几个男孩玩耍的小巷不远，然后说，轻轻吻一下不会碰钉子的。我提出给他算命，他却接口说，他清楚自己的命，太明显了，就在眼前晃。他满脸闪着油汗。我直抓门把，他揪住另一只手，又说稍微谢一下咋会碰钉子。我猛拉把手，但他狠命掐住我的脖子，把我按倒，拇指嵌入我的喉咙窝。我呼求全身的力气，拳头一抽，打得他青了眼眶，他却嘿嘿笑着。接着他咬了咬牙，一头撞向我的前额。顿时一片漆黑。我觉得自己成了孔卡的母亲，指甲被钳子一片片掰开。他扯掉我所有的扣子，又一把撕开了第二层衣服。我讲的事儿不长。我盯着他的手。他的脸色温和了片刻，柔声说，来呀，女人，轻轻一个吻。他抚弄我的肩和脸颊，那时我知道了，我偷的东西能救我。

刀片戳进他的眼窝，赶得上切黄油时那样顺溜。

我拖着行李冲到外面，他跌跌撞撞，嗥叫着，那个婊子挖了我的眼，他妈的挖了我的眼！的确，刀子在他手中，血弄得眼睛一塌糊涂。一些男孩绕住他叫喊，又激动地朝我指来。我顺着窄巷飞奔，寻找一个街角。一座木棚闯入眼帘，我拉开一块朽烂的木板，匍匐穿过。碎木块从搬动的位置簌簌下落，我知道给他们指明了追踪线索，可我来不及了。脚步声在隘巷喧沸。棚子里有几堆破石板、一些农用机械和一辆蓝色的小汽车。我探向把手，车门紧锁。我蹲到车后，一拉银碰锁，行李箱霍地打开。我将包袱往里一抛，骇然环顾，爬了进去。我撑着盖子，不让它关紧。墙那边传来拉扯木板的声音。男孩们大声嚷嚷，四下敲打着。我听到他们吃力地拽把手，料定自己完蛋了。

现在想起来，我真是傻透了，乔诺罗娅，可是当他们离开木棚——其中一个喊看见我从田里跑过——我往后一仰，哭起来了。事情都会如此吗？我拉下行李箱盖，用毯子一角覆盖了碰锁，免得把自己关在里面。就这样蜷缩在昏黑之中。

早晨，盖子弹起又落下的时候，我醒了。

你多半猜到了，玛瑙小刀惹的祸没有让我锒铛入狱。发现我在车中的那个男人衣领笔挺，戴着领带别针。他定睛瞅了瞅我，砰地甩下箱盖。一路行驶，我听到他的咕哝混入稀里哗啦的动静，想必是念珠了。我断定他会把我领到法院，或者官员处，或者另一座难民营，谁知一两个小时之后盖子打开，一个年轻男人低头看我，他穿着黑套装，衣领雪白。我对着光线眨眼，竭力抓住撕破的衣裳。

为你效劳，戴领带别针的男人说。

年轻的神父引着吓呆的我，沿铺卵石的小径走向一所房子。神父们的事儿我听过一箩筐，我知道他们很轻易就成了官僚，但伦克神父的特别之处打消了我逃跑的念头。他叫我坐在他厨房的小桌子上。他还年轻，两鬓露出小抹霜毛。他说，他在生活中认识了很多吉普赛人，有好也有坏，他不想评判，可到底什么风把我吹到了汽车后头？我开始编故事，他却用凌厉的口气打断我：实话，女人。我道了实情，他说警察的确很可能在搜寻我，不过别担心，我已经被载出去老远了。他以前跟附近佩格茨营地的难民打过交道。如果我想去，那里有铺位，他说。他把我引到楼梯口，那里通向顶层一个供我入睡的小房间。作为回报，我要为教堂扫地，整理圣器室，参加他主持的礼拜——简单的日常杂务，对我却比应该的程度难。最终我待了三个月，仍旧记忆犹新，那可是少有的日子，充满了衣服、杯盘、家具上光剂。虽然一肚子尘世经验，面对吸尘器的简单结构我却成了丈二和尚，我也从没用过漂白剂。我给年轻神父的衬衫上弄出洞。我把熨斗忘在茶巾上，烧了烫衣板，而伦克神父觉得这一切妙趣横生。他坐在厨房里，一边看一边咯咯偷着乐，有一次甚至自己挥动吸尘器，唱着往走廊推去了。一个个仄长而寒冷的早晨在听他倡导和平的布道中流走——他站在圣坛前,对他的教区居民宣讲,我们必须在集体情谊中生活,每个人都融进来,做起来并不难,至于黑人、白人、奥地利人、意大利人、吉普赛人,这些区分都无关紧要。

他简直不谙世事,我暗想,可我一字不吐,忙乎着打扫卫生,一直埋着头。

一天晚上,他看见我没有在圣坛前下跪,而是坐着。他坐在我对面的长椅前排,问我究竟寻求什么。翻过山去,我回答。他说这提议不错,可只有上帝知道我的境遇。我接口说上帝和我算不上朋友,有时魔鬼倒像是怪喜欢我的,一听这话他转向窗户,淡淡一笑。

接下来的几天他打了好几个电话,一天早晨他对我说:收拾行李,玛丽恩卡,快点。收拾什么?我问。他咧着嘴笑,把钱塞进我的手心,而后载着我向南穿过美丽的乡野,沿途村庄里人们朝神父的汽车招手。一座桥的下方写着:一个蒂罗尔。我们向上攀爬,迎面的弯道似乎永无止境,U字形和之字形急转,让我觉得一转身就能和自己碰面。每过一米都变换出令我屏息的新景物——灰蒙蒙的山群峭拔,一群羊悠然蜂拥于山路,路边的草蒙上了一只鸢的霹雳之影。

我们在玛丽亚-卢高的小村停车,伦克神父在十二处十字架前做了苦路祈祷,又为我的旅行祝福,把我带到一家咖啡馆才离去。咖啡馆里坐着一个长相粗粝的古怪男人,他目光钉在杯沿,难得瞅我一眼。

过山吗?他用德语问,我马上猜出那不是他的母语。

我点头。

这一片有两样东西，他说，上帝和钱。你运气不错，碰上了第一样。

他以前从没带人翻过山，也不乐意。除非我能背一只麻袋，否则他不答应。我对走私、偷运、关税之类一窍不通，但我应道，为了去巴黎我背得起自己这么重的东西，更重的都不在话下。他冲我咯咯笑：巴黎？当然了，我说。巴黎？他重复着。他忍不住笑，我觉得这个套皮马甲、头发毛茸茸、满脸褶子的男人真是个讨厌鬼。你走错了，他说，除非你打算爬上一两年的山。他在手背上画了张地图，指给我瞧巴黎在哪儿，还有意大利、罗马。我不是傻瓜，我对他说。他呷完小杯清咖啡，撂了一句：我也不是。他把烟在地上踩灭了，起了身，头也不回。

沿着街，他终于扭身朝我一指，对我说，我的运气全沾了跟神父有交情的光。

翻了山就结束，你明白了？他说。

他带我过边境的那个晚上扛了三麻袋注射器。后来他没让我背任何东西。我们沿山谷出发，默不作声，月光在河石上蓝溶溶的。我们涉过高高的草地，草丛淹没了我的腰。他指点道，边境两头都有两种警察，不均匀地沿山排开。他说意大利的最恨他。你可能被捕，知道吗？他问。我答道，这前景对我谈不上新鲜，我分得清门和钥匙。我们停在森林边。你牛劲十足，对吧？他说完摇头叹气，接着用绳子捆住我的腰，另一头系在他的皮带上。他说过意不去，把我像驴一样拴着，可黑洞洞的容易走失。绳子展开了也仅能触到他的肩膀。我和他步调一致，绳子在腰间只紧了一两次，这让他吃惊。半道上他转过身，竖起眉毛，朝我微笑。

他的衬衫前胸振荡着，不过，乔诺罗娅，我对他还瞧不上眼，还没有为他心跳。

月亮消失了，黑暗铺天盖地，看上去星星大过了天空。我们避开爬坡的小径或土路，一直在林中走，双腿在陡坡上狠劲地拔动着。他逐渐坦然于我们之间的沉默，攀登途中仅有一次，他听到响动忽地转身。他用手压住我的脑袋，让我蹲下去。远远地，两只手电筒在林中射向峻峭的山脊，光线从岩石擦过。我一下子想到可能得往上爬，可我们向旁边一拐，静静地穿过林子走远了。脚下的坡道不断急上，这时，树林戛然而止。一长溜岩屑堆赫然耸在眼前。小心石头，很滑，他嘱咐道。我们终于登上了山顶，可刚越过他便转身说，艰险还在前头，警察①对他怀恨在心，没有比逮着他更让他们开心了。

下山时他松开绳子，把走私货在背上挪挪。愈往下，溪流愈响亮，啮着灰色的巨砾汩汩奔流。雨下了起来，我滑进泥里。他扶起我，还说知道我迟早会东歪西扭的。

你不怕警察？他问。

为了发挥那句话的威力，我在心里酝酿组织了一番，那可是很久以前斯坦尼斯劳斯特爱挂在嘴边的，我想至少给这个怪人，恩里科，留一样好东西，我用德语说：朋友，如果舔猫屁股能除掉口中的警察味，我准保舔得个不亦乐乎。

他仰头大笑。

那天夜里我待在他盖的棚屋中。门闩是他用轮胎废料做的，木板染上了黑焦油。窗户很小。只有一样家具看起来格格不入——一台塞满了纸的卷盖式书桌，有些纸上水印斑驳。他递给我毯子和一

---

① 原文为意大利语 carabinieri。

卡拉夫瓶的冷山泉，又把一些储备品堆在桌上，烟熏肉、蔬菜干、火柴、炼乳，甚至还有一只灯笼，他说欢迎我尽情享用。天还黑着，他走出棚屋，去萨帕达的村庄了结什么事务。门在他身后咔哒一响。

我穿过第四条边境，如今在意大利了。

看见床我满心欢喜，一头栽到上面。外面送来河流的潺潺快语。我顷刻入睡了。我知道他回来过，地上留着湿鞋印。一定是几个小时之后，因为满屋的光线黄澄澄的，我听到旁边的椅子上他呼噜噜的呼吸。对着他所认定的我的睡相，他用意大利语咕哝了一句，然后悄悄关上身后的门，又离开了。

说这些是为了告诉你，乔诺罗娅，催我往更远处去的念头飞到九霄云外了，罗姆人有句老话，河流不在源头和终点，但我似乎到了哪样东西的峰顶，我不想去巴黎了，我的步态也变了形。我叠好毯子，装上他留给我的口粮，感激地吻了吻桌子，告别了棚屋。我在山谷的路上走了整整五天。我的思绪禁不住向恩里科飘去，他怎么啥也没问，不像是漠然或者不屑。我离他越远，他回来得越勤。过了很久，多少年之后，他曾对我说，生活之所以稀奇古怪，是因为我们根本搞不清下一个拐角有什么名堂，多数人学着忘掉这一点。

山里的一个雨天，我听到轮胎的滚动声。他在我身后停下一辆破旧不堪的吉普车，唤我说兴许我有点累吧，我应道是啊，他建议我上车避一避。我说没瞧出遮风避雨的功能，车顶也没有。他耸耸肩说，你总可以假装嘛。我纵目望了一眼大山，走过去坐在他旁边。干着呢，对吧？他说。我们转了一个弯，骤雨斜打在身上。我蜷身贴着发热器。道路在我们的眼前伸展，我想我的漂泊故事就结束在这里。

我们去了保利的咖啡铺，保利从柜台那边打量，摇头咧嘴，邀我们入座。

我问恩里科，怎么不围绕我是吉普赛人问点啥，而他问我，怎么没有围绕他不是吉普赛人提问呢？

这可能是我听到过的最美妙的回答了。

我们慢慢地了解对方，惊恐，激动，疏远，退缩。有时我瞥见昏黄灯光中的他，比起与我，他似乎与影子更接近。我们笨拙地拥抱，又一动不动地静坐很久，但距离显露，缩短，彼此间的欲望新鲜如故。在我看来，这个世界考验了我，最终展示了喜悦之境。许久许久我们都没有话要说，就这样学会了相对无言。在一起的时刻就足够了。晚上他盖着我的头发睡，我看着他胸廓起伏。清晨他迈步过去，让炉火苏醒。又触我的脸颊，抹上一点儿烟灰。夜里我说起彼得，和斯旺、斯特兰斯基交往的日子，还有我们之间的事——他默坐着听，直到窗户上一道锐利的光划开黎明。

他不在的时候，有时好几天，我日夜不眠地等着。我无处躲避绝望，有时自问怎么在这个地方存活，有些天断然预备着跑到山里，不留踪影，不抱目的，往渺茫深处走去，可他恰好回来了，豁然之间光线通明，幸福好像不请自返。真难记住等待意味着什么。

我在篷车中度过了那么多岁月——真怪，放眼望去，不见马的影子。

恩里科可不是单纯随和的人。他不喜欢自己的来历，掩盖了很长时间。我从没想过财富会腐蚀人，可恩里科与他的那份财富斗争。我后来得知他出身于显赫的法官和律师世家，家族享有很大的财富、声望,甚至广受敬重。他一心抛开这些:坐落在维罗纳的漂亮宅第,空地阔庭,花园里的白雕像,而我认为丢在身后的东西会跟随你。恩里科彻头彻尾地属于大山。他年轻时离家,在酒店、缆车站、饭馆干过各种活儿,可他真的只想在重峦叠嶂之中独来独往,于是在意大利边境地区物色了一个丘陵下的隐蔽处,四周是被冬天遏制了生长的树木。他靠打零工攒了盖棚屋的钱。他少有访客,被一些人称为 Der Welsche①,局外人,实际上,他说自己只是别处的公民。

那天,恩里科请本地的鞋匠用自己的皮箱做一双鞋,他知道自己从此以山为家了。

他游离出多数人的目力所及,渐渐自乐于保利所称的精妙的懒散。你父亲受人爱戴——他把药带给山区的人,悄然来去,从来不接触那些以蒂罗尔的名义摧毁电话线杆的投弹者。他远离家人,对他们一无所求,该挨饿的时候就挨饿。他并不以此作为牺牲的标志,他不是圣人,离得远呢。多年后他说否认他们的存在太蠢了,而到头来逼他重返家门的是我的困境。

我在棚屋仅仅待了三个月,警察就循路而上。整洁的制服,白腰带,肩章。就像紧瞅着恓惶逼近了。什么也别说,恩里科轻声道。他们阔步进来,给我戴上手铐,推到门边,当着我的面把你父亲痛打了一顿。之后他一身旧衣,缠着白绷带,赶最早的火车回到维罗纳,结果带回来一份将我从警察魔掌中救出的文件,却从没对我讲过自己付出的代价——这是他头一次托父亲帮忙。几天之后法院的一个官员开小汽车送来一本蓝护照,对我说,请接受意大利政

---

① 德语。

府的致意。话音一落就走了。我问恩里科为这个费了什么事，他耸了耸肩说，没什么，对我比登天还难的，对他就是个芝麻大的事儿。然而，甚至那会儿我也觉察到这件事破坏了他的一部分生活——警察以前根本不知道他来自哪里，哪个家庭。风声也吹到一些蒂罗尔人耳朵里头，他们开始怀疑他了，但是他说，有什么得失可计较的，我拿到了护照，这就足够了——人做着一件事，心里却信着另一套，已经是一种背叛了。

他缚紧靴子带，继续翻山走私货物。他明白一旦给他们捉住，就要在牢中度日——不会再央求第二次恩惠了。那年春天最终遇了事，他服了三个月的刑。我感觉心脏似乎要翻越棚屋的墙，乔诺罗娅。深夜合不上眼，听你在我的肚子里爬。

就这么发生了。

一天下午，恩里科从木箱里拎起一套精致的蓝色细条纹衣服。他把衣服抡到光下，说他恨死这鬼东西了。又把它滚成球，用包装纸裹了起来。我们要去维罗纳，他宣布。他给我买了一条华丽的连衣裙，穿上却短了两码，还凸显出我的新体形。很难忘记那些最古老的传统：血缘法、领地、缄默，可他超然其外。他用手捂着我的肚子，合不拢嘴地憨笑。保利载我们去博尔扎诺，一路吹着口哨。上了火车恩里科不安地扭绞着手，猝然间抬起话头，要讲述他的家庭，家族历史，可我朝他嘘了一声。就在车厢里头，他穿起套装，脖子的黑黝黝与全身的苍白对峙。我们坐着，看田野咔哒咔哒闪过。有一两次他站起来纵声大笑。我来了！他嚷道。我来了，回家啦！几小时后我俩走上一条宽阔的巷道。维罗纳的房子使我想起布德梅里采，光线干净，从水里绞出来似的。

那是恩里科弟弟的婚礼，一家人齐聚，有的在草坪上，有的在阳台上饮酌，女人们为晚餐的准备吵吵闹闹。他父亲一见我们露齿而笑，摔碎了一只玻璃杯。他的兄弟们欢呼。他母亲，你的奶奶，是个优雅的女人——可也不够优雅，乔诺罗娅，最终给我的印象没能把我说服。我昂起暗皮肤的脑袋，泰然自若，我不会往角落里躲藏。

宴席琳琅触目，超大的银盘，一杯杯最醇香的酒，一碟碟最鲜美的橄榄，精挑细选的肉，争奇斗艳的异域水果。我心里说这只是火星一闪，我要在这天知道多短的时间里沉浸一下。恩里科一直挨着我。他说，这是佐利。再不添别的话。我很高兴——和他在一起，我的名字就足够了。美酒流溢。一个歌剧演员起身唱了一首咏叹调。大家喝彩，桌子对面，恩里科的父亲朝我眨了眨眼。后来他携了我的手在庭院散步，说他永远没法彻底了解儿子，也猜不到他竟会穿上这身衣服，他为此欣慰，儿子身上起了变化。多亏你的影响，他咧嘴笑道。恩里科的母亲从草坪那边虎视眈眈。我大着胆子向她微笑，她却别过头去。我和恩里科分别被安排在房屋两头的房间，可他深夜进了我的门，醉醺醺地唱歌不止，好容易在床罩顶头入睡了。早上醒来他舌头冒火，脑壳里敲着战鼓，忽而说，死亡把我们一道迎候，为什么还等呢——他以这种方式表达结婚的心愿。

归途中，在疾驰的列车上我们迈过一条线，他拥我入怀，那是他想要的全套仪式了。

仅仅几年之前，我想是一九八九年——现在年份的标签对我可有可无了——他们的墙倒了，也许，与其说是墙，真不如说是从自身的简单中纠结而出的念头。

我和恩里科，我俩从磨坊走到保利的铺子，观看柏林传来的电视画面——想一想多么奇异,那些小伙子砸开墙砖的同时,保利在诅咒他那永远开不了工的小咖啡机。在我看来,柏林的情形像极了外公的活儿和他对水泥的深恶痛绝。那天保利的咖啡铺开到深夜,回家路上,你父亲搂着我的肩头。

你还会回去吗?他问。

我的回答当然又在掩盖心中的肯定。多少个夜晚,我梦见自己步入早年生活的旷野,与如今已化为影子的人相聚。每年他都要问我,结果四年之后,你父亲从维罗纳的弟弟那里借了刚够旅行的费用。你应该有印象——我们从博尔扎诺搭火车走的时候你住到了保利家。我们穿过两个国家,一直来到维也纳,你的变老的母亲裹着头巾,你的父亲穿着那身露线的套装。街道那么干净,偶尔一件杂物,烟头瓶盖什么的倒让人愕然了。我们买了去布拉迪斯拉发的车票,在火车站附近的科尔施茨基大街一家容光已衰的旅馆住了一夜,那里的街灯好像行着屈膝礼。我用床罩遮了梳妆室的桌子,省得从镜中瞅见我们自个儿。我们躺着动也不动。你父亲给我买了一长串彩珠子,我当腰带缠着,这样子和以前的装束最接近。我拿彩珠一勒腰,紧绷了身子听见玻璃屑剥落。旅馆已存在了两生。电梯的缆索低声嗡嗡,前台铃声丁当响。墙角顶部装着檐口,在水渍下有一拃宽。我从水渍的碰撞中浮想画面,在那儿涂抹出过去的自己。我仍然说不准能不能踏上回儿时之地的旅途。

第二天,当我走下火车,摇头说了声对不起,恩里科没说一句话。

他把帽子翻出来,敲出一个小凹痕,我心知肚明,他惦记着借来的钱。我们穿过维也纳,像两个凋衰的钢琴乐音飘浮着,那天傍晚坐上开往乡野的公共汽车,一两个小时之后来到布劳恩斯贝格。我们爬上山丘,俯瞰多瑙河,极目远眺,布拉迪斯拉发灰蒙蒙的高楼凸显在天际。我的故土像是用积木搭成的。河流从那里蜿蜒流走。狂风吹着。恩里科捏紧我的手,没问我想什么,而我扭过脸去,不知道怎么回答。在我看来,我们的生命虽然流逝了多半,逐渐缩小,却仍旧画着硕大的问号。辽远的高楼出入于云影。我挽住恩里科的胳膊,偎依他的肩头。他叫我的名字,就是这样。

我没法回到那儿,当时不行,我没法渡过那条河,对我太难了,他搂着我走下陡坡,我觉得我俩是寂静的一部分。

次日早晨我们到了火车站。那几个字母在指示牌上剥剥啄啄,诱惑我旅行,可我们登上另一列火车,我想如今可以称之为回家了。你父亲枕着我的肩睡着了,呼吸听上去活脱脱像匹呼哧呼哧的老马。之后他给我找了个卧铺,待我睡下,他爬上来躺在我身边。回意大利的路上,我来回琢磨错过的东西,或者说,最好还是错过的东西。我惧怕故地依然如故,也怕那儿面目全非。怎么解释有些时光我们攥着不放,甚至攥紧了它们的恐怖?可是说真的,如果那次回去了,我会重访那座湖,走走通往普雷绍夫的路,我们弹竖琴的幽暗树丛,还有我们在孔卡婚礼上跳舞的小巷——那些日子闪在我的脑海,像一枚晶亮的硬币。

有时,我仍怀念热闹日子,年老并没有使我免于忧伤。曾经我内疚于相信只有好事来临,接着我又为不相信还能发生什么好事感到自责。现在我不评判地等待着。你问我爱什么?我爱回忆每次我听到店铺铃响时的保利。我爱保利的女儿雷纳塔煮的清咖啡,她涂了指甲油,晃着大耳环坐在柜台后面。我爱咖啡店角落的手风琴手弗朗茨,他老是拿指头掩护坏牙。我爱那些为其实不上心的事情的价值争得面红耳赤的汉子们。仍然在自行车辐条上放扑克的孩童。滑雪板的嗖嗖声。从小汽车里钻出来,一只手遮眼的游人,他们又两眼发黑地钻了回去。小孩的蓝毛线露指手套。他们沿街奔跑洒下的笑声。我爱果园中脱泥而出的果树。我爱漫步于秋天的树林。鹿群踅过崎岖的弯道,低头啜饮,瞳仁乌亮。我爱从山顶吹下的风。坡下加油站敞开破衬衫的小伙子们。家制炉中的火苗。门上剥蚀的黄铜拉手。屋梁在瓦砾中入了静的老教堂,连新教堂也爱,除了它的机械钟。我爱那张卷盖式书桌,里头的纸原封未动。我爱回想一岁的你试探了第一步,摔了个屁股墩你哇哇哭了,哪里料到木地板这么硬。你假小子似的噔噔开步了。那天你拿着木柴进来,站在门道,几乎比我还高,你说要离开了,我问去哪里,你回答:正是。我爱所有这些问题的端倪,它们一次一次回转而来。我爱与我擦身而过的冬天,甚至从大家头顶压过的雷嗔电怒的天气,还有恩里科不在家时咱们悄静的日子,我守候门闩的咔嗒声,等他进来,抖一抖靴子上的雨水、雪片,抑或是花粉。

　　女儿,有心于惊异真好。在这块儿,动不动就落下斜欹的雪——我甚至见过夏天的雪花,紧跟着风风火火的光与暗。想来真奇怪,我的生命走了这么远,发现了这么多仍然令我震惊的美。

　　恩里科对我说起过他的一段童年时光,不超过五岁,就是那类得穿海军蓝的短裤① 和白色中统袜的小家伙。他奔跑于维罗纳家中的庭院,长着葱茏的蕨类、拥有白砖与喷泉的美丽花园,他母亲的园丁精心拾掇着一盆盆高耸的植物。园中对面的角落兀立着三只

---

① 原文为意大利语 calzoncini。

黑猩猩的黄铜像：一只蒙眼睛，一只掩耳朵，一只捂嘴巴。它们脚边是池塘的小井，水汨汨地流进流出。恩里科常常坐在那里消磨时光。

有时我仍将自己视为孩子，受人疼爱也深深爱着别人，而且在我的童心里对爱的无穷无尽毫不怀疑，但我不知道这种爱有什么用，就松开了它。我用手遮了嘴巴、耳朵、眼睛，可我又绕了回来，尽管在面粉里滚来滚去，我还是自称黑皮肤的人。

我永远和我们的人在一起，虽然他们与我分离。

你父亲从不多问我的过去，于是我自愿地讲给他听，我总是想，只有对你和他能倾吐这些话，以及话语中的幽暗。

既然借他们折断的骨头我们
推测天气：四二、四三年
赫林卡管制下我们的所见。

如削危石掀起我们的车轮，
高空涌到地上栖息。
当两身制服在后面出现，
河流正弯折于金色的清晨。
我们问，从哪条路逃脱——
他们指向最窄的一条。

别找面包了，黝黑的父亲，
碎屑之下你一无所获。

春天死在最邈远的角落,
我们的歌儿深入山间,
响彻山脊,又戴上
脱了两次的礼帽。
歌儿是我们咀嚼的寂静,
它却返身应答。

有些天我们搜索繁空,可是
上帝啊,攀爬的路多漫长。

黑森林的土地,我们生于你。
为我们,你的枝叶间漏下太阳,
树根筑好暖洋洋的隐蔽所,
苔藓幽藏着衬衫、帽子、腰带。
如今淫雨霏霏雨脚沉重,
谁能把我们的黑土地拧干?

我们漫游的时辰流来流去,
再一次,荡漾又流逝。

他们把我们的马车赶到冰上,
为苍白的湖面镶一圈烈火,
当严寒开始迸裂,
赫林卡欢声雀跃,
我们硬拽着骏马前行,

它们向着湖岸，滑入血泊。

我的土地，我们是你的孩子，
快撑住冰层，叫它封冻！

女人们来到窗口，
张望着前方路上的动静。
她们播撒灰烬，
让一些随风扬起。
冬天最漆黑的鸟儿，
向同伴呼告：莫追随。

大雪挥洒着白光，
齐轴深地掩埋了车轮。

脚下的路多么松软，
光秃秃的枝丫发灰。
树顶，光的锋芒刺碰，
提醒别的光线远走。
对森林我们是除了敌人
和危险之外的一切。

在我们漫长幽蔽的行进中，
树木多少次俯身问候。

他们往列车里装载，
直到弹簧失灵。
我们听到吉普赛孩子的抽噎，
饥饿剔净了他们的睡梦。
甚至尚留一息的人，
也摸见残存剖开的坟墓。

所有白茫茫的田野和森林里，
旧痛向新忧抢地而呼。

门口的两根柱子上，
什么也别想雕出，没有
勺子、月亮，吉普赛人的一方天，
没有雨燕、猫头鹰或另一次出逃。
我们排成一线走过，
向天空仰起脸。

如果屋顶近在咫尺，
谁能借繁星报时？

一个孩子的黑指头探向
扑烛火的飞蛾。
冬天正围拢，
森冷、猝急、铁青。
我们梦想松盖之上

更好的所在。

然而荫翳的零碎,
只是一刹影子。

我们携着四季织就的溪流之网,
在你所有孤绝沮丧的角落,
奥斯维辛、迈丹尼克、泰雷津、罗兹,
怎样的悲怆与哀号逼耳。
哦,上帝,谁给他们这样的恐怖之地,
就在黑森林的边缘?

我们被带入他们的大门,
他们让我们自烟囱飞升。

良善的母亲,别把连蛇
都恨的蛇视为朋友。
你问为什么这首歌不提
梦想和敞开的门?
过来看,车轮已陷入
最黑的淤泥。

看一看倾颓的家园,一切
被击垮的犹太人和吉普赛!

但是别抛下与我们
分享过饥饿的死者。
别让蛇饕餮于
想把我们盘绕成的模样。
过冬吃的铁丝网上的冰锥
多沉也冻不住我们的舌头。

兄弟，我们还在凝望
迢渺处的转角。

如雷贯耳的钟
与你听过的那一口不同。
我们要把它捣碎
释放苍老的黄铜。
它将送我们返回
通向四面八方的道路。

我从苔藓地对你说话——
拉响你口中的小提琴！

漫游的歌儿扎根于一切树，
又被破晓时寥落的星弹拨。
它在河湾生出涟漪之羽，
掉头向我们回翔。
旋即你在烟囱中一无所见，

除了死寂与黯淡的晨曦。

天色泛红,清晨也是——
地平线挽不住红的狂澜,同志!

罗姆老妈妈,不要藏你的耳环,
硬币、儿子、美梦,
连金牙都不用掩藏,
对地狱阴暗的兄弟说:
他召集人马之时,
再不能卷我们的人同去。

谁说你们的声音对那些
从你们中复活的人陌生?

太阳、月亮和碎裂的星光,
马车、鸡群、獾、刀刃。
和我们一起受折磨的人,
听到了一切哀伤。
暮色中心忧的你,
将与朝霞会心一笑。

既然借他们折断的骨头
我们推测天气。

当我们死了化为雨,
在纷纷坠落之前,
将簇成须臾的氤氲。
我们将在长满苔藓的橡树的浓荫下
逗留,那里我们曾
踯躅、哭泣、踯躅、漫游。

佐利·诺沃特娜
一九五七年九月于布拉迪斯拉发

巴 黎
二〇〇三年

下午，她裹着琥珀色的光线下了火车，拿手蒙了眼睛。她的女儿紧步走出阴影，高个子，纤细，留着短发。吻过四次后弗兰切斯卡说："你很美，妈妈。"她弯腰拾起佐利脚下的小袋子。"就拿了这些？"她们挽起胳膊，从里昂火车站宽阔的天花板下往外走，经过一家报刊亭，挤过一大群小姑娘，又置身在阳光之中。角落传来喇叭尖利的嘟嘟声。街对面，一个敞开皮夹克的小伙子别扭地爬出小汽车。他剃着短平头，衬衫也大展宏图似的敞着。他朝佐利奔过去，胡子茬在她的颊上猬集了片刻。

"亨利。"他自我介绍，佐利喘不过气，倚了一下灯柱，这太像她丈夫的名字了。

弗兰切斯卡小蹦小跳着从车前绕过，招呼佐利坐到前面。"他讲意大利语吗？"佐利悄声问，女儿还没来得及回答，亨利已经抛出了一串感言：见到她非常高兴，她看上去真年轻，两个美成这样的女人能上他的车，让他大饱眼福了，想想看，两个哪！

"他讲意大利语。"佐利说着咯咯轻笑，关上了车门。

弗兰切斯卡大笑着蹦到后座，手臂绕过弹性头垫，给佐利按摩后颈。她想到，很久没人这么轻抚自己了。

车子向前一颠，汇入车流，又急转绕过一个凹坑。佐利伸手死死抵着仪表板。街道开始分叉，变宽，畅通无阻。她从车窗望见交通灯跳闪，广告牌炫目。心里想，我到过巴黎多少次了，没有一次像这样。他们驰过黄灯，沿着长长的林荫路，两边栽的树还未长成。"回头再带你转转，妈妈，"弗兰切斯卡说，"我们先回家。香喷喷的午饭都备好了，多少奶酪等着你呢！"这似乎是女儿的捏造，她成了奶酪嗜好者，她想申明，你爸才那样我不是。佐利把手搭在亨利的小臂上，问他喜不喜欢奶酪，而他觉得好笑，她拿不准为什么，猛一个急转弯，他拍了一下方向盘。

他们慢下来，路过一些售货亭，写着外国字母的奇怪的商店门面。好几个阿拉伯女人从一家商店出来，裹着黑头巾，只露出眼睛。更远处，一个黑人推着一推车的上衣过马路。佐利转身瞅了瞅。"这么多人，"她说，"我实在没料到这样子。"

女儿解开后座的安全带，凑上去对她耳语："妈妈，你来我开心极了，简直不敢相信。"

亨利轻踩刹车，车子一蹦。"系上安全带，弗兰切斯卡。"他说。沉默了一会儿，她听到女儿缓缓落座，夸张地长嘘了一口气。

"对不起，弗兰卡，但是我在开车。"

女儿的爱称冒出了这个年轻人的嘴巴，听起来颇为古怪。实际上，在这个和煦的星期四下午，山谷那边他们大概在低坡上割草的时候，她竟然在这儿，置身于这辆小汽车，这些嗡嗡作响的街道，真是匪夷所思。

他们又驶过几条迂曲的小街，挨着一行矮树下的路缘停住，邻近的暗淡石建筑嵌着古香古色的红色大理石块。他们钻出汽车，走过前面的庭院。亨利用肩膀推大铁门，嘎吱一声门转开了，展现出黑白两色的铺砖地面。他们走向老电梯，佐利却拐到楼梯口，解释说，地道电梯跟她不相干，她一进去就得幽闭恐惧症。尽管如此，亨利还是扯住她的胳膊肘,往电梯盘根错节的格栅那儿牵。"楼梯那么陡。"他说。佐利退后去拉女儿的手。她现在担心自己会讨厌亨利,担心他是那类沾沾自喜、把自己的幸福观强加于人的家伙。他虎起一张脸,径自进了电梯。

母女俩默然相对。弗兰切斯卡把袋子放在第一级楼梯上,用手捧着佐利的脸,俯身亲她的眼皮。"我还是不能相信。"弗兰切斯卡说。

"过上一两天你就巴不得赶走我了。"

"当然啰!"

她们边笑边爬,一到楼梯平台就停下来,让佐利缓口气。一个病恹恹的想法跟着她,她猜想他们为她收拾了屋子,布置了一张床,也许还搁上了一盏夜灯,他们把一切清洁整理得不似往常,甚至可能为这场合贴了些照片。

上到四层,弗兰切斯卡快步向前,打开门,钥匙往矮小的玻璃桌上一掷。"进来,妈妈,进来。"

佐利在门口稍一迟疑,又麻利地脱掉鞋,跨步而进。套房令她怡然一惊,它的高墙、檐口、小裂缝、橡木地板、沿门厅的木刻印画。起居室明亮开阔,高窗子,还有一件艺术品,她一眼认出是罗姆人创作的,泼辣奔进的色彩,奇特的造型,差不多是一座营地。恩里科的照片立在用铁路枕木制成的年深岁久的搁板上。旁边还伴着十几张照片。佐利拿指头拂过搁板上的硬柏油,转身打量别处。

玻璃咖啡桌的中央放着会议传单,都是法文,奇怪的词儿你推我挤。传单又花哨又专业,和她的预想大相径庭。她知道,应该对它留心,评论恭维几句,可她只想用沉默把它箍住。

一排书摆在桌下,她抽出一本印度摄影集,灵巧地压住传单,让边缘突出来，以免显得有心隐藏。女儿端一杯水站着，低头一见被遮掩的传单，有点紧张。

"你肯定累了，妈妈。"

她摇头说不，这一天显得格外明亮宽旷。她的手指顺弗兰切斯卡的衬衫摩挲而过。"你答应我的奶酪呢？"

吃着午饭她俩闲言碎语，火车上的旅行，天气，保利家店铺的新布局，但是，下午的延伸带来沉重的感觉。女儿把她引到卧室，双人床上的被单都是新换的，一件睡衣摊开着，商店的标签还挂在背后。弗兰切斯卡剪了标签，轻声说她男朋友会在别处待几天，她睡在长沙发上，不许抗议。她铺开被子，拍松枕头，领妈妈躺下。

一时间佐利觉得自己像一粒卵石，在水底游游磨磨了很久之后，突然在人们的手掌间抛掷起来。

"香香睡一会儿，妈妈。我就不提臭虫了。"

"我觉不出来的，乔诺罗娅。"

黑暗中她醒了，恍然间迷失了方向。刺耳的低语声从厨房透过来，嗓音急促，窝着火。她躺着听，盼他们静下来，但亨利咒骂着，一会儿她听到甩门的声音，碗橱槽口滑动，杯子乒乒乓乓。佐利环视房间，她被别人的东西包围着，桌上的化妆品，镜框里的照片，小橱中一溜男式衬衫。她在心里穿过自己磨坊的三个房间，四扇门轧轧响，窗帘碰得环儿丁零当啷，一缕光从火炉渗出来，提灯忽明忽暗。搭火车一眨眼到了这么一个陌生之地，真有些滑稽，似乎旅行不费吹灰之力让她碰了一鼻子灰。她仰躺在床上。房间里静得出奇——没有车辆喧嚣，没有孩子的嬉闹声，或者邻家收音机的动静。

"你醒了？"弗兰切斯卡说。她化了淡妆，在房间里盈盈款步，看上去很优雅。"这会儿能不能去吃晚餐，妈妈？我们订了一家小饭馆。"

"哦。"佐利应道。

"亨利取车去了。妈妈，你喜欢他吗？"

佐利寻思了一会可能喜欢他什么，这么短的时间，这么仓促，但她回答："嗯，我非常喜欢他。"

"我开心了，"弗兰切斯卡咯咯笑着说，"我见识过更糟的，我想。"

她们又拥抱。佐利把腿晃到床沿，收敛心神，胳膊腿一用力，站了起来。睡衣掀到她的头顶。费了点劲儿才没有摇摆。她穿衣时弗兰切斯卡转过身去，揿开床头柜上的小灯。真蠢，没多带几件衣服，可她想留下这样的印象：她只待几天，不会多留，她不参加会议，就是去了也只是坐着旁观。

女儿帮她拉了拉肩头的衣服。

"还好吧，妈妈？"

"不受痛的话我想不起来好不好。"佐利说，微笑在脸上漾开了。

门上有一套金锁，共三把，她之前没有留意。三把锁。其中一把挂着链条。佐利心里一震，以前从没住过门上加锁的地方。

"我们应该乘电梯。"

"不，乔诺罗娅，我们走下去。"

外面黑沉沉的，汽车发动机咕隆作响。亨利朝她们挥手，咧嘴的笑容已写满了观点和自信。她叮咛自己，要竭力喜欢他。无论如何，他有个动听的名字——那么像恩里科，不过发音欠缺些圆润温厚——而且他算得上帅气。她滑到前座，轻拍亨利的胳膊。

"前进。"他劈口一句,毛毛雨中他们开远了。

等他们到了巴黎中心,雨停了,灯光下的街道潮湿黑亮。雅致的雕塑和房子,每个角度曲尽其妙,每棵树饱含匠心。塞纳河上的船只搅起波纹,佐利打开窗户,想听涛声激荡,却塞满一耳车喧。

饭馆里,柜台后面的镜子精雕细刻。木制品,厚实的玻璃。侍者系着长长的白围裙。一见递到手中的菜单,她很震动,实在荒唐,上面都是法语,可她的女儿说:"我帮你,妈妈。"待选的花样那么多,没有一样轻而易举。她有些懵懂地坐着,听女儿和亨利谈着他们的活儿,为移民服务的社会福利工作,他们感慨着总是有伤心的故事,在一个文明社会,这样的事日复一日地出现,多么难以置信。

注目幢幢往来的侍者,他们繁复考究的步法,佐利觉得自己飘飘忽忽。她用叉子在酒杯边沿绕圈儿,而当弗兰切斯卡碰她的手,她蓦地缓过神来。"妈妈,你听到这个没?"

佐利知道,故事里有一个阿尔及利亚男子,一家医院,某人床边的鲜花,可她有点抓不住中心,需要细听补缀。她推测出那男人为自己送花,在她的眼里,送花到自己床边是一种胜利,悲从何来?但她没这么说,只见女儿拭去眼角的一滴泪,投入的样子也把她裹挟了。

侍者捧着三只大盘子过来。吃着吃着,亨利似乎风驰电掣地取代了弗兰切斯卡,就像占了前座,踩下踏板,驾驶起餐桌来。他口若悬河,扯着嗓门大谈穆斯林妇女的苦境,根本没人把她们当回事,她们的生活被别人强加的狭隘限定死了,陈规把她们毒害了,人们张耳倾听的时候到了。佐利暗想,对他这类人来说值得知道的一切,他事先早就了如指掌了。

点心上来了,咖啡喝得她满腹哀伤。

她在汽车后座醒来,亨利指向凯旋门,吓了她一跳。"是啊,是啊,"她应口说,"很美。"尽管小汽车夹在车流中,她几乎没瞅见个影儿。他们转过一座塔,沿着河畔飞驰。亨利点开收音机,跟着哼曲。随即车子汇入环城大道,似乎片刻不到佐利就被带上了电梯。慌恐之下她伸手去触按钮,但女儿挽住她的胳膊,轻抚她的手。"妈妈,没事的,我们一闪眼就到。"古怪的字眼,实际上,光线受邀似的在她心头闪了一下。她意识到被女儿扶进了屋。

她扑通倒在床上,轻笑几声。"我觉得自己喝多了。"

她一大早起来,跪在沙发边上为入睡的女儿梳理头发,女儿小时候她常这样梳。弗兰切斯卡一惊,浮出笑意。佐利亲了亲她的颊,起身到了厨房,摸索着准备早餐,忽然瞥见一张卡用磁铁吸附在冰箱上。她在头发上游动着磁铁,突然,弗兰切斯卡出现在背后,电话贴着耳边。"你做什么呢,妈妈?"

"噢,没什么,弗兰卡。"她说,这名字和孔卡那么相似,有时还会让佐利胸口空落。

"拿磁铁干吗?"

"唉,我不知道,"佐利答着,"没由来,真的。"

女儿开始对着电话连珠炮似的说。听起来与会议的座位安排有关,有些房间超员预订了。弗兰切斯卡啪地关了电话,叹了口气。她在厨房打开一罐咖啡豆,研磨一番,给一台新发明里注满了水。这么多白晃晃的机器,佐利想。她能感觉到与女儿的关系略微紧张,不管开不开会,她都不愿如此,不想把这个压到心上。她问弗兰切斯卡睡得怎样,她说:"噢,挺好。"接着佐利又用罗姆语问。她们第一次借助这种语言,连她们之间的空气都像愣了神,弗兰切斯卡向前俯身说：“妈妈，我真的希望你为我们讲几句，真的。”

"我讲什么呢？"

"你可以读一首诗，时代变了。"

"对我没变，乔诺罗娅。"

"对很多人都会有好处。"

"五十年前他们也这样说。"

"有时就得花上五十年。到时候有欧洲各地的人，甚至还有一些美国人。"

"美国人关我什么事呀？"

"我只不过想说这是多年来最大的会议。"

"这玩意儿煮的咖啡好喝吗？"

"求你了，妈妈。"

"我做不了，心肝宝贝。"

"我们投了那么多钱。规模宏大，全世界来的人，大杂烩。他们都要来了。"

"到头来也不会有什么改观。"

"唉，你不相信这事，"女儿说，"你总是不相信，听听吧，妈妈！"

"你对别人提过那些诗没？"

"没有。"

"保证？"

"妈妈，我保证。求你了。"

"我做不到，"佐利说道，"对不起。我就是不行。"

她把双手扣在桌上，斩钉截铁，似乎指头死死捂住了争论，她俩不吱声了，坐在表面粗砍而成的小圆桌旁边。她看得出女儿为桌子破费不少，设计精美，然而总归是工厂制造的。兴许这是流行的式样。万物总是周而复始。记忆蜇了她一下。恩里科以前常在厨桌上摊开手掌，又拿着小刀寻开心，刺来刺去，直到眼前的桌面长出粗莽的麻脸。

"你知道，弗兰卡，咖啡这么差劲，你爸要闹腾了。"

母女俩互相望着，想到这个男人从她们胸廓之间一溜烟擦过，她们不约而同笑意融融。

"你知道无论如何，我都是受污染的人。"

"可妈妈你自己说过，那件事过去了，结束了。"

"没错，那个时代过去了，但我仍旧属于那个时代。"

"我非常爱你，妈妈，可这会儿你真让人恼火。"

弗兰切斯卡说话间含着笑意，而佐利朝厨房的窗户扭过头去。唯见一米远相邻建筑的砖墙。

"走吧，"佐利说，"我们去溜达一会儿。我想见见昨天瞧见的那些女士，就在市场跟前，兴许咱们买几条头巾。"

"头巾？"

"然后，你可以领我参观你工作的地方。"

"妈妈。"

"瞧我现在的念头，乔诺罗娅，我想溜达溜达。我需要走路。"

才到寓所的前院，佐利已经气喘吁吁了。她们沿着坼裂的路面走，女儿忙活于手机，这时几只椋鸟飞出枝丫，在她们头顶咋咋呼呼。佐利明白，电话周旋于取消，登记，进餐时间，以及另外一摊子一件比一件紧要的事。佐利猛然想起自己从没有过一部电话，紧接着又吃了一惊，因为弗兰切斯卡劈啪关上她的那部又打开，移到她俩之前，一点击，让她看照片。

"比岩石还老。"佐利说。

"不过,更漂亮。"

"你的小伙子……"

"亨利。"

"我是不是应该准备椴树花儿啦?"

"才不呢,妈妈!有时候乏味得不行。他们就想要个吉普赛妞儿。早餐的时候,他们琢磨你会怎么怎么的,我说不上来……"

"让指头噼里啪啦?"

"这样的人我遇见好多了,可能我需要个会计。"

她们在阳光中小坐,不出声,体味着丝丝甜意,又挽着胳膊走回弗兰切斯卡的小汽车那儿。车子形似甲虫,亮紫色。佐利哧溜上了前座,为里头的乱七八糟震惊而窃喜。地上有杯子、纸、衣服、满兜着烟蒂的烟灰缸。一种迥异的生活里蓄藏着扑朔迷离的憧憬,令她隐隐激动。佐利看见脚底下一张鲜艳的会议传单。车向前急转,她推敲着上面的词句,眼巴巴地想拼出意思来。终于,女儿拉变速杆的时候发话了:"从车轮到议会:罗姆人的记忆与想象。"

"拗口。"佐利说。

"回味悠长的拗口,不觉得吗?"

"嗯,不错。我喜欢。"

她的确喜欢,她思忖着,这句话劲拔有力,端庄,引人尊重,而她一直希望女儿有这样的品质。传单封面上的车轮变了形,从中浮现出一面罗姆旗,一张空荡荡的议会的照片,还有一个跳舞的小姑娘。传单的边缘扭曲,朦朦胧胧,色彩呼之欲出。她弯腰把它拾起,晓得女儿精神为之一振。她信手翻开,扫过一串名字、日程、房间、晚餐和接待时间表。心想,她不去凑这些热闹。

传单里还有演讲者的照片——其中一个高颧骨黑眼睛的捷克女人勾住了她的视线,那是一个捷克教授,罗姆人,但她不露声色,合上传单,一下颠簸中猛地捏紧,又说道:"我等不及了。"

"你发言的话我可以安排一下,在庆典之夜,或者最后一晚。"

"我生来不适合庆典。"

"你一度参加的。"

"对,一度,没有第二回。"

车子绕入巴黎郊区,远远地冒出了许多小楼房。她想起和恩里科站在山丘上,遥望布拉迪斯拉发的风景。此时她缠绵地感受着他的轻触,吸入他的味道,盯着——不知何故——他随风鼓荡的裤脚。

"你在这里上班?"

"这边有我们的门诊部。"

"这些人很穷。"佐利说。

"我们在建一个中心。我们共有五个律师。还设了移民热线。我们接纳了很多穆斯林。北非人。还有阿拉伯人。"

"我们的人呢?"

"在圣丹尼的学校,蒙特勒伊也有一所,我在实施一项计划——为罗姆女孩开设艺术课。等会儿你就会看到一些画,我指给你。"

她们把车停在楼房的阴影中。两个小男孩沿路滚着汽车轮胎。总有这些游戏以不变应万变,佐利想。好几个男人愁云满面地倚着关了门的商店的灰铁皮,上面的涂鸦兀自生辉。一只猫耸突着肩膀,警惕地立在商店门口。有个大点的男孩弓身缩进夹克,对准猫一踢,送爪子上了天,但它轻捷地落地,锐叫着逃了。男孩掀起衣袋盖子，脑袋又没入衣服里面。

"胶毒。"弗兰切斯卡说。

"什么？"

"他在吸胶毒。"

佐利注视那小青年，他对着塑料袋呼吸，像一颗灰心脏的异常搏动。

一个念头折返了：优雅的巴黎多浩渺，声音砌成的林荫道。

她俩勾着胳膊，弗兰切斯卡说起了失业率之类，而佐利似听非听，倒是细瞧着公寓高处的阳台上忽隐忽现的影子。她们经过一片枯焦的草丛，走向煤渣砖所支撑的低矮办公楼的大门，这时佐利抚平了连衣裙的前襟。门用金属闩锁着。弗兰切斯卡捻出钥匙，拨弄了一番才打开锁，又按着金属闩，门转动了。往里看，一排小隔间里好些人在工作，大多是年轻女性。她们抬头微笑。女儿喊房子尽头的保安去锁大门。

"我们怎么出去？"

"还有一扇门。他守着的，前门老锁着。"

"哦。"

她听到电脑键盘的啪嗒声消寂下去，看见好几个人从办公桌起身，脑袋跃出了低低的塞子木墙。

"嗨，大伙儿！"她女儿喊。"这是我妈妈，佐利！"

没等她喘口气，六七个人已围拢过来。该捏着衣服鞠躬呢，还是依法国礼节亲吻，她无所适从，不过他们纷纷与她握手，似乎说着真高兴终于见到她了，终于这个词像一把微小的刀片悬在她的肩膀之间，她借意大利语推断出它的意思，一时不知道用哪种语言接茬。他们把她团团围住，她觉得心脏跳动得厉害。四下张望女儿，在脸孔之中，天哪这么多脸孔之中，却遍寻不到，鸭绒被这个词滑过她的脑海，她弄不清端由，她感觉膝盖一屈，踩上一条路，绕过转角，但她按捺住了，摇摇头回过神来。突然女儿出现了，牵着她说："妈妈，过去喝点水，你的脸煞白。"

她被领着坐到一把转椅上。她向后一倾。"我没事，只不过路程太长了。"

接着，取水杯之时，她忖度自己用哪种语言说了这话，倘若有区别，又意味着什么。

"瞧我的小间。"弗兰切斯卡说。

佐利抬头看见她和恩里科的照片，夏日午后两人站在山谷里。她伸手摸他晒黑的脸。还有弗兰切斯卡八岁时的一张，头上裹着方巾，端立在磨坊外，旋转的轮子有点虚了。我们真的这样生活过？她疑惑着。她想大声发问，然而风平浪静，她只是打住胡思乱想，拧着自己的腕子，一边夸办公室多么舒服，尽管明摆着是座临时房，局促，漏雨，让人憋闷。

"妈妈，你说的鸭绒被怎么回事？"

"说不清。"

"你的脸煞白。"弗兰切斯卡重复道。

"这儿有点热罢了。"

女儿打开白色的小风扇，对着佐利的脸。

"我总是有点苍白。"佐利说。她这是开玩笑，却不是玩笑，没人明白，甚至包括她的女儿。她伸手关了风扇，颊上拂过弗兰切斯卡的气息。"妈妈，也许我该带你回家。"

"不用，不用，我好着呢。"

"那我打几个电话。"

"你忙你的,乔诺罗娅。"

"你不介意?仅仅几个电话。再办完两三件事,我就一心一意陪你了。"

"头巾。"佐利不明所以然地冒了一句。

等她们从后门出来,正有一群男孩大摇大摆经过,其中一个肩上扛着一台巨型收音机。他们倒戴棒球帽,宽灯笼裤配着斑斓五彩鞋。虽说歌曲的节拍燥烈芜杂,却不是全然陌生的,佐利觉得以前在哪里听过,也有可能所有的歌儿都向着同一首歌回旋,一时间她希望与男孩们同行,爬过垃圾山,去往乱糟糟的建筑工地,就为探明到底在何处听闻。

"开车带我转一转,弗兰卡。"她说。

"可是你累了。"

"请了,我想兜一圈。"

"你是头儿。"女儿说,佐利知道这句话意欲表达亲昵,听起来却带刺,怪腔怪调。她们绕过临时房的后墙,女儿忽地停住了。"啊呀,要死!"她说着俯向引擎罩,扯回了刮水器,"他们弄走了橡皮,"她说,"他们用那个做弹弓。今年第四回了。要死!"

一粒卵石落上汽车后盖,滚过柏油路。

"上车,妈妈。"

"为什么?"

"上车!快。"

佐利移到前座。女儿趴上车门,胸部贴着窗子,佐利能听到她对着电话灼急的话语。片刻之间保安到了,无线电劈啪作响。弗兰切斯卡指向一些撒腿乱窜的孩子。保安朝佐利这边的窗子弯下腰。"真抱歉,夫人。"浓重的非洲腔一落,他拖着倦意往工地方向去了。

"难以置信吧?"弗兰切斯卡说,"我要带你离开这儿。"

"我想看看这地方。"

"有什么可看,妈妈?这里可不是山谷。有时候连警察都不来。现在有几个警戒队,就为了能安生些。妈妈,你不觉得——我不该带你过来,对不起。"

"我们的人在哪儿?"

"我们的人?"

"对,我们的人。"

"八号楼区。还有一些在公路附近。他们自己搭了小棚,流动不定。"

"那么去八号楼。"

"不是个好主意,妈妈。"

"劳驾了。"

弗兰切斯卡发动汽车,驶过那些关门的店,停在一排黄色的护柱前。她顺着灰扑扑的院子指去,尽头有几栋六层高的楼房,阳台垂下衣物,绽裂的窗玻璃用灰色的厚胶布黏连着。

佐利看见一个小女孩跑过院子,抱着别在衣架上的一朵红彤彤的折纸花。小不点儿小心翼翼地穿行于一片愁云惨淡,经过一辆焚毁的货车的残骸,开始爬黑栅栏。她在头顶旋着衣架。纸花起飞了,她跳下去把它当空捉住。

"多少人住在这儿,弗兰卡?"

"两百多人。"

一个肥硕的女人出现在阳台上。她上身斜过栏杆——胳膊的脂肪乱颤——对着小女孩霹雳一声。孩子冲进楼梯井的阴影,住了脚，抖腕子放飞纸花儿，接着被幽暗吞没了。佐利感觉与她似曾相识，在别的地方，别的时光里见过，如果花时间深究，定会认出她来。

女孩在高处的阳台出现了，蹦了几步，冷不丁被揪入门道。

"对不起，妈妈。"

"没事，亲爱的。"

"我们尽可能地提供帮助。"

"快，马儿，拉屎。"佐利说完，引擎启动，车驶离了。

从高速路佐利瞥见了营地，沿着修了一半的匝道一溜排开。篷车的门敞着，四辆烧焦的货车支棱在旁边，张着引擎罩。三个光赤着上身的汉子朝一台引擎猫下腰去。一个十几岁的男孩在泥地上拖一根棍子，身后腾起了一绺灰烬。一些上年纪的男人坐在椅子上，俨然采石场含糊的石像。其中一个撩起衣角抹了抹嘴。大小火堆胡乱吐烟。鞋在电话线上摆开一字阵。绕着翻倒的手推车，轮胎散落一地。

她俩开远了，一团沉默冷而滞涩。

佐利盯着模糊的车流，栅栏，低灌木，路上的白线密集的飞鞭。

"今天晚上都有什么人啊？"

"妈妈？"

"来开会的是什么人？"

"学者，"弗兰切斯卡答道，"社会科学家。现在有好多罗姆作家，妈妈。一些诗人。有一个从克罗地亚一路赶过来。这个时代出了好些才华横溢的人，妈妈。克罗地亚的是个诗人。还有一个男的来自的大学是——"

"不错。"

"妈妈,你还好吧?"

"你看见手推车了?"

"妈妈?"

"应该有人把它翻过来。"

"我们快到家了,别担心。"

在公寓她抱着枕头很快睡着了。午后她醒过来,屋里悄然。她跑到毗连的浴室,从龙头痛饮凉水。又穿好衣服,捂着肚子躺在床上。她想,她可以这样待上好半天,不过还会需要一隅风景,可能端一把椅子,或者邀几缕阳光。

下午没多久亨利一阵风似的进了门。一瞧见她,他怔了怔,似乎忘了她在家这回事。他穿着挺括的白裤子,淡蓝衬衫。电话贴紧耳朵,笑得无遮无拦,又吹来一个飞吻。佐利不知如何应对,冲他点了点头。这是他的房间,她心里想,他的衬衫,他的衣橱,他的相框,自己的照片占据了其中一个。

在浴室,她给脸上洒了点水,收拾好了走入起居室,听到弗兰切斯卡的声音心坎一亮,她正在厨房谈着承办酒席方面的意外。看样子,亨利在费心思联系乐队成员,定在今晚开幕式上演奏,却不知他们醉在何方了。

"苏格兰人,"他冲着电话吼,"他们是苏格兰人,不是爱尔兰!"

房间那头弗兰切斯卡给她递了个眼色,一只手在空中画圈,好像为自己的电话快马加鞭。电视在后面开着,无声。佐利坐在咖啡桌边,随手翻了翻印度的摄影集。恒河边的死者。一座寺庙前的人群。正翻页时,亨利突然狂躁地打榧子,先向弗兰切斯卡,又向佐利。"天哪,天哪,老天哪!"叫嚷间他砰一声挂断电话,调高了电视音量。屏幕上他生涩涩、紧绷绷地露面了。镜头从他扫向一群穿着传统服装跳舞的少女。屏幕闪出大会的议题,又转向跳舞的女孩们。

弗兰切斯卡挨着佐利坐在沙发上,报道结束时拉起妈妈的手捏了捏。

"怎样,我没有煞风景吧?"亨利向后捋着头发。

"你棒极了。"弗兰切斯卡说,"要是脱掉紧身衣,可能好上加好。"

"嗯?"

"说笑啦。"

母女俩互相依偎,手指交错。光线从窗帘滑进来,在她们脚下潜心铺展自己。

"喔,可能你应该稍微放松一些。"弗兰切斯卡说完把头倚在佐利的肩上,她俩像一个人似的齐声笑了。

"哦,我觉得自己像模像样。"

他一拧身,跺着重步往厨房去了。

两个坐着的女人额头相触。在佐利看来,这是完美的一瞬,不期而至,自然而然。她希望把它凝固在这儿,抬起身,将女儿留在沙发上,留在暖融融的笑声中,走过屋子,捡起门边的鞋,款款下楼,穿过静谧的长街,让整个巴黎停顿在这奇异之美的一瞬,坐着世间唯一的移动之物——火车——从城市飘浮而过,直奔家中。

佐利坐在澡盆边淋浴,面对水流。头发蒙上了雾气。她听到卧室的动静,飒飒乱步,关门的吧嗒脆响。亨利在找袖口链扣,热锅蚂蚁似的声音,而她听见弗兰切斯卡一个劲催他快走。接着女儿静默了,又长叹一声。

佐利合上眼,让水流冲过身子。

前门的关闭声比以往剧烈,随后浴室门柔和地咚咚响。

"绊脚石挪了,妈妈。"

她们一同在卧室穿衣。佐利背对着女儿,却从大衣橱的镜子一角,瞄见她腰间紧绷的皮肤,棕色的长腿。弗兰切斯卡扭动着钻进蓝色的连衣裙,蹬上高跟鞋。

佐利斜靠衣橱,朝镜中闭眼:"也许我还是不去的好,乔诺罗娅。我有些累了。"

"你别错过了,妈妈。今晚是首场。"

"我有点晕。"

"没什么可担心的,我保证。"

"要不我留下来好了。看亨利上电视。"

"然后无聊得要死?来吧,妈妈!"

女儿在抽屉里摸找,又站在她身后,为她挂了一条长项链。"波斯的老物件,"她说,"我在圣旺的市场发现的。不贵。我想送给你。"

她脖子的静脉在跳,女儿的手触上来,轻轻地。

"谢谢你。"佐利说。

路上——经过高速路和立交桥的迷宫——弗兰切斯卡嗒嗒敲着方向盘,一面说为大会找宾馆怎么近乎不可能。"我们不得不把'罗姆'这个词换成'欧洲',这样他们才让我们进。"她笑出声,用披巾一头拂去挡风玻璃上的污迹。"欧洲的记忆和想象!想一想!然后呢,我们又得把词换回来,小册子当然写'罗姆',宾馆想退出。

他们说,我们不能接待吉普赛人。我们只好威胁说要起诉,结果价钱涨了,这事差点泡汤了。你能想象吗?"

汽车在宾馆前打了个圈,成行的棕榈,玻璃幕墙,矗立着廉价的富丽堂皇。

"他们还想知道有没有马车!"车未停下,她已解开安全带,大笑着锤打方向盘,阴差阳错里砸了喇叭,于是车子动了肝火似的停在路缘。她扔开安全带。

佐利听见鸟鸣,过了一会才明白是扬声器播送的。世界怎样千变万化,而又一成不变。她趔入旋转门,缓缓举步,差点让电动门打中了脚踝。门张牙舞爪地赶着,她寸步向前,觉得被水车轮卷走了。

"我讨厌那些门。"弗兰切斯卡说着把佐利引向走廊,经过许多小指示牌,到了外面放着巨幅传单的大会议室,四面墙镶着咖啡色木板。

佐利认出了弗兰切斯卡工作地方的一些面孔,那浓浓的笑意,的确,还有几个自己人——罗姆人总是知道——从憧憧的神色—眼眸—轻瞥—勾肩的动作,她便看出来了。她默念,我的语言。它断断续续传来,有如室内的一只鸟儿在角落之间扑动。她像踏上一阵风似的摇摆着。一杯水塞入手中。

佐利抿了一口,尝到涌上来的茫然。乱掺和什么?愁什么?为什么不回到山谷,看日头沉到窗下?

她瞅见门道那边,亨利正和一个戴着镶饰带的白帽子高大男人握手。

"他就是诗人。"弗兰切斯卡悄语道,"那边,那是我们主要的捐赠人之一,过会儿我介绍给你认识。那个女孩是《巴黎竞赛》的记者，很靓吧？"

所有的脸模糊成一张。她想发火，又酿不出火气。她渴望抓住能寻到的任何东西：篱笆桩、玫瑰丛、粗糙的木栏杆、女儿的胳膊，什么都行。

"妈妈？"

"嗯，嗯，我没事。"

铃响后，弗兰切斯卡引着她从走廊进入舞厅，只见一个个圆桌上摆好了锃亮的餐具和折叠餐巾。

小刀在玻璃上叮当一响，平息了一堂笑浪，寂静纷坠。一个演讲者站到讲台上，魁梧的瑞典男人，演说词被译成法语。她迷失了，反而松快了，但是女儿不时歪过头，给她悄声吹送要点——源于我们自身体验的敏锐感受力，漏斗状的记忆，理解罗姆人的沉默，无法享用公众申诉权，缺乏保护措施，万物之心内隐的记忆。他们似乎喜欢给小时代扣上大词，掌声微波四起，她请这些词从头顶漫过去。

她注视着女儿随着明丽蓝裙的窸窣声走上台，用罗姆语和法语致简短的欢迎辞，概述三天会议的内容：大屠杀，大吞灭，词汇的枯竭趋势，苏格兰民谣的文化价值，警察部门对比利时罗姆人的观点，经济分层，还有，处于核心的，罗姆记忆的各种问题。她说，看到这么多学者，最终引来这么大的关注，让她感到骄傲："我们注定处于边缘的日子要结束了！"从圆桌响起热烈的喝彩，接着她开始念名字，主办者捐赠人等等，尽管佐利求过她别提自己，她还是念了，室内似乎顿时声息全无，为了填补裂口，空气被吮吸净了。一阵短暂的掌声，感谢上帝，这就过去了，没有聚光灯。亨利紧攥了一下她的手，而她真的只想回到公寓，在床上躺着，双手剪在肚皮上，但这一切对弗兰切斯卡那么重要，她必须留下来，与女儿肩并肩。再说有什么严重的？只需一点举手之劳。羞耻感轻叩着心脏的墙壁。我应该起身为她鼓掌。我应该喊出她的名字。与此相反，我行事多么促狭。小心眼，糊涂，自私。

她扯了扯裙褶，站起来鼓掌，女儿踩着高跟鞋从阶梯凯旋而下，笑容灿烂。她们相拥。佐利心里想，瞧我拥有的，瞧我的骨肉。

舞台上，苏格兰乐手使夜晚绽开，弥漫了一屋的音乐——曼陀林、吉他、小提琴。笑声四下响起，如织的人影混沌了厅堂。侍者。宾馆员工。肘部打着皮补丁的高大男人们。

佐利靠向椅背，摸了摸喉咙，为新项链一惊。她不怎么记得它的在场了。她寻思，她多久没戴过这类东西了？她闭眼想恩里科。他大踏步上坡，向着磨坊。还没进屋上衣就从肩膀撂开了。他踢掉靴上的泥，掩了门。

拉呀，小提琴，拉呀，她暗自呼唤。

音乐一浪高过一浪。桌下，她一只脚逃出了鞋。足尖的风沁凉。她蹬掉另一只鞋，朝后伸展，感到谁在肩头轻拍一下。身后传来人声。她的名字。她在椅子上扭身，双脚乱踏一气。又唤了一声。她站起来。眼前的男人很胖，头发硬直，四十五岁左右——笑容荡漾，看起来坦率而热情饱满。

他伸出肉茸茸、软绵绵的手。"达维德·斯莫莱纳克，"他说，"普雷绍夫来的。"

她周围的空气猛地缩紧了。

"人没错，对吧？佐利·诺沃特娜？"

她瞅定了他背心口袋的一排笔。

"你是佐利·诺沃特娜?"

多年来她第一次听见有人讲斯洛伐克语。现在它陌生得尖厉,从深处捞起,孤悬着。她想,她被带到了别处,身体耍着把戏,心让她露了马脚。

"对不起,"他又道,"我找错人了吗?"

她扫视周围,只见桌边一簇簇面孔随音乐活泼起来。她吞吞吐吐,摇头再点头:是,啊不。

"你出了一本书?在五十年代?"

"我跟女儿来的。"她说,好像这样把一生都解释了。

"真高兴。"他说。

她琢磨哪点令他高兴,一股热流涌上心头。

"普雷绍夫?"她说着扶住桌边。

"你能抽出片刻时间吗?"他问,"我非常乐意和你交谈。我读过你的书。我在布拉迪斯拉发的旧书店发现了一本。妙极了。我去过定居地,海尔曼诺夫采,这类地方。实在不像样。"

"哦。"她说。

他朝拳心咳嗽,而后说:"真难寻见你的行踪。"

"我?"

"第一次读到你是因为翻看和其他作家有关的文章,塔塔尔卡、邦迪①、斯特兰斯基,你知道。"

"哦,哦。"她应着,觉得所有的窗子訇一下关上了。

"我不知道你要来这儿,"他近乎结巴着说,"我猜想……"他的笑声特意来补缺,"要不是斯捷潘,我什么也不晓得。"

---

① 邦迪(1930—2007),捷克哲学家、作家。

他点了一支烟,用手缠着一缕袅袅的蓝烟。佐利打量着香烟到唇边顺溜的轨迹、手凭空的动作、匆匆的指头。从他嘴里出来的词仿佛皴染了怪条纹——谈到了斯洛伐克,罗姆人的困境,如今欧洲一体化进程的影响,突然他到了布拉迪斯拉发,说起了叫"五角楼"的高层建筑,楼梯井的涂鸦,躲在暗处的商人——怎样的商人?她纳闷——又扯到一个展览,斯特兰斯基的重获生机的诗。古怪的词,她想,斯特兰斯基不会喜欢的,不会,对他的回想从布德梅里采的花园汹涌而过,重生了。记者碰了碰她的肘弯,她想说不,请不要打扰我,让我独自待着,我在一个花园,我在散步,你还当我在哪儿,我早没影了,但他话锋一转,忽然提起一首诗,她的一首关于椴树树干的老歌。他说,查找斯特兰斯基,发现了《信条》,还有一册小本诗集,尘土覆盖的旧版本,里面的诗奇特、罕见、绝美。他着手找那本书,有人说旧书店能淘到。这本书令一部分人倾倒,她被视为一个声音,旧时代的新声音。出于好奇,一阵子以来他都在寻寻觅觅,探本穷源。接着他又道出那名字,斯捷潘,苦心联系上他之后他如何帮忙。他把香烟碾入桌上的茶碟。她盯着升起的烟缭绕。斯捷潘,记者又道,随之提到在加尔顿酒店钢琴边拍的一张照片,它的明晰和美,而她一味地想凑过去,给闷燃的烟泼点水,把它扑灭,可凝视之下,烟雾越发断断续续往上冒。

"斯旺?"她问。

"对。"

"斯蒂芬·斯旺?"

"对,当然。"他说。

佐利从地毯上拖过椅子,屈身坐下。她拿起一杯水端到唇边。不知道谁的,她把杯子转了半圈,呷了一口。忌讳从别人的杯中饮水，但凉意霎时间钻入喉咙。

室内另一头，一张苍白的脸浮入灯光。

"在接待室。"记者说，或者似乎说，听起来他的声音吹到一侧，擦过她飞走了。如同一股气流在耳边拂喧，词语毫无意义，尽是零碎。记者倾身向前，圆鼓鼓的眼睛射出热切的光，呼吸沤着烟味。"我今天见到他了。"

他一只胳膊搭上椅子，在她面前弯下膝盖，她感觉到他的另一只手压上自己的手腕。"诺沃特娜女士？"他道。

她抬起身，而屋子那边，像倾覆的一船隐忧似的站着的，正是斯蒂芬·斯旺，与她面面相觑。

佐利一时断定，自己搞错了，她的脑子有了闪失，在别人身上认出他的脸，一提他的名字就把他的脸从人海捞出，都是昏眩糊弄的，刚才时间错位、绽裂、碎片纷陈。那男人——是斯旺？——对着她直瞅，一只手垂着，另一只扶着木手杖。他穿着精致的灰套装。他的头发，或者说头发的废墟，都花白了。秃顶锃亮。滞重的眼睑勾出眼睛。面孔瘦削，额头上皱纹密布。他一动不动。她四下看怎么逃走。在她听来自己的呼吸像溺水者发出的。抓牢了空椅子的椅背，她又张望女儿。走开，她心里说，请走开。消失掉。舞台传来的音乐洪亮有力，一把小提琴的刺刺长吟使她浑身战栗。

"请你原谅。"她对记者说。

"不知道是不是可以和你谈几句……"

"我得走了。"

"要么稍后？"

"行，行，稍后。"

对面的男人——她确定了就是斯旺——朝这边移过来，硬邦邦的姿态，朝手杖攲斜。他的身体在衣服的褶皱中挪动，波折未平又起，俨然一头离奇的灰兽。

"我们大家要聚在一起了。"记者说。

"嗯，当然。"

"在这儿见？"

她骤然起身面对记者，盯着他浑圆的脸，冷峭地说："我得请你原谅了。"

她用眼角的余光打量斯旺，他脖子的皮囊垂落，隐没于上衣的皱褶。一瞬间她想起从横杆崩颓的窗帘。"别过来。"她喃喃道，她推开挡路的高椅背。相距三张桌子了。"不。"她抓起裙裾，在指间揉成团。"消失吧，"她静静地说，"走开。"两张桌子了，而后他站在面前，柔声细语地说出名字："斯捷潘。"好像他终于是地道的斯洛伐克人了，好像他一直都是，但随后又改口，或许忆起了什么老得镌入了墓石的东西："斯蒂芬。"

"我知道你是谁。"她说。

"佐利，我们坐下好吗？"

那一刻，她的心愿莫过于坐上一把面对着山谷落日的柳条椅，终老而死，那就是她想要的，对，在山谷环抱的褐色柳条椅上，在恩里科的幽影中死去。

"不。"她答道。

斯旺挤出的表情定然为了笑，却与笑风马牛不相及了。"我对你讲不出我……如何……我……"他说着，像在劳神搜索一个大约并不认识的斯洛伐克词。"这么高兴。"他的空言模仿了他的脸。他从口袋取出一支钢笔，瞅定了，又神经质地把它翻转，苍白的手痉挛着。"我以为你遭遇了什么事，我怕是那样，我以为，这么多年了……见到你太好了,佐利,真是太好了。我可以坐下吗?求你了,我们坐下吧。你怎么……"

"不。"

"我有话想说。求你了。"

"我知道你想说什么。"

"我要说的话闷了好多年。我本想你已经……"

"我知道你想的什么。"

他清了清嗓子,看样子又要开腔,讲什么见闻、好消息,但是词没蹦出来,哽在喉咙似的,他也不掩饰颤抖。低下头,眼里堆积着阴影。

她迈到一侧,不知道为什么、打哪儿来的,手里已经捏着一把金属小调羹。她想把它放回临近的桌子,却又装进兜里,而当时断定侍者盯着,或者记者,或者保安,他们看在眼里,她偷了一把调羹,他们会走上来,指控她,揪住她的胳膊说,打扰了,跟我们走一趟,把调羹交出来,贼,扯谎的吉普赛。她听见斯旺的手杖笃笃响。前面,黑压压的一群人——女性们,女儿的那些同事,簇拥着年轻的克罗地亚诗人。斯旺在身后拖步,手杖敲响了时间。

她幻想人群水一般分开,太难穿行了,不得不拍他们的肩。他们扭身一笑,在佐利耳中,人语仿佛从一棵树的年轮里泅出来。她溜过去,神经末梢被狂扫了一番。

房间的另一头,弗兰切斯卡望见了,眉尖微蹙,一脸困惑之色,但佐利摇了摇头,又挥手,似乎一切正常:别担心,乔诺罗娅,我会好的。她推走最后一把椅子,出门,进走廊,加快步履,绕过转角。

他秃顶了,她心里想,又老又秃,套装也太肥了。手上的黄褐斑。白指节。镀银头的手杖。

她朝大门口疾行，经过接待处，走出旋转门，服务员跳到眼前。"劳驾，出租车。"她先用斯洛伐克语说，又用意大利语，紧接着简直想撕烂舌头，把这些语言斩草除根。服务员笑眯眯地扬起手，制服的灼红映得手套雪白。

佐利半个身子钻进了出租车，才意识到自己没带钱，她想这一切多么荒诞，在一个陌生的国度爬上这辆车，去向天知道在何方的寓所，还身无分文。

"请等一下。"她对司机说。

宾馆玻璃上的人影吓着她了，瞧她灰白的头发，绚烂的衣裙，枯缩的驼背。一路赶来瞧自己这副容颜。她又奋力穿过旋转门。一眼望见斯旺在走廊深处——他那副样子似乎毕生都致力于寻错路而行，一时间，她看出那个骑摩托的男人，兔子在眼前一蹦跶，他急转弯躲闪，拐杖缚在身后，光与暗在田野上波动着。

她沿走廊紧着步子，低头闪进了厨房，顶着切细胡萝卜片的小伙子诧异的目光。有人朝她喊。她的屁股擦过金属台面的边缘。跟着手持银色大托盘的年轻侍者，她又进入舞厅，缓了一下，深呼吸，然后在一张张面孔之中，在他们的迷乱、欣喜、音乐之中寻找弗兰切斯卡。

"妈妈？"

佐利拖步过去，抓住女儿的肘。"给我点钱。法国的。"

"好的，妈妈。怎么了？"

"我得搭出租车。我得回家。你的家。快。"

"出了什么事？"

"没事，宝贝儿。"

"跟你说话的那个男的是谁？"

"斯旺。"说完她为自己吃惊。本想说，没什么人。想摇头、耸肩，把它抛开，扮作漠然。想让日常之力在她身上历历如绘。但她做不到，反而又说："那人是斯蒂芬·斯旺。跟了个记者。"

"啊，我的天。"

"我就要些坐车的钱。"

"你对他说什么了？"

"说什么？我不知道说了什么，弗兰卡。我要走了。"

"他在这儿干吗？"

"我不知道。你知道吗？"

"我怎么会知道呢，妈妈？"

"对我说吧。"

"真的，"女儿说，"我不知道。"

"请把钱给我。对不起，我不是有意的，弗兰卡。恳求我的掌上明珠了。"

她看见一道光拂掠山谷，一只鸟穿过树冠，路白垩垩地从眼前攀升，接着她有了摇晃之感。弗兰切斯卡扶着她的肘，另一只手紧揽着她的腰。墙纸的洪流。玻璃上迅逝的碎光。窗玻璃下角的指印。斯旺斜倚着墙，夹在两幅蹩脚的版画之间，胸部一起一伏。记者站在一旁，埋头在活页簿上狂草。她们经过时，斯旺抬了眼。他的口形默示她的名字，一边又扬起手来。

"别转身，"佐利说，"请别转身。"

她们直奔旋转门和录制的鸟啼。弗兰切斯卡把钱塞入她的手中。

"我发誓，妈妈，我也搞不清状况。我拿性命发誓。"

"请把我送上车吧。"

"我和你一起走。"

"不用。我想一个人。"

她上了后座,女儿的香水味倏忽之间拨动嗅觉。"钥匙!"弗兰切斯卡大叫,佐利摇下车窗,手掌接过沉甸甸的钥匙圈。

车开走时她看见弗兰切斯卡的嘴巴张合着——我爱你,妈妈——而在接待处后面,拖着脚,竭力挤过人群的,便是斯旺,瘦如铁轨,颤颤巍巍。他的神色如同那类承受不了离开,又不愿待下去的人,所以两样兼有了。

她靠上座椅微温的塑料层,向外注目天空令人怵惕的美,这会儿车子从宾馆绕远了。

她不假思索地乘了电梯,头挨着凉凉的木镶板,回忆手杖的响动,他脑门上的闪闪反光,眉毛的轮廓。

过了好久,她忘了按键。

链条一当啷,她升上去了。电梯在另一层打开。迈进来一个年轻女人和一条狗,取代了佐利。她爬上最后一段楼梯。钥匙在门里一转。摸索着穿过幽光中的长走廊。往地上掷下衣裙,金属调羹从衣袋摔出来。内衣飘到身后。她在长镜子前赤裸,盯着自己的身体——无用之物,棕色,打皱。伸手松开头发,让其泻落。所有的古老法典被触犯了。她走入起居室,从靠窗的搁板取下恩里科的照片,从相框抽出来,回到床上,揭开床罩,在被窝里蜷缩身体,照片就放在她的左乳下。

她一动念:要是等斯旺说出可能憋在肚里的话就好了,但是他有什么说的,他能说什么,说出来有何意义?佐利合上眼,暗自感溅黑夜。图像飘过，水晶状，又散为雪花，冉冉而落。没有什么时光比我们回溯到的日子更圆满。

进寓所的一伙人把她吵醒了。瓶子的碰击声，乐器盒撞墙时的隆隆闷响。她坐起来，感到照片黏着乳房。

"妈妈。"

她吃惊地看到弗兰切斯卡在床顶头，双膝蜷到胸前。屋子顿时亲近了，简直在呼吸。

"你要把我吓死了，宝贝儿。"

"对不起，妈妈。"

"你待了多久了？"

"有一会儿啦。你睡得挺香。"

"谁在那边？什么人？外面？"

"我不知道，那笨蛋带人来了。"

"谁？"佐利问。

"亨利。"

"我是说谁跟他来？"

"哦，我不知道，就一帮子酒鬼。酒吧关门了。对不起。我要把他们踢出去。"

"不用，随他们去。"佐利说。她掀开被单，侧身到了床边，脚搁在地上。"把睡衣拿给我好吗？"

她背对女儿站着，睡衣从头顶拉下，毛糙地蹭过皮肤。

"你和爸爸一块睡的？"

"嗯，很傻吧？"

"够傻而已啦。"

一连串嘘声从起居室传来，接着一个瓶子盖叮当落地，沿木板滚动，拖着一阵强忍的笑声。

"妈妈，你好了没？给你拿点东西怎么样？热牛奶或者别的？"

"你和他交谈了？斯旺？"

"嗯。"

"他说他很抱歉，对吧？"

"对。"

"他说没说为什么抱歉？"

"为所有的事情，妈妈。"

"他一直都是个糊涂虫。"佐利说。

曼陀林的低声从寓所沥过，引来一轮参差的笑浪，紧随着吉他上的蜻蜓点水的弹拨。

"到我这儿来。"

她女儿将身一纵，到床的另一头摊开四肢，又捏起佐利的一绺头发含在嘴里。横看竖看都是她爸的孩子。她们肩并肩躺在亲密的幽暗中。

"对不起，妈妈。"

"没什么对不起的。"

"我一点都不知道。"

"他还说什么了？"

"他如今住在曼彻斯特。他是一九六八年离开的，布拉格之春那一年。他说以为你死了。边境上发现了些尸体。他料定你遭遇了不幸。或者你在斯洛伐克哪间小棚子里生活着。他说他找过你。四下搜寻遍了。"

"他来这儿做什么？"

"他说他喜欢追踪动态。免得孤陋寡闻。那成了他的消遣。他还在用吉普赛这个词。游走于许多会议之类的场合。去南边的圣玛丽参加节日。到处跑。他说他开了家酒类专卖店。"

"卖酒？"

"在曼彻斯特。"

"没人还生活在成长之地。"

"什么？"

"他以前跟我讲过的东西。"

"他说他很伤心，妈妈。他这么说的。他从那以后一直很伤心。"

"他一个人生活？"

"我不知道。"

"斯旺，"佐利说着，添了低缓、伤感的一笑，"斯旺。资本家。"

她试着想象他置身于一排木架子之间，揣摩价格表，门框上的铃儿叮咚响。他站起来，略一低头招呼顾客。之后，弓着背，一步一拖，到街头小店买他的半升牛奶和小块面包，接着返回一溜小房子中的一座小房子。他坐上泛黄的软椅，守着窗子，等着暝色四合，好让他吃晚餐，磨蹭到床上，读几页为他打定主意的书。

"他想再见你，妈妈。他说他的观点都是借的，你的诗歌不是。"

"屁话没个完。"

"他说他还有一些斯特兰斯基的诗。"

"他提到孔卡没有？"

"他跟所有人断了联系。他们铁定了生活在楼房里头，他就知道这点。"

弗兰切斯卡偏离她展了展身,像是怎么抱成团,彼此还可以游刃有余。

"另一个人,那个记者呢?"

"他希望谈一下。他这么说。他发现一本你的旧书,就打听开了。起初只是好奇,心里喜欢。他想和你谈谈,明天。"

"你可以替我跟他谈,弗兰卡。对他说一些话。"

"说什么?"

"说我到别处去了。"

"你要回家,对吗?"

"当然了。"

"我告诉他什么呢?"

"告诉他什么也抵达不了。"

"什么?"

"告诉他没有什么事儿被彻底弄清了,这就是我想说的。"

宁静降到她们之间,一种在被单上踟蹰的沉默。女儿把身子撑到臂弯,屁股撅出来的地方垒起了阴影。

"你知道他想打听什么?斯旺。终了时?"

"讲呀。"佐利说。

"他有点窘,一直低着个头。他说只想知道一件事。"

"什么……"

"唔,他想知道他父亲的表后来怎样了。"

"他这么问?"

"是啊。"

佐利注视着一小抹光擦墙而过又摔落。有人穿过外面的走廊,起居室里一串串嘘声。她闭上眼,沉浸于一幅图景,那里斯旺趴伏着古钟表僵滞的秒针尖,仿佛整个机械有走动的可能,仿佛一切可以被修复,重新入轨。单单一只金表。她自问该生出哪种情绪,怜悯、生气,甚或是好笑,而反倒涌起对斯旺异样的温情,不是为了他曾怎么样,或者变成什么样,而是为了他所失去的一切,他曾深信不疑的繁炽虚浮,信得多么绝对,多么固执。他最后一次越过边境搬回英格兰该是怎样的光景?空手而归,揣着个大大轻于所期之物的泡影又是什么滋味?她想,斯旺没有为自己学一学如何应对迷失。他不懂改弦易辙的含义。此时她但愿自己亲了他,把他皮肤松弛的脸颊托在手上,嘴唇一触他苍白的额头,松开他的心结,让他离去。

佐利枕上女儿的胸骨,感觉她身体里呼吸的震颤。"你知道我想干什么?"她说。"我明天去见他。然后,我想搭火车回山谷。太想在黑咕隆咚里头悄悄醒过来了。瞧我心里想的。"

"你要跟斯旺说你住在哪儿?"

"当然不。他去那儿?想一想都受不了。"

佐利于是了然于胸了,对,她将搭出租车到火车站,途中去一下宾馆,穿过鸟鸣,打电话给他的房间,站在接待处等待,看他蹒跚过来,用手捧一会儿他的脸,亲他,对,给他额头上一个吻,包容他的悲伤,然后就走了,登上火车,一个人,向山谷归去。

"我在那儿很幸福。"佐利说。

乐音从寓所深处蹦出来,腾空的硬涩不谐之物,霎时间第二个音把它包裹,像在剖析,直到两者针锋相对,起伏跌宕,从对方索取着气息。

"笨货,"弗兰切斯卡嘟囔,"我要叫他住嘴。"她的身子拉紧了,佐利却轻拍她的手。"等一下。"她说。音乐涨起,拔身而出,更加急骤、沸涌。

"穿衣服。"佐利说。

"妈妈?"

"咱们穿衣服。"

这会儿笑声随着音乐爆发,一股烟味自走廊滤透过来。母女俩下了床。衣服在黑蒙蒙的屋里散落着。她们摸找了片刻:睡衣、蓝裙、一只高跟鞋。弗兰切斯卡的胳膊给袖子卡住了,佐利帮她松开。她摩挲女儿的脸腮。一同到了卧室门口。

"可你穿着睡衣。"弗兰切斯卡说。

"我不在乎。"

踱过走廊的木地板,母女俩一现身,满屋子陡生寂静。亨利睁大了眼睛站起来,嘴里叼着支细细的大麻烟卷。"哎呀。"他说着左右摇晃。房间里是七零八落的苏格兰乐手。其中一个鬈发的,又高又帅,起来深鞠了一躬。他把大麻卷烟在花盘里掐灭了。

弗兰切斯卡咯咯发笑,瞧了一下妈妈。佐利暗想,甚至在今晚,一切都远未完成,多么欢乐而气象焕然。

佐利冲他们点点头,简捷地说:"抽吧。"

那乐手四下看,有点吃惊,又从花盆里拈出烟来。他把烟捋直了点着,嘿嘿一笑。

"音乐呢?"佐利说。

她以前常在金属上玩砂糖,她想起来了,旧日里把孩子们招拢到她的篷车后面——她会将薄的金属壁板放在锯木架上,给板上撒糖,有时撒盐,要是没别的,就用种子。她顺着平板的沿儿逗弄小提琴的弓,直到金属嗡嗡起来。糖跳着旋折,觅到了各自振荡而成的图案:驻波,簇生的圆,孑然的颗粒,活像是白衣的小杂技演员。而后孩子们吵闹着舔净了薄板。她爱过那些地图，它们的纵兴之象，它们奇谲的音乐，还有孩子想把糖拍出花样来的神情。她从没把它们认作新鲜或异常的事儿，不过听说别人叫它们克拉德尼图形，声音图——糖跃到寂然不动的节点处停落——那时她就揣想，她可以从金属板上的描画，看出她的民族的整部历史。

"继续，"她说，"弹吧。"

鬈发的乐手在曼陀林上拨出一个音，太响，有点狰狞，但他接下来的音把它漂掉了，吉他手加入进来，先是缓缓地，随后一个浪卷过听众，风吹草一般，而房间似乎敞开了，一扇窗，另一扇，继而是墙本身。那高个的乐手奏出嘹亮的和弦，对佐利点了点头——她微微一笑，昂起脑袋，开始了。

她开始了。

科伦·麦凯恩对话弗兰克·麦考特①

弗兰克·麦考特：我度过了典型的爱尔兰式贫苦童年。你享受的童年时光恰恰相反，对吧？如今想要在小说领域写出一片天地，作家需要过哪种生活呢？

科伦·麦凯恩：这正是你让我羡慕的地方，弗兰克！从源头你就有东西可写！我不得不无中生有地刻画！不过，说真的，你讲得没错。两者都有利有弊。我在都柏林郊区安稳的家庭中长大。我父亲不喝酒。我母亲全职照顾家庭。我记得午饭时我从学校回去，她总是等着我。她常常为我切掉生菜加番茄三明治的面包皮。细微的举动，却代表了爱意。我在很多方面都是幸运的。父母对我们无微不至。一家人一桌子吃饭。星期天下午我们出去散步。书籍应有尽有。想一想，我们家发生过许许多多的故事。当然并不是那么简单又皆大欢喜的。从来不会如此。但是彼此亲近，那里永远是家。思量一下这个看法很有趣，作家未必出生于，而是将自己置身于社区之中——出于本质上的愿望，倾听的需求。讲一个故事绝不会只有一种方式。那样就乏味透顶了。而对我来说，我不想写自己受养育的经历。两百页空白。那句话怎么说的？幸福白纸写白字。

麦考特：你让想象力自由腾跃。《隧道尽头的光明》写了一个

---

① 弗兰克·麦考特（1930—2009），爱尔兰裔美国作家、教师。

住在地下隧道的无家男子。《随巴黎起舞》则是一个有穆斯林家庭背景的同性恋芭蕾舞偶像。不管谁瞥一眼都看得出你不会无家可归，而且实话实说，我们两个一点也不像舞者，那么你的故事从哪儿来呢？

麦凯恩：我的故事来自意象，环绕它们我得以构筑起世界。鲁道夫·纽瑞耶夫的故事起源于我听说过的一个发生在巴利曼公寓楼的故事，就在高层住宅区的阳台，一个小男孩瞥见了家里第一台电视机上的努里耶夫。他搂住了电视，而我惊叹于这个构想：一个都柏林的七岁男孩把世界上最伟大的舞蹈家抱在怀里。我想探究这一观点，即我们每人都有故事，故事是根本的人类民主。无所谓你肤色怎么白，你怎么穷，怎么正统怎么遥远，我们都拥有故事，拥有讲述的深切需求。那是我到现在敲了好一阵子的一扇门。那是当前我的萦绕于心的想法——故事是人类唯一真正的交换媒介。

麦考特：从某些方面看佐利是你最"陌生"的小说人物，女性，诗人，罗姆人，流放者，东欧人。你怎样发现她的声音并使之持续？

麦凯恩：许多次佐利使我伤心。那无疑是我尝试过的最高一跃。不过我感兴趣的是同情心、明晰，以及令新世界可感可触。或者至少，令旧世界可见——我指从文学方面可见。要那样做我得竭力忠实于她的声音。有时候我不得不枯坐很久——连续几星期——等着她的声音到来。她逃闪。不过，真奇怪，写完了这本书，我倒可以一瞬间唤回她的声音。闭上眼睛，我就能感觉到她在那儿。很多人写信对我说，他们仍然能听见她的声音在头脑中回荡。

麦考特：在利默里克周边长大，咱们总有自己的补锅匠、漂泊者、吉普赛。我知道从种族上说他们和罗姆人不一样，可他们好像有些相似之处。

麦凯恩：是啊，咱们都柏林也有漂泊者。他们似乎总是携着神秘色彩。而我们有那么多随手可得的陈词滥调。你知道，小时候我妈妈老是对我们说："要听话，要不吉普赛人会把你们带走。"多年后我在斯洛伐克的一处定居区听到有个妈妈训斥孩子。我转身问翻译怎么回事。他说："噢，她教训儿子呢。她说要是再不规矩点儿白人就把他带走。"我觉得自己突然兜了个有意思的怪圈子。我们互相怀疑。我们不信任。我们的故事相同。漂泊者是爱尔兰最古老的少数群体。针对漂泊者的偏见历史悠久。爱尔兰大约有三万漂泊者。全世界有一千二百万左右的罗姆人。但仇恨通常是老样子。透过有色眼镜两种群体的面目雷同，神神秘秘，不道德，不诚实，肮脏，粗野，四处流浪，损人利己——罗列起来没完没了。一再重复某种东西，时间久了它就成了真理。听我说：和罗姆人相处我从来没有惹上麻烦，从来没有被抢过，或者被推到一边。依我看，最终是我从他们那里抢劫了一番。我揣着原封不动的偏见去那里，回来时转变了。这正是我希望这本书能带来的变化。远大的目标，可为什么不向高处瞄准，反正我们的大多数欲望都飞不到目的地？我信赖社会小说。人们问我为什么不写写爱尔兰漂泊者。我不知道。对我来说时机不对。那不是我想讲的故事。我发现了波兰诗人帕普莎，她让我激动得透不过气。佐利以她为原型。讲漂泊者的故事可能会容易一些。至少地理方面顺手。可以说，为这本书作调查研究的日子就叫人发狂。我的起点空空荡荡。我不得不从那里营造。

麦考特：佐利是个幸存者。她首先靠机智活下来，可是最终使她存活和忍耐下来的是她对语言的应用，她的歌，她的诗。这背后有什么寓意吗?

麦凯恩:我想,正如任何东西背后都有寓意。语言处在我们所做的一切事情的支点。语言和记忆。没人比你更了解。那就在《安琪拉的灰烬》① 核心处。

麦考特:让我惊讶的一点是可供阅读的有关罗姆人的文学作品仍旧寥寥无几,而世界上生活着一千万到一千二百万吉普赛人。为什么没有讲述更多的故事?

麦凯恩:有千变万化的原因,我想。首先从传统上那是一种口述文化。从内部几乎没写下什么——直到近些年。直到罗姆学者开始表述一种与陈词滥调作斗争的方式,并非通过沉默,而是通过言说。接下来就存在非罗姆人是否有能力倾听的问题。我们需要学习怎样倾听那些鲜活的故事,需要怀着坚定的同情。我们需要毁掉自己的刻板模式,从根基筑造。因为我们的刻板模式太多了。而它们会谋杀和自己不一样的东西。它们会挂法西斯旗帜,会啐唾沫,灭菌,杀人。

我常常回到约翰·伯格那一句,这次也不例外,他写道:"一个故事再不会像独一的故事那样被讲述。"必须从各个角度讲述故事。那些试图占有故事的人滥用了权力。我相信文学掌握权力吗?当然相信。我不得不信。每一个在专制统治下生活过的作家对这一点比我清楚得多。

麦考特:爱尔兰正处在经济大繁荣时期。那也意味着罗姆人,和其他成千上万的移民一起,从波斯尼亚、罗马尼亚、斯洛伐克到来。爱尔兰处在文化繁荣时期,或者说萧条时期,这要看你对谁讲

---

① 麦考特的普利策奖获奖作品。

了。你年轻时就开始写别的文化。你是否认为，从某种意义上讲你超前写了自己国家的历史？

麦凯恩：哦，我不知道。我不认为作者预知什么，不过他们未必意识到这种能力。小说暗示趋势，然后必须转回来，重新解释它们。

可是，我还要对你说这个。我记得写过一本小说叫《黑河钓事》。那是一本关于移民的魔幻现实主义小说，女人们为了儿子捕鱼。我当时想那小说是先锋。我压根没想过它是别的什么。而此时此地，将近二十年之后，我感到那小说实在古怪。它看起来那么老派。真是匪夷所思。生活在未完成之中灿烂。我们从来不知道它要给我们什么。

麦考特：近些年爱尔兰大步迈进。为什么不写写那些方面？为什么费心于你所说的"狭小、昏暗的无名角落"？

麦凯恩：因为照我看每个故事都与爱尔兰有关。从那个昏暗、阴影笼罩的小国家来，接着意识到那里绝非昏暗、阴影笼罩，要深入领悟这其中所意味的。如惠特曼所说，属于我的每一个原子同样属于你。

麦考特：你，塞巴斯蒂安·巴里，科尔姆·托宾，罗迪·多伊尔和约瑟夫·奥康纳都游离出爱尔兰来寻找题材。是不是按你的趣味爱尔兰变得过于丰富多彩了？

麦凯恩：嗯，变得太昂贵了，那是毫无疑问的！我回家的时候都认不出它了。我想新移民（作为一个问题）是回归的问题。离去不再那么困难了。难的是返回。布罗茨基谈到过这个看法：无法回到已不存在的国家。再说，我想我们正处在大家纷纷向外看的时期。我们将不得不尽快向内看，从里面写爱尔兰小说。但是在外面待一会儿没什么错。这给了我们视角。我想我们准备着跳回去，稳稳落地。我知道我要这样。我要走进去接纳一切。就在大家都开始寻思我根本算不上爱尔兰小说家的时候，我想回去，找到自己国度的声音。因为我的声音从那里来。而对爱尔兰，为了爱尔兰，我怀着深切的爱和理解，也许还有一点促进健康的怀疑。